ハヤカワ文庫SF
〈SF2097〉

さあ、気ちがいになりなさい

フレドリック・ブラウン
星　新一訳

早川書房
7860

COME AND GO MAD AND OTHER STORIES

by

Fredric Brown

目次

さあ、気ちがいになりなさい

みどりの星へ

Something Green

大きな太陽は、紫の空で深紅の光を放っていた。褐色の平原には褐色の草むらがちらばり、そのはずれには赤い森が横たわっていた。

マックガリーはそれを目ざして歩いた。赤い森のなかをさがすということは、骨の折れる、危険にみちた仕事だ。だが、やらなくてはならない。すでに何百回となくやってきたことだし、これはそれにつづく一つなのである。彼は言葉を口にした。

「さあ、行こうか、ドロシー。用意はいいかい」

しかし、彼の肩に乗っている五本足の生物は、それに答えなかった。もっとも、いつだってそうなのだ。口はきけないのだが、話しかけていればこっちの気がまぎれる。それは仲間だった。大きさと重さは、ひとの手が肩に置かれたときと、驚くほど似ている。

ドロシーといっしょになってから、さあ、何年になることだろう。四年ではないだろうか。大ざっぱに考えてみて、彼はここに五年ぐらいいる。そして、きてから一年ばかりたった時に彼女をみつけたのだから。彼はドロシーを優しいほうの性、つまり女性だろうと考えていた。肩の上にとまっている感じが、女性の手のようだというほかに、べつに理由はなかったのだが。

「ドロシー」と彼は呼びかけた。「ひと騒ぎあると思っていたほうがいいよ。ライオンや虎がいるかもしれないからな」

彼は太陽銃のホルスターを開いて、すぐにも引き出せるように武器の柄に手をかけた。それとともに、難破した宇宙艇からどうにか持ち出した武器が、弾薬のいらないこの太陽銃だった幸運を、何千回目かでかみしめた。太陽銃は、ただ太陽の光にむけ、どんな明るさでも近さででもいいから、一日に一、二時間あてておきさえすれば、エネルギーを吸収し、引金を引くとそれをいちどに放出する。ほかのどんな武器ででも、彼はこのクルーガー第三惑星で五年も生きつづけられはしなかったろう。

それは確かだった。赤い森のはずれにつくかつかないうちに、彼はもうライオンにであった。もちろん、地球上で見るどんなライオンとも似ていない。鮮やかな紅色をしていて、紫がかった草むらとは色がちがっているので、それがうずくまっていてもすぐに気がつく。関節のない、象の鼻のようにしなやかで強い八本の足と、巨嘴鳥《きよしちよう》のようなくちばしと、鱗のある頭を持ったやつだ。

マックガリーはそれをライオンと呼んでいた。もともと名前などついていないのだから、どう呼ぼうと勝手だった。あるいは、すでに名づけられていたかもしれないが、その命名者はクルーガー第三惑星の報告を、地球にもたらしていないのだった。つまり、マックガリー以前に、ここに宇宙艇が一つ着陸したという記録がある。だが、それはふたたび離陸をしなかった。彼はいま、それをさがしているのである。これまでの五年のあいだ、順序をたててさがしつづけているのだった。

それを見つければ、着陸のショックでこわれた彼の宇宙艇の電子管が、あるいは、全くあるいはだが、完全なまま何本か残っているかもしれない。それさえ補充できれば、彼は地球に帰ることができるのだ。

彼は森から十歩ほど手前で立ち止まり、ライオンのうずくまっている草むらに、太陽銃の狙いをつけた。引金を引くと、緑色の閃光がほとばしった。一瞬のあいだだが、美しい、たとえようもなく美しい光。同時に、草むらも八本足のライオンも消え去った。

マックガリーは笑いを含んだ声で言った。

「見たかい、ドロシー。あれが緑色さ。血のように赤い、このきみたちの星に欠けている、ただ一つの色なんだ。宇宙でいちばん美しい色だよ、ドロシー。みどり。おれはこの緑であふれている世界が、どこにあるかを知っている。おれたちはそこに行こうとしているんだよ。そう、いっしょにね。そこはかつておれのいた星で、くらべようもないくらい美しい世界なんだ。ドロシー、きみだってきっと好きになるよ」

彼はふりかえって、褐色の草むらのある褐色の平原から、上のほうの紫の空と、深紅の太陽を見あげた。変わることのない深紅の太陽、クルーガー。それはけっして沈むことがない。地球の月がつねに片側を地球にむけているように、クルーガーはいつもこの惑星の昼の側だけを照らしているのである。

夜と昼のない惑星。かげの線を越えて入れば夜があるが、そこは生きてゆくには寒すぎる。季節もなかった。変化しない一定の気温で、風も、雨も、嵐もなかった。

彼は千回目、あるいは百万回目かもしれないが、こう思った。もしここが地球のように緑色なら、それほどでなくても、太陽銃の時たまの閃きのほかに何か緑がありさえしたら、そう住みにくい星ではないだろう。大気は呼吸が可能だし、気温も人類にあっている。

気温の幅は、光が斜めにさす、かげの近くの約五度から、赤い太陽がまうえから直射する地点での、約三十五度のあいだにある。また、食物は十分だ。彼はこれまでに、どんな動植物が食べられるかを学んできた。試した限りでは、有毒なものはなかったのだ。

たしかに悪くはない世界だった。今では、ここでのたった一つの知的生物であるという孤独にもなれていた。ドロシーはその点で救いだった。返事はしてくれなくても、話しかける相手にはなってくれる。

ただ、あの緑の世界に、もう一度だけ会いたくてたまらなかった。

地球。それは植物の生命が葉緑素で成りたっていて、緑が主要な色となっている、宇宙でただ一つの惑星だった。

ほかの星の植物は、太陽系の地球のとなりの星々でさえ、荒れた岩地の緑がかったすじ、むりに呼んでも茶色っぽい緑といった程度のもので、それさえもほんの時たま示すだけだった。地球以外だったら、太陽系のどこで何年くらしても、緑という色は見られないのだ。

マックガリーはため息をついた。彼は自分ひとりで思いにふけっていたのを、こんどはドロシーにむかって、声に出すことにした。

「なあ、ドロシー。地球、そこだけが住む価値のある星なんだよ。緑の野原。生いしげった草原、あおあおとした樹々。ドロシー、そこに帰れたら、おれはもう二度と飛び出しはしないつもりだ。森のなか、下草の育つ程度のしげり方をした樹々のあいだに、小屋をたてよう。その小屋は緑に塗ろう。ドロシー、地球には緑の塗料だってあるんだよ」

彼はもう一度、ため息をつき、前の赤い森を眺めた。

「なにか言ったかい、ドロシー」

彼女は何も言いはしなかったが、彼女に問いかけられたようなつもりになることは、一種の遊びだった。心を正気のままに保っておくための遊びなのだ。

「帰ったら結婚するかって。それを聞いたんだったな」

彼はじっと考えた。

「さあね、ドロシー。するかもしれないし、しないかもしれない、といったところだろうな。きみも知っているように、きみのドロシーという名は、地球の一人の女の名前なんだ。結婚しようとした女のね。しかし、五年というと長い年月だからな、ドロシー。おれは行方不明と発表され、死んだとされているだろうし、彼女がずっと待っているとも思えないな。もし待ってたらば、もちろん結婚するよ、ドロシー」

彼は話しつづけた。

「待っていなかったら、と聞いたんだな。さあ、その答えはわからないよ。その心配は帰れた時にゆっくりとしよう。もちろん、緑色をした女、髪の毛だけでもいいから緑の色をした女でもみつけたら、心の底から熱をあげるだろうな。しかし、地球では、たいていの物が緑のくせに、女だけはそうじゃないんだよ」

彼は言い終って笑い、太陽銃をかまえながら森へ入った。銃のさきから時どき閃くほかに、なにひとつ緑のない赤い森のなかに。

面白いことに、この太陽銃は地球では青い閃光を出す。だが、ここの赤い太陽の下では緑に閃くのである。その理由は簡単なことだ。太陽銃はいちばん近い恒星からエネルギーを吸収し、そして、発射されるときの閃光は、エネルギー源の光の補色をしめすからである。黄色恒星である地球の太陽からエネルギーをとれば、青く閃き、赤色恒星のクルーガーからだと、この緑色なのだ。

たぶんこのことが、ドロシーがいっしょにいてくれることをべつにして、まだ正気でいられる唯一の要素なのだろう、と彼は考えた。一日に何度か閃くこの緑色。緑という色を忘れさせないでくれるもの。帰りついたときに、目が緑に対して不感症になっていないためにあるようだった。

その森は、クルーガー第三惑星上にちらばっているうちの、小さな一つに思われた。このような森は百万もあるような気がしたし、おそらく、実際にもそれくらいあるだろう。クルーガー第三惑星は木星よりも大きい。一人で歩きつくすとしたら、一生かかっても無理にちがいない。彼はこのことを知ってはいたが、それは考えないことにきめていた。彼より前にここにきた、ただ一つの船の残骸が見つからないのではないか。また見つかっても、宇宙艇を修理するに必要な部品が手に入らないのではないか。こんなことを心配するのは、よいことではないのだ。

この森の大きさは一マイル四方ぐらいだったが、調べ終るまでには一度眠り、何回か食事をしなければならないほど、木がしげっていた。そのあいだに二匹のライオンと、一匹の虎を殺した。そして、調べおわると、森の外側の大きな樹々に、印をつけながら、ひとまわりした。この森は調査済みであることを示しておくためである。木は柔かく、ナイフを使って桃色の木肌から、赤い樹皮をはぐことは、ジャガイモの皮をむくより簡単だった。

それから、また単調な褐色の平原を横ぎりはじめた。

「いまの所にはなかったな、ドロシー。たぶん次のだろうな。むこうの地平線に見えるあそこには、きっとあるはずだよ」

紫の空。紅の太陽。褐色の平原。褐色の草むら……。

「地球の緑の山だよ、ドロシー。きみもどんなにそれを好きになるか……」

はてしない褐色の平原。

けっして変わることのない紫の空。

その空で音がしたような気がした。だが、そんなはずはない。いまだかつて、空に音などを聞いたことがないのだった。しかし、彼は見あげ、それを見た。

紫の空高くある小さな、黒い点。動いているではないか。

宇宙艇だ。宇宙艇にきまっている。このクルーガー第三惑星に鳥はいないのだから。それに、鳥ならあんな炎の尾を噴射はしない……。

彼は何をすべきか知っていた。百万回も考えていたことだ。宇宙艇を見つけたら、どう合図したらいいのかを。彼は太陽銃をホルスターから引き抜き、紫の空をめがけて引金を引いた。高い宇宙艇からでは、それは大きな閃光には見えないが、色は緑なのだ。操縦士が見てくれれば、飛び去る前にちょっとでも見てさえくれれば、このほかに緑のない世界での、緑の光に気がつかないはずはないのである。

彼はもう一度引金を引いた。

そして、宇宙艇の操縦士はそれをみとめ、噴射の炎を三回点滅した。遭難信号に対しての標準の応答だ。それから旋回に移りはじめた。

マックガリーは立ったままふるえていた。こんなに長く待ちつづけたのに、なんというあっけない終りかたなのだろう。彼は左の肩に手をやり、その手の指にも肩の皮膚にも、まるで女の手のように感じられる、小さな五本足のペットにやさしくさわった。

「ドロシー。これは……」

彼は言葉につまった。

すでに、宇宙艇は着陸のための旋回にはいっていた。マックガリーは自分の姿を見まわし、救助に来た人がどう見るかを考え、急に恥しさをおぼえた。彼のからだには、ホルスターのついたベルトと、それについているナイフのような物のほか何もなく、まるで裸だったのだ。汚く、きっと臭いもするにちがいない。よごれの下の彼のからだは、やせおとろえていて老人そっくりだった。だが、それは栄養不足のせいで、ほんの二、三ヵ月ほど適当な食事、地球の食事をとりさえすれば、すぐにもと通りになるだろう。

地球だ。地球の緑の山だ。

彼は走りだしていた。夢中になっているので何回か転びながらも、宇宙艇が着陸すると思われる地点にむかっていた。宇宙艇はずっと低くなってきて、彼のものと同じ一人乗りのものと見わけられるほどになった。だが、その点の心配はない。一人乗りの宇宙艇でも、非常の場合にはもう一人をのせて、近くの基地のある惑星まで運ぶだけの能力はそなえている。その惑星で乗り換えて地球に帰ればいいのだ。地球へ。緑の山、緑の野、緑の谷へ……。

彼は走りながら祈り、また叫んだ。頬には涙が伝わっていた。

彼は立ちどまって待った。ドアが開き、宇宙パトロールの制服をつけた、背の高い青年があらわれた。

「連れて帰ってくれるんだろうね」

「もちろん」と青年は答えた。「長いことここに？」

「五年もだよ」

マックガリーは自分の泣いていることがわかっていながら、それを止めることができなかった。

「お気の毒です」と青年は言った。「私は宇宙パトロールのアーチャー中尉。もちろん、お連れしますとも。艇の噴射管が冷えしだい出発しましょう。まず、アルデバラン第二惑星のカルタゴまでお連れしましょう。そこからなら、お好きな所への連絡があります。ところで、今すぐ欲しい物が何かありますか。食料とか、水とか」

マックガリーは黙ったまま首を振った。両足の力が抜けてゆくような気がした。食料や水など、この際どうでもいいことではないか。

地球の緑の山。そこへ帰ろうとしているのだ。それさえできれば、ほかのことはどうだっていい。こんなに長く待ちつづけたのに、なんというあっ気ない終り方なのだろう。彼は紫の空がふいに泳ぎ始めたような気がし、目の前が暗くなるとともに、ひざが折れてゆくのを感じた。

彼は地面に横たわり、青年は唇に小さなビンを当てがってくれた。彼は強い液体をゆっくりと飲みほし、すわり直し、気力を取りもどした。そして、宇宙艇がやはりそこにあることを確かめ、夢のようだと思った。

青年は言った。

「元気を出して下さい。三十分以内には出発です。六時間後にはカルタゴにつきますよ。気分がよくなるまで、少し話でもしていましょうか。なぜここにいたのか、その経過をお話しになりませんか」

二人は褐色の草かげにすわり、マックガリーは説明しはじめた。何もかもを。宇宙艇が修理不能なまでにこわれた着陸のこと。何かで読んで、この星にはもう一つの船が不時着していることを知っていたこと。その部品があれば修理に役立つと思って、五年にわたってさがしつづけたこと。肩にとまっているドロシーのこと。話しかける相手として、彼女がどんなになぐさめとなったかということ。

だが、マックガリーの話しているあいだに、アーチャー中尉の表情は変わり、厳粛と同情にみちたものになっていった。アーチャーは静かに話しかけた。

「ここに着陸したのは何年でしたか」

マックガリーはこのことを覚悟していた。太陽が動かず、季節のないこの星で、どうして年月をはかることができよう。永遠の昼、永遠に夏の星で……。彼はすぐに聞きかえした。

「四二年にここへ来た。いったい、どれくらいずれているんです。中尉、自分では三十と思っているが、本当は何歳になっているんです」

「いまは二二七二年ですよ、マックガリーさん。ここに着陸したのは、三十年まえということになります。あなたは五十五歳になります。しかし、気にすることはありません。医学は進歩しています。まだまだ生きられますよ」

マックガリーは、そっとくりかえした。

「五十五歳。三十年も……」

アーチャー中尉は彼を気の毒そうに見つめながら言った。

「ほかにもいやな問題がありますが、いっぺんに聞いてしまいませんか。いくつかあるのです。私は心理学者ではありませんが、これから帰って直面する現実に、強くたちむかうためには、いっぺんに聞いてしまったほうがいいと思います。どうしますか、マックガリーさん」

彼がいま知ったこと、人生の三十年がここで消えてしまった事実より、さらに悪いことなどあるわけがなかった。もちろん、どんな知らせでも受けとめよう。地球。緑の地球に帰れるのだから。

彼は紫の空、紅の太陽、褐色の草原を見つめ、静かに言った。

「そうしましょう。中尉、話して下さい」

「三十年のあいだ、よくやってきましたよ、マックガリーさん。マーレイの宇宙艇がこのクルーガー第三惑星に不時着したと、あなたが思いこんでいたことは、非常な幸運でした。それは、クルーガーの第三でなく、第五惑星のほうだったのです。どうしても見つからなかったのも、むりもありません。しかし、それをさがすことが、あなたのおっしゃるように、正気でいる役に立ったのですよ」

アーチャーは言葉を休め、優しい声でふたたび話しつづけた。

「マックガリーさん。あなたの肩にはなにもいないのです。そのドロシーはあなたの作りあげた幻影なのです。しかし、それも気にすることはありません。その部分的な妄想のため、完全な錯乱におちいらなくてすんだのでしょうから」

マックガリーはゆっくりと手をあげた。手は肩にふれた……。肩のほかには何もなかった。

アーチャーは言った。

「まったく、そのほかの点で少しも異状のないことは、驚くべきことでしょう。三十年も、たった一人でいて……。奇蹟的です。あなたがそれにたいして、妄想じゃない、と主張なさるかもしれませんが、カルタゴか火星の精神病医は、すぐに手当てをしてくれるでしょう」

マックガリーはぼんやりと答えた。

「私は特に主張はしませんよ。たしかに、いまはいません。私は……中尉。いまでは本当にドロシーのいることを信じていたかどうかも、はっきりしなくなってきました。話し相手が欲しくて、自分で彼女を作り出し、それで、その点以外のすべての正気を保っていたのにちがいなかったでしょう。彼女は……彼女は女の手のようだったがな。中尉、このことは話したでしょうか」

「ええ、それはうかがいました。マックガリーさん。話をつづけましょうか」

マックガリーは相手を見つめた。

「つづける……何をつづけるんです。三十歳でなく五十五歳で、ほかの星だったため見つかるはずのない宇宙艇を三十年間、二十五の時から探し歩いていた。そして、そのあいだの大部分は、ただ一つの点についてだが、気が狂っていた。しかし、そんなことは今さらかまいはしません。地球へ帰れる今となったら」

アーチャー中尉はゆっくりと首を振った。

「地球へ、ではないのですよ。火星へです。美しい、茶色がかった黄色の火星の丘がお望みなら、そこへです。それとも、暑さを気になさらないのでしたら、紫色の金星へです。しかし、地球には帰れません。だれもそこには住めないのですよ」

「地球が……なくなったとは。まさか……」

「なくなりはしません。あることはあります、マックガリーさん。しかし、黒焦げで、有毒なのです。アルクタス星との戦いが二十年まえにおこった。奴らは地球をめざし、襲いかかってきた。われわれは迎えうち、勝ち、全滅させはしました。しかし、地球そのものも、そのできたての頃の状態に戻されてしまったのです。残念なことですが、そのため、住むのはほかの星にしなければならないのです」

「むかしの地球でなくなったのか」

マックガリーの言葉には感情がなかった。言葉ばかりでなく、すべてに。

アーチャーは言った。

「そうなのですよ。だけど、火星だってそう悪くはありません。すぐそこに慣れますよ。火星は今では太陽系の中心地で、二十億の人類が暮らしています。地球の緑がなつかしいでしょうが、火星も悪い所ではありませんよ」

「地球でなくなったのか」

くりかえすマックガリーの言葉には感情がなかった。言葉ばかりでなく、すべてに。

アーチャーはうなずき、

「事態をしっかり受けとめてもらえて、うれしく思います。さぞ、打撃だったでしょうに。さあ、もう出発できましょう。噴射管も冷えた頃です。調べてみましょう」

彼は立ちあがり、小さな宇宙艇にむかった。

マックガリーの太陽銃がホルスターから外された。マックガリーはそれで中尉をうった。アーチャー中尉はそこから消え失せた。マックガリーは立ちあがり、小さな宇宙艇のほうに進みよった。そして、それに狙いをつけ、引金を引いた。宇宙艇の一部が消え、何回か発射がくりかえされるにつれ、それは完全になくなってしまった。宇宙艇だった原子のむれと、宇宙パトロールのアーチャー中尉だった原子のむれは、あたりの空中を舞っているはずだった。しかし、もはや見ることはできなくなっていた。

マックガリーは銃をホルスターにもどし、遠い地平線にある、赤い森にむかって歩きはじめた。

彼が手を肩にあげドロシーにさわると、彼女はそこにいた。彼がこのクルーガー第三惑星にいた四、五年のあいだ、ずっとそこにいたとおりに。彼の手と肩には、彼女がやさしい女の手のように感じられた。

彼は話しかけた。

「心配することはないよ、ドロシー。きっと見つけるよ。宇宙艇のあるのは、あの森にちがいないよ。そうなれば、おれたちは……」

　彼は赤い森のはずれまでたどりついた。赤い森からは一匹の虎が飛びかかってきた。六本の足と、樽のような頭のあるエビ茶色の虎だ。マックガリーは太陽銃をむけ、引金を引いた。

　すると、明るい、一瞬のあいだだが、たとえようもなく美しい緑の閃光がひらめき、虎はたちまち消えてしまった。

　マックガリーは笑いを含んだ声で言った。

「見たかい、ドロシー。あれが緑色さ。おれたちが行こうとしている星のほか、どこにもない色なんだよ。宇宙でいちばん美しい色だよ、ドロシー。みどり。おれはその緑であふれている星がどこにあるかを知っている。そこはただ一つの場所で、おれたちはそこへ行くところなんだ。そこはかつておれのいた星で、くらべようもなく美しい世界なんだ。きみだってきっと好きになるよ」

　彼女は、

「ええ、なりますとも、マック」

　と、言った。その低い、かすれたような声は、彼の聞きなれたものだった。彼女が答えたことは、ふしぎではなかった。いつだって彼女は答えてきたではないか。彼女の声は彼自身の声と同じに、聞きなれたものだった。

彼は手をのばし、裸の肩の上にいる彼女にさわった。女の手にそっくりの感じがした。

彼はふりかえって、褐色の草むらのちらばる褐色の平原と、頭のうえの紫の空と、深紅の太陽をながめ、笑い声をあげた。それはやさしい笑い声で、気ちがいじみた調子ではなかった。こんな景色を気にすることはないんだ。まもなく目ざす宇宙艇が見つかり、自分の宇宙艇を修理するための部品が手に入るにきまっているのだから。そうなれば、地球へ帰ることができるのだ。

緑の山、緑の谷、緑の野へ……。

彼はもう一度肩の上をやさしく叩き、森のほうにむきなおった。そして、銃をかまえ、赤い色にみちた森のなかへと入っていった。

ぶっそうなやつら

The Dangerous People

ベルフォンテーン氏はその小さな駅のそばまで来て、ちょっと身ぶるいをした。ちょうど寒い季節ではあったが、身ぶるいはそのせいではなかった。遠くから、またしても聞こえてきたサイレンのためだった。かすかな音だが、夜の闇をふるわす悲鳴が、悪魔のすすり泣きのように響いていた。

彼がそれをはじめて耳にしたのは、三十分ばかり前、この小さな田舎町の理髪店に寄った時だった。ただ一人で店をやっている主人は、散髪をしながら、サイレンの意味を説明してくれた。ベルフォンテーン氏はそれを思い出しながら、

「といっても、五マイルもはなれたところのことじゃないか」

と、自分に言いきかせた。だが、心の不安は消えなかった。五マイルぐらいなら、丈夫な男が必死に歩けば、一時間もかからない。それに、脱走と同時にサイレンが鳴ったとは

考えられない。しばらくたって判明し、それからというほうが普通だろう。また、すぐに気がついていれば、すでに連れもどされていて、サイレンはそれで終りのはずなのだ。脱走は昼ごろだったのかもしれない。とすると、奴は何時間も自由にうろついていることになる。いまは七時ちょっと過ぎ。乗りこむための汽車がやってくるのは八時で、まだ間がある。あたりは、もう暗くなっていた。

その理髪店を出てから、ベルフォンテーン氏は急ぎ足で、まっすぐに駅へやってきたのだった。持病のぜんそくを気にするどころではなかった。そのため、駅への階段をあがりきった所で、書類入れをそばに置いて、ひと休みしなければならなかった。まだ呼吸はおさまりきらなかったが、もう歩けるだろうと判断して、彼は早いところ暗がりをはなれようとした。そして、ふたたび手にした書類入れは、いつもとちがって驚くほど重みがあった。拳銃がなかに入っているのだから。

拳銃は紙に包まれており、弾丸の箱も封がされ、書類入れのなかでもべつべつの場所に入れてあった。それにしても、拳銃を持ち歩くのはいささか不穏ともいえる。

しかし、これにはわけがあった。彼は弁護士で、当地を訪れたのは依頼人のマーゲトロイド氏に呼ばれたためだった。仕事が終ってから、マーゲトロイド氏はこの拳銃をミルウォーキーの兄に渡してくれ、と言い出した。

「船で送るのは手数がかかります。といって、小包、鉄道便、そのほかどんな送り方をしたらいいのか、私には見当がつかないのです。拳銃を郵送することが、非合法なのではないでしょうか」

ベルフォンテーン氏はそれに答えた。

「大丈夫でしょう。通信販売では、そのたぐいも扱われていますからね。もっとも、書留にはしなければならないでしょうが」

「ごめんどうでなかったら、お願いしますよ。どうせ、ミルウォーキーにまっすぐおかえりになるのでしょう。大きな荷物というわけではなく、むこうでは、電話さえすれば、兄が受取りにうかがうことになっています。じつは、このことをもう手紙に書いて出してしまったのです」

こうなっては、依頼人にこれ以上さからうのも感心しなかった。かくして、ベルフォンテーン氏は拳銃を押しつけられてしまったが、彼はこの荷物をそれほど気にしてはいなかった。

「ぜんそくぐらい、いやな病気はない」ドアを開け、小さな駅のなかに入りながら、彼はぶつぶつ言った。「それに、この町の薬屋には、エフェドリンの在庫もないときた。こんど来る時には、何錠かを持ってこなければ……」

明かるさになれるため、彼はまばたきをしながら、あたりを見まわした。駅のなかには、一人の男がいるだけだった。背が高く、やせて、古ぼけた服を着て、目つきは血ばしっているように見えた。その男は両手で頭を抱えて腰かけていたが、ベルフォンテーン氏が入ってきたのに気づいて、顔をあげて呼びかけてきた。

「やあ」

「ああ」とベルフォンテーン氏は短かく応じた。「寒くなりましたな」

切符を売る窓口の上の壁にある時計は、七時十分すぎを示していた。あと四十五分は待たなければならない。窓口の奥には駅の事務室が見え、初老の駅員がむこうの壁にむかって、古いタイプライターをたたいていた。だが、すでに帰りの切符を持っているベルフォンテーン氏は、その窓口には用がなかった。

背の高い男は待合室のすみの、小さな丸い石炭ストーブのむこう側に腰かけていた。ストーブの手前にも椅子があった。ぐあいよさそうな揺り椅子ではあったが、ベルフォンテーン氏はすぐにそこへいって坐ろうとはしなかった。

ぜんそくを無理して急ぎ足で来たため、まず呼吸をおさめるほうが先だったのだ。あれに腰かけたら、すぐになにか話をしなければならない。とぎれとぎれに口をきかなければならないし、それはいやな持病のためだと説明もしなければなるまい。

そこで、彼はそのいいわけのつもりで、うしろをふりむいた。ドアのガラスのむこうのなにかを見つめているふりをしたのだ。

だが、そとは暗く、ガラスにうつる自分の姿しかみえなかった。みばえのしない小男で、赤みをおびた顔、帽子の下にかくれてはいるが、髪は薄くなりかけている。しかし、べっこうの眼鏡は彼を意味ありげな人物に見せていた。眼鏡にふさわしく、彼は自分でもなかなかの人物と思っている。いまは四十歳だが、五十になるまでには、有数の会社の顧問弁護士になれると信じていた。

また、サイレンが泣くような響きをあげた。

その音で、ベルフォンテーン氏はちょっと身ぶるいをし、石炭ストーブのそばへ歩いていって、揺り椅子にすわった。書類入れは床の上に置かれて、重みのある音をたてた。

「七時五十五分の汽車をお待ちですか」

と、背の高い男が声をかけてきたので、ベルフォンテーン氏はうなずいた。

「ええ、ミルウォーキーまでです」

「私はマディスンへ行きます。二百マイルぐらい、いっしょというわけですね。おちかづきになりましょう。私はジョーンズ。サックス塗料会社の帳簿係です」

ベルフォンテーン氏は自己紹介をしてから聞いた。

「サックス塗料会社ですって。それはシカゴにあるのではないのですか」

「マディスンの支店のほうです」

「そうでしたか……」

ベルフォンテーン氏はつづけて何かを言わなければいけないと思ったが、言葉が浮かばなかった。そのとぎれた会話を、またもサイレンの音が埋めた。こんどは前よりも大きかった。彼は身ぶるいして言った。

「いやな音ですな」

背の高い男は火かき棒でストーブのふたをあけ、なかの火をかきまわしながら応じた。

「寒い土地ですね、ここは。ところで、あのサイレンはなんの知らせなのです」

「異常のある犯罪者のための病院から、脱走したのがいるのです」彼は理髪店で知らされたことを、声を低めながら話した。「きっと殺人狂でしょう。そういう連中のための病院ですから」

「そうですか」

背の高い男は興味のなさそうな答をした。そして、強く火をかきまぜてから、勢いよくストーブのふたをし、椅子にもどった。だが、火かき棒は手に持ったままだった。

ベルフォンテーン氏は、その棒が小型のストーブに不釣合に重そうなことに気づいた。だが、相手はそんな不審におかまいなく、開いた足のあいだで、火かき棒をいじっている。

ベルフォンテーン氏の顔を見ないで、しばらく棒を揺らせていたが、とつぜん、こう聞いてきた。

「どんな人相の奴ですか。その殺人狂のようすについて、ごぞんじなんですか」

「い、いや。知りません」

と答えた時、重い火かき棒が、ベルフォンテーン氏の目をひいた。まてよ、と彼はびくりとした。いや、まさか。しかし、ことによるとこの男が……。そういえば、どことなく……。

とつぜん、彼はあることに気づいた。さっきは古ぼけた服と思っていたが、いま、よく見るとそうではない。服そのものは、ふつうより高級なものだった。だが、その寸法が、からだにぴったり合っていないのだ。

服もオーバーもなみの人の着る大きさだった。ズボンは男のかかと近くまであったが、それは寸法が合っているためでなく、折りかえしを伸ばしてあるためだ。そのため、アイロンでつけた折り目のあとが、はっきりとわかった。それでも、かかとまでは一インチほど足りなかった。服やオーバーのそでも同じように、見苦しく寸づまりだった。だが、ベルフォンテーン氏はじっと腰かけたまま、相手から顔をそむけた。観察を横目でつづけることはやめなかった。ワイシャツは首がだぶだぶのようだ。このシャツが、もっと太った男のものであることにはまちがいない。ジョーンズというこの男の、やせた首のまわりには、だいぶすきまがあった。

そればかりでなく、男の目は荒々しく、血ばしっている。

ベルフォンテーン氏は、考えをまとめてみようと思った。

病院を脱走した奴は、汽車へ乗ろうとするにきまっている。適当な距離にある、目立たない小さな駅にむかうだろう。ちょうど、この駅のような。その途中、病院の服のかわりを手に入れるため、どこかの家に押入るかもしれない。それとも、服を奪うためなら、人殺しさえやりかねないだろう。そうして着かえた服は、寸法が合っているはずがない。かたくなって腰かけたまま、ベルフォンテーン氏は顔から血の気がひいてゆくのを感じた。もちろん、勘ちがいかもしれない。しかし……と、彼は考えた。

ジョーンズという名前か。ひとがいいかげんな名を名乗ろうとすると、たいてい、そのような名を考えつくものだ。サックス塗料会社のほうは、宣伝の行きわたった大会社だから、まっさきに頭に浮かんだのだろう。

だが、マディスンというところで手ちがいをやり、支社の所在地だとごまかさなくてはならなくなった。

スーツケースのようなものも持っていない。所持品といえば服だけだ。だが、それは自分のものでなく、盗んだものだ。あるいは、人を殺してうばった服かもしれない。しかも、一時間ばかりまえに、首の太い、小さなずんぐりした男を殺して……。

催眠術をかけるかのように、ゆっくりと火かき棒が揺れ動いた。相手の血ばしった目も、ベルフォンテーン氏の顔に動いてきてとまった。そして、背の高い男はこう言った。

「ところで……」ふいに声を変えて、「どうしました。なにかあったのですか」

ベルフォンテーン氏は息をのみ声をしぼり出した。

「い、いいえ」

血ばしった目は、やがてベルフォンテーン氏の顔からはなれ、ゆっくりと、また火かき棒へもどった。相手はいま何か言いかけたのに、それをつづけるのをやめてしまった。ベルフォンテーン氏は、いくらか気にした。

相手は知ったらしい。正体を見ぬいてこっちが警戒しはじめたことを、感づいたようだ。もし、ここからかけ出そうとしたら、警察へと思われるにきまっている。ドアに行きつかないうちに、あの火かき棒が襲ってくるだろう。

凶暴な男だから、棒を使わず、手でしめ殺してしまおうと試みるかもしれない。いや、おそらく、火かき棒を使うつもりでいるのだろう。こっちを見ながら、棒をもてあそんでいるのは、それを凶器に使うつもりにちがいない。

といって、動かずにここにいても、どっちみち殺そうとするだろう。おそらくそうだ。

相手は殺人狂だし、殺人狂に常識は通用しないものだ。

ベルフォンテーン氏の口のなかは、乾ききってしまった。上と下のくちびるは、きつくくっついていて、何か言うには、舌の先でこじあけなければならないようだった。だが、黙っていてはいけない、相手を安心させるには何かを口にしなければ。どもったり、まごついたりしないよう、一語ずつ注意して口をきいた。

「寒く、な、なりましたな」

さっき言ったばかりの同じ言葉だったと、そのとたんに気がついた。だが、まあいいだろう。だれだって、同じ文句をしばしばくりかえすものだ。

背の高い男は、彼のほうを見て、すぐにまた、うつむいて言った。

「ええ」

と、ぶっきらぼうな調子で、内心どんなことを考えているのか想像のしようもなかった。ちょうどその時、ベルフォンテーン氏は拳銃のあることを思い出した。紙に包まれて書類入れのなかにある拳銃が、弾丸がこめられてポケットに入っているのなら、どんなにかいいだろう。そんなぐあいに、することはできないものだろうか……。

と心で思いめぐらしている彼の目に《殿方用》と書いたドアが見えた。運よく事が運ぶだろうか。そのドアに歩きはじめたら、この殺人狂は、さえぎろうとするだろうか。

椅子を立って、書類入れを手にしながら、彼はひたいに汗の玉を浮かべた。勇気をとりもどし、なにげない声を出してみた。

「ちょっと、失礼させて下さい」

そして、ストーブと男の腰かけている椅子のうしろをまわって、手洗所のドアにむかった。背の高い男がふりむいて、こっちを見つめているのを、彼は目のすみで知った。

ベルフォンテーン氏は、手ばやく手洗所のドアを閉めた。内側からカギをかけようとさがしたが、見あたらない。簡単なカンヌキひとつついてなかった。書類入れのジッパーを引く手は、思わずふるえた。

　なにかないものかと、見まわしてみた。だが、役に立ちそうなものは、そのへんにはなかった。高い所に小さな窓があったが、そこからは逃げ出せそうになかった。ドアの内側に物をつみあげ、防ぎとめる方法も役に立ちそうになかった。便所のなかには、形ばかりの小さなカンヌキがついていたが、ふつうの男なら片手でこじあけることができるだろう。

　どうみても、ここにとどまっているのは危険だった。残った手段はただ一つ、拳銃に弾丸をこめ、すぐにでも使えるよう、ポケットに入れておくことだけだ。ぐずぐずしてはいられない。急がなければ、急いで……。

　ジョーンズ氏は手洗所のしまったドアを、しばらく不審げに見つめていた。そして、肩をすくめて、また火かき棒で火をかきまぜた。

　あいつは、なんという奇妙な男だろう。たしかに、どこかピントが狂っている。旅行中の話し相手が欲しいとは思うが、唯一の仲間があいつだとしたら、バニラ菓子でも食べてるほうがまだいい。まあ、汽車に乗ったら、さっそく眠ることにでもするか。

　昨夜あんなにさわいだのだから、よく眠れるにちがいない。こんな片田舎の町で、あんなさわぎのパーティがあるとは、だれだって思うまい。だが、姉のマッジはお祭りさわぎだったし、その亭主のハンクも同じことだった。いいかげんな酒だが、量はあった。二人の結婚記念日のパーティだったのだから。近所に住むウィルキンス家の奴らは、へべれけになってしまったほどだ。

もっとも、ひとのことをへべれけと呼べたものではない。ジョーンズ氏は昨夜のことを、顔をしかめながら思い出した。涼しい風に当たりたくなって、裏庭によろけ出たのはいいが、どろどろの地面にばったり倒れてしまったのだから、あの汚れた服は、はたして洗って送ってくれるだろうか。このようなわけで、ジョーンズ氏はハンクの服をかりてマディスンまで行かなければならないのだった。

もう当分、あんなむちゃな飲み方はやるまい。その時はいい気分でも、次の日、いや次の夜までも、このいやな二日酔が残るのだから。きょうが出勤の日でないことは、全くありがたい。この充血した目を見たら、会社の連中はなんだかんだと、あざけるにちがいない。

あしたは会社に出なければならない。だが、いまの気分では、サックス塗料も帳簿の仕事もどうにでもなれだ。辞表を出したくなるような二日酔の苦しさだった。しかし、このあいだ支店長のロジャース老人が「三ヵ月ばかりしたら、得意先まわりに変えてやる」と言ってくれたのを思い出し、辞表のことを頭から追いはらった。

販売係になれば歩合も入る。塗料にはだいぶくわしくなったし、成績もあがるだろう。まあ、それまでの三ヵ月ぐらいは、帳簿をいじってがまんするとしよう。

手洗所のドアがひらき、さっきの、うさんくさい小男が出てきた。ジョーンズ氏はそっちをふりむいた。そして、そいつがあいかわらず、奇妙な顔つきをしているのを認めた。ちょうど、仮面が顔にはりついたように、こわばった表情だ。

歩きかたもまた、どことなくおかしい。こんどは左手に書類入れを持ちかえ、右手はオーバーのポケットに深く入れている。

どういうつもりで、書類入れなどを手洗所に持ちこんだのだろう。あそこに入っている留守に、持ち逃げされるとでも考えたのだろうか。もっとも、宝石かなにか金目のものを入れてあるのなら、ありうることだが。そうではあるまい。宝石ならあんなに重くはないだろう。最初に床に置いた時の響きでも見当がつく。金属製品らしい音だった。しかし、金属製品のセールスマンなら、その見本をあんな茶色の書類入れなどで運びはしない。

小男がオーバーのポケットに手を入れたまま、書類入れを床に置き、椅子に戻るようすを、ジョーンズ氏は不審そうに眺めた。こんどは、書類入れが音をたてなかったのだ。音も見たところも、なかはからか、あっても紙片が少しといった、いかにも軽そうな感じで倒れた。小男はそれをつまんで、揺り椅子に立てかけ、倒れないようにしていた。書類入れはからになった。少なくとも、なにか重い物が出されたのはたしかだろう。

なんとなく気になるまま、ジョーンズ氏はその謎の書類入れから、相手の緊張で青ざめた顔に目をあげた。

こいつは殺人狂ではないのだろうか。

沈黙のなかに、かすかにサイレンの悲鳴がひびいてきた。その音で、小男は身をかたくした。その顔は一瞬、恐怖の表情をおびたが、またすぐに、凍ったような無表情にもどった。

ジョーンズ氏は頭の皮がひきしまったように感じた。気づかれないようによそおって、手にしていた火かき棒に目を走らせた。彼はそれを扱いやすいように、しっかりとにぎりしめた。これだけが殺人狂に対抗できる、ただ一つの武器ではないか。

ああ、なぜもっと早く気がつかなかったのか。

相手はさっき、あえぎ、息をはずませながら飛びこんできた。そして、あたりを見まわし、追ってくる者がいるかどうか、ドアのガラス越しに外をみつめた。

それからしばらくは、まともにふるまっている。そういうものだろう。どう見ても正気の人間との違いを指摘できないような期間も、たまにはあるにちがいない。

殺人狂にまちがいはない。殺されるのだろうか。きっとそうだ。さっきからの動きは、そのためのものだろう。一分ごとに狂気が高まり、殺意へと変化しているのではないだろうか。

見たところ相手は小さな男だ。手にあまる敵とも思えないが、恐るべき力を出さないともかぎらない。しかし、腕ずくなら負けないだけの自信がある。拳銃のようなものを、相手が使いさえしなければ……。

とつぜん、ジョーンズ氏は書類入れのなかに入っていたものを、はっきりと知った。また、この小男がなぜ手洗所へ行ったのかも。書類入れから、拳銃をオーバーの右ポケットに入れかえるためだ。相手の右手はそれをにぎり、指は引金にかかっている。

火かき棒を見つめるふりをつづけながら、ジョーンズ氏はやつのポケットのふくらみを、横目でそっとうかがった。どう見ても拳銃だ。手だけではあんな大きくふくらまない。ポケットの下のほうが、銃身の形にもりあがっているのもわかった。五インチぐらいの銃身のリボルバーらしい。

もし、この男が脱走した殺人狂としたら、あのサイレンの意味を話さないはずだが。ジョーンズ氏は自分に反問してみた。しかし、すぐにそれを打ち消した。

あの時は、こっちが質問したからだ。そこで、あわてた態度から自分が怪しまれているらしいことを感じて、本当のことを答えたのだろう。へんにごまかすと、その場でばれてしまうわけだ。また、ベルフォンテーンという小説にでもありそうな、こった名前。そんな名前などめったにあるものではない。

しかし、理屈を言っているどころではない。拳銃が実在しているのだ。殺人狂に銃で狙われている時に、理屈などこねていられるものではない。

なにを相手はためらっているのだろうか。ジョーンズ氏には、そのことがふしぎだった。

遠くから汽笛が近づいてきた。ジョーンズ氏は、頭を動かさずに、時計を見ることを試みた。待っている客車にしては、十五分も早い。おそらく、逆の方面に通過してゆく、貨物列車だろう。

まさしく、そうらしかった。近づく音が聞こえ、それは貨物列車らしい音だ。速力も落ちていないようだ。駅のべつな部屋のドアのしまる音がそれを裏付けた。駅員がプラットホームに出ていったのだろう。たしかに、ホームを歩く足音がしたが、近づく汽車の轟音はすぐにそれを上廻った。

機関車がこの窓のすぐそばを通る時、それこそ、こいつが待ちかねている状態なのだ。耳が聞こえなくなるような轟音なら、銃声を消してしまうことができるのだから。

ジョーンズ氏は緊張を高め、関節が白くなるほど火かき棒を強くにぎり、身を前にかがめた。この姿勢なら、棒をふりあげながら、一気に飛びかかることができる。オーバーの布のなかで形を示している、殺人狂の拳銃のさきが、少しでも上をむくと同時に……。

進みつづける汽車の振動は、さらにたかまり、近くなってきた。すべての物音を圧する轟音は、しだいに大きく、高く……。

そして、ジョーンズ氏は前に身をのりだし、銃口はあがりかけた。

真鍮のボタンのついた青い制服を着たその男は、ドアをうしろで注意ぶかく閉めて、ストーブをあいだに腰かけている二人の男に顔をむけた。へんな表情のその二人は、異様なようすで、身をかたくしている。ちょうど、驚きでこわばったかのように。

やっつけてやろうか。だが、あとがめんどうだろうな。いまや、この制服が手に入った。汽車へ乗り、追手のきそうにない遠くへ逃げることも簡単にできるのだ。しかし、こいつらを殺すことはわけないことだぞ。こんなぐあいに制服を着ていれば、公然と拳銃を腰にさげている権利があるのだから。この拳銃を使いさえすれば、本当にわけはない。

「こんばんは、みなさん」

と、彼は言ってみた。すると、ひとりはなにやらつぶやき、もうひとりは答えようともしなかった。そのうち、火かき棒をいじっていたほうが聞いてきた。

「つかまりましたか、問題の殺人狂は」

そして、なにかの合図を送るつもりらしく、目を小男のほうに動かした。

「いや、まだだよ。つかまえることはできそうにないね」

と、制服の男は笑いながら言った。ゆかいな話だ、こんなゆかいな話はない、といった調子で。

「こうなったら、つかまえることは全く無理だぜ。問題の男はウエインズヴィルで警官を殺し、拳銃と制服を奪ったのだから。それに、だれもそのことを、まだ知らないときてるんだから」

彼はまた笑い、くすくす笑いつづけながら、腰の拳銃に手をのばした。

しかし、その拳銃がケースから抜かれもしないうちに、発射音がふいにおこった。それは小男のポケットかららしく、銃声と同時に耳のそばをかすめる音が聞こえた。

火かき棒を手にした背の高い男は、部屋を横ぎって近づいてくる。制服の男は拳銃をかまえもしないうちに、小男からの弾丸を腕に受け、火かき棒は頭のうえにおそいかかってきた。身をかわし、その一撃を正面にくらうのを避けるだけがやっとだった……。

気がついてみると、貨物列車の汽笛は遠くなっていた。駅員室のほうでは、だれかが興奮した声で電話をかけているらしかった。

彼の手足はしばられてしまっていた。すこし身をもがいてみてから、力なくあきらめ、ため息をついた。そして、そばに立って見下ろしている二人を眺めながら、いまのことを思い出してみた。

なぜだかわからないが、おれが入ってきた時に、すでに二人はさわぎを待ちかね、準備をととのえていたらしい。小男は拳銃を握っていたのだろうし、背の高いほうも、すでに火かき棒を握っていた。ふつうの人間なら、襲いかかるにしても、それらしい様子を示してからとりかかるはずだ。それなのにこの二人は、仕掛けてあった爆薬のように、破裂した。

ひどいものだ。ぶっそうなやつらが、こんなぐあいに野放しになっているのなら、世話をしてくれるあの病院にもどったほうが、よっぽど安全というものだ。やつらは、おれを殺しかねない勢いだった。こいつらはなんなのだろう。そうだ、殺人狂にきまっている。それ以外に考えようがないじゃないか。

おそるべき坊や

Armageddon

「ねえ、パパ。まっすぐ劇場に行ったんじゃ、早すぎるんじゃないの」

うちを出た自動車のなかで、坊やのハービー・ウェスターマンはこう言った。自動車に乗っているのは、坊やと両親の三人。みなはこれから、ビジョー劇場でやっている奇術のショーを見にゆくところなのだ。

もっとも、ハービー坊やは、数日まえに一人でこっそり、この手品を見てはいた。だが、手品はとても好きなので、何回見ても楽しいのだ。それにきょうは、パパやママといっしょだから、いい席で見物できる。

「ああ、ちょっと早すぎるかもしれないな、ハービー」

と、パパが答えたので、坊やはこのチャンスをうまくつかまえた。

「じゃあ、ちょっとヴァイン通りをまわって行こうよ」

「そうしてもいいが、なぜなんだい」

「とても面白いものがあるんだよ」

「どうせまた、なにかをねだろうというんだろう。しかし、時間はまだ早いし、あの近くで、ちょっと寄らなくてはならない、べつな用もある。ヴァイン通りをまわっていくことにするか」

自動車はそっちにむきを変えた。こうして、ハービー坊やは十セント・ストアに両親をひっぱりこみ、前から目をつけていた水鉄砲を買ってもらうことができた。

この平穏な光景は、あの恐るべき事件の起こる少しまえ、シンシナティ市でのことだった。事件はところもあろうに、シンシナティ市のような場所で起こったのだ。この町は世界の中心でもなければ、その所在するオハイオ州の中心地でさえもないのだから、事件の起こる場所としてはふさわしくないように思える。

もちろん、この町は好ましい、歴史の古いところで、その点ではほかの町にくらべてそう劣ってはいない。しかし、なにかというと、すぐ大げさな宣伝をしたがる市の商工会議所でも、ここが人類にとって重要な役割を持つ町だ、とまでは主張しないだろう。

だが、ここで人間と悪魔との決戦が行なわれかけたのである。

もっとも、この町が選ばれたのは偶然の結果だった。その時、ガーバー大王という薄気味わるい名を持つ魔術師が興行をしていたのが、たまたま、このシンシナティ市だったからである。

いうまでもなく、この事件が一般に知れわたるようなことにでもなれば、シンシナティ市はたちまち世界一有名な聖地になるだろうし、殊勲者ハービー坊やは竜を退治した伝説の人、聖ジョージの再来のようにあがめられることになるだろう。そして、いたずら小僧にはそぐわないような、大歓声をあびるにきまっている。

しかし、そのときビジョー劇場にいあわせた観客は、だれもかれも、そこで起ったことを少しも覚えていないのだ。このことは、武器として使った、証拠の水鉄砲を持っている、当の坊やハービー・ウェスターマンにしても同じなのである。

舞台がはじまると、席に腰をかけたハービー坊やは、フットライトに照らし出されている奇術師を、夢中になって見つめていた。さっき買ってもらった新しい水鉄砲のことなど、ほとんど忘れていた。坊やの心は、舞台の上にすっかりひきつけられてしまっていたのだ。

そのうち、坊やの顔にはいくらか不満げな表情が浮かびはじめた。手の表と裏とを使いわけ、トランプを出したり消したりして見せる手品なら、ハービーにとってはそんなに不思議ではなかったのだ。

あれくらいなら、ぼくにだってできるだろう。もっとも九歳の子供の手でやるには、トランプも、ほかの手品のセットも、ずっと小型のを使わなくてはならないが……。

また、小さな問題だが、手のむきを変えるたびに、トランプのひらめくのが観客たちにわかりもした。

そうは言っても、あのように手の表と裏とを使って、一時に七枚ものトランプをあやつって見せるには、ただ器用なだけではだめで、たいへんな指の力を必要とする。このことを坊やは知っていたし、それをいま、ガーバー大王はやってのけているのだ。

それに、トランプを移すときに音をたてたりして、種《たね》を気づかれるようなこともしなかった。やっぱり本職だけのことはある。ハービーもこれには感心して、ひとりでうなずいた。そして、このつぎに演じられる手品のことを思い出した。

ハービーはとなりの席のママをひじで突《つ》つき、こうささやいてみた。

「ねえ、ママ。手を洗ってくるんだから、ハンケチを持ってたら貸してくれるように、パパに聞いてみてよ」

それにつれ、ママの顔がそのとなりのパパのほうにむいた。様子をうかがっていたハービーは、

「ねえ、早くだよ」

と言うが早いか、さっと席をすべりおり、客席のあいだの通路を、舞台のほうにむかってかけ出しはじめた。うまくママをだましちゃった。タイミングだって、すごくよかった。

もうすぐ、奇術師のガーバー大王が、「お客さんのなかで、どなたか舞台にあがってくださるような、お坊っちゃんはいらっしゃいませんかな」と問いかけてくるのだ。ハービ

ー坊やは、まえに見たときの経験で、このことを知っていた。ほら、ガーバー大王は言いはじめようとしている。

ハービー・ウェスターマンはこれを待ちかまえていたのだ。まえのときにも、大急ぎでかけ出しはしたのだが、やっと通路から舞台への階段にたどりついてみると、すでに十番目ぐらいだった。そこで、奇術師が言葉を口にするよりも早く、そのための動きにとりかかっておこうとしたのである。

こうして、こんどはあらかじめ準備をととのえていたし、もう一つの心配、パパやママにつかまって、引きもどされるほうの危険ものがれた。

もちろん、もしわけを話してママに聞いたら、はたして「行っちゃいけませんよ」と引きとめられることになったかどうかは、本当のところはわからない。しかし、ママによそ見をさせ、そのすきに飛びだすほうが、ずっと賢明な方法に思えたのだ。こういった種類のことに関しては、パパとかママとかいう存在は、どうもあまり信用できない。子供には予想もつかない、気まぐれな判断をくだすことが多い。

「……どなたか舞台にあがってくださいませんかな」

奇術師の言葉の語尾が、問いかける調子であがりかけたのと同時に、ハービーの足も階段の最初の段にあがりかけていた。そして、ほかの子供たちのがっかりした足音を、背中のうしろに聞きながら段をあがり、フットライトをあびて、ニコニコとすました顔をすることができた。

こんどは三羽のハトを出す手品なんだ。ハービーはまえに見ていたから、つぎのショーが観客のなかから選び出した者に手伝わせる、この手品であることを知っていた。またこの手品だけは、どうしても種《たね》が考えつかないのだった。箱のどこかに、きっと秘密の仕切りが作ってあるにちがいない、というところまではわかる。だが、それがどこにあるかとなると、見当さえつかない。

しかし、もうすぐ自分でその箱を手にすることができるのだ。もし、そんな近くから見ても、その仕掛けを見破ることができないようだったら、いま熱中している手品を趣味とすることをあきらめて、また、むかしの切手収集のほうにもどったほうが利口なんだろうな。

坊やは、自信がありそうに奇術師を見あげて、ニコニコ笑った。しかし、ハービーは種《たね》を知りたがってはいたが、それを見破ったからといって、ひとにしゃべったりするつもりはなかった。ぼくだって奇術師のはしくれなんだし、奇術師には仲間どうしの仁義がある。決して同業者の種《たね》を明かしてはいけないんだ。それくらいのことは心得ているんだ。

しかし、奇術師の目を見たとたん、坊やの顔から、ニコニコした表情が消えてしまった。そこには、ぞっとするような雰囲気がただよっていた。また、このように近くで見ると、魔術師ガーバー大王はフットライトをはさんで遠くからながめるより、ずっと老けた顔を持っていた。なぜだかわからないが、別人のように思えるほどだった。背の高さも、さっきよりはるかに高くなったような気がする。

そのうち、ハトの手品のための箱が運ばれてきた。ガーバーのいつもの助手が、お盆のうえにのせて持ってきたのだ。ハービーは奇術師の目を見るのをやめた。また、自分がなんのために舞台にあがる気になったのかを、思い出すこともできた。箱の仕掛けを見破るのを忘れてはいけないんだ。

その助手は、片足が不自由なような歩きかたをしていた。ハービーは彼のすきを見て頭をちょっと下げ、お盆の裏のほうをのぞいて見た。しかし、そこにはべつに変わったところもないようだった。

ガーバーが箱を受取ると、助手は足をひきずりながら退場していった。ハービーは疑わしげに、その姿を目で追った。あの人の足はほんとうに悪いのだろうか、それとも観客の気をそらすための種《たね》のトリックか何かで、わざとあんな歩き方をしているのだろうか。

その四角い箱は種のないことを示すため、分解されてひろげられていった。まわりの四枚の横板は、いずれも底の板にちょうつがいでくっついていて、ふたは横板のひとつにつながっている。また、小さな真鍮《しんちゅう》の留金《とめがね》もついていた。

箱の内側が観客たちにむけられているあいだに、ハービーはその裏側を見てやろうと、すばやくうしろにさがり、そこに種《たね》を見つけた。

なあんだ、とうとうわかったぞ。坊やは目を丸くした。ふたの片面に、観客には気づかれないように角度をかげんして、鏡が張られてあったのだ。それが作る三角形のすきまに、物をかくしておくわけだ。使い古された手だったので、ハービーはちょっとがっかりした。

奇術師は分解した箱を組みたてなおし、箱の内側に鏡を利用したすきまを、手ぎわよく作った。そして、少し身をかがめて呼びかけた。ここまでは、いつもと変わりのない手品の進行だった。

「さて、かわいらしいお坊っちゃん……」

一方、チベットの奥地では、しばらく前からあることが起こりかけていた。もっとも、そのことだけが原因だったのではない。だが、つないであった多くの鎖がつぎつぎとちぎれ、その最後の一本がちぎれる瞬間のように、直接のきっかけではあったのである。七日ほど前から、チベットの天候が変わり、なにかただならぬ様子を示してきた。いやな暖かさが訪れてきたのだ。その妙な生暖かさは、いままでほとんどとけなかった千古の雪をつぎつぎに征服し、水に変えた。

多くの川は、その水面を高め、その幅をひろげ、その流れを速めはじめた。川の流れにそって、ラマ教の風習による、いくつもの祈り車が置かれてあった。それは小さな水車のようなもので、水の流れによって回されているあいだは、それに記されている祈りが保たれつづけているのである。

しかし、川の水かさが増すとともに、祈り車のいくつかは、かつてないほどに回転を速め、またべつのいくつかは、水に沈みかけ回転が止まりかけていた。

それを見つけたラマ教の僧侶《そうりょ》たちは、冷たい水にひざまでつかりながら、大あわてで働いた。いままでのような回転をつづけさせるために、祈り車を岸の近くに移しはじめたのだった。

そのなかに、小さな祈り車が一つまざっていた。はるかな昔から回りつづけていた、古びた車だった。それはあまりに昔から置かれてあり、現在のラマ僧のなかで、その祈願板には何が彫られているのかを、つまり、その車が回転することによって、何が祈りつづけられているのかを、知っている者はだれもいなかった。

ラマ僧の一人、クラウスという名の者が川のなかに足をふみ入れ、それを安全な川岸に移そうとした。だが、手を伸ばしかけたとき、波立って流れる水面のほうも、高まりながら車の軸に迫っていた。ほんの一瞬のちがいだった。

彼の足がぬるぬるした底の泥《どろ》ですべり、倒れかかる手のひらが車にさわった。その勢いで留具《とめぐ》からつき離された祈り車は、急流に巻きこまれながら流れを下り、水の深みでぐるぐる回り、しだいに川の底に沈んでいった。

その回転がつづいているあいだは、すべては正常のままつづいていた。

ラマ僧のクラウスはすぐに身を起こしたものの、冷たい水につかったため、震えあがった。やがて、それを追うのをやめ、こうつぶやきながら、回転をつづけるほかの祈り車のほうに近づいていった。

「まあ、あんな古く小さな祈り車だ。一つぐらいなくなったところで、なんということもないだろう」

しかし、その一つの祈り車が大きな役割を持っていたのだ。クラウスはその車の祈願板に、悪魔の出現を防ぐ文句が書かれてあったのを知らなかった。

かつて人間たちは、悪魔との戦いをくりかえし、あらゆる方法でやっとそれを封じこめた。だが、それがおさまり、時がたつにつれ、忘れ、おろそかにしはじめた。悪魔を防ぐほかの手段のすべてがなおざりにされている現在では、あの小さな祈り車一つが、やっとその役割を果していたのだった。あらゆる鎖が切れてしまい、最後の一本で均衡を保っているように、悪魔との戦いを防いでいた。

その祈り車は回転をつづけながらも、どんどん流されていった。だが、一マイルほどの下流で、川底の岩棚《いわだな》にぶつかって、ついに動きを止めるときがきた。ちょうど、ハービーが声をかけられていたのが、これと同じ瞬間だった。

「さて、かわいらしいお坊っちゃん」

シンシナティ市のほうでは、坊やのハービー・ウェスターマンが、奇術師がなぜ途中で口をつぐんだのかと、ふしぎに思いながら顔をあげた。

そして、魔術師ガーバー大王の表情が、はげしい興奮におそわれでもしたように、ゆがみはじめているのを見た。動きもなく、変化をともなってもいなかった。だが、その顔つきは変わりはじめていたのである。

しずまりかえったなかで、奇術師は低く笑い声をたてた。その柔らかい、かすれたような笑い声のなかには、限りない邪悪がこもっていた。だれでもそれを聞けば、その正体にはっきりと気づくような声だった。

そう、ガーバー大王は正体をはっきりと示しはじめたのだ。人間になりきり、ただの奇術師として時を待っていたガーバーは、いまや、自分をしばりつけていた鎖の最後の一本がたち切れたことを知った。

あらわされた彼の正体について、疑いを抱こうとする者はなかった。観客のだれもが、この身の毛もよだつような時間のなかで、みなの目の前に立っている男の正体を知った。極度に疑り深い性格の持主さえ、いまは疑いの影さえ持っていなかった。

だれ一人動かず、だれ一人声を立てなかった。みな息をのみ、身ぶるいひとつしなかった。恐怖という言葉では形容できない現象がこの世にはある。恐怖とは、たかが疑惑からひきおこされる感情にすぎない。しかし、この時のビジョー劇場には、正体に直面したすさまじい確信だけがみなぎっていた。

その笑い声は高まり、強まっていった。こだまを伴いながら、遠く、ほこりのたまっている廊下のすみずみまで響いていった。すべてのもの、天井のハエ一匹にいたるまで動かなかった。

そのなかで、悪魔の声がひびきわたった。

「いままで身をやつしていた、このつまらない奇術師を、長いことごひいきいただいて、まことにありがとうございました」

そこで、皮肉にみちた様子で身をかがめ、観客にむかってちょっと頭を下げ、話をつづけた。

「しかし、お芝居はこれで終りでございます」

また、笑い声をあいだにはさんだ。

「すべてのお芝居は、これで終りなのでございます。なにもかも」

電灯が輝きつづけているにもかかわらず、場内は暗くなってきたように思われた。死の静かさのなかで、翼の音が響きはじめたように思われた。なめし皮を打ちあわせるような無気味な羽ばたきの音。まるで、目に見えないなにものかが、押しよせ、集まってくるような、悪魔の羽ばたきの音。

舞台のうえでは、赤い光がにぶく輝いた。背の高い姿の、奇術師の頭と両肩からは、小さな炎が湧きだしてきた。めらめらした、むきだしの炎が……。

ほかの場所でも、多くの炎が燃え上がりはじめていた。舞台のへりからも、フットライトからも、至る所から、ほとばしるように立ちのぼった。すべてを焼きつくしてしまう地獄からの炎。

ハービー・ウェスターマンは事故防止の少年団に加入していて、ときどきその訓練を受けていた。そのために、このような事態にであって、反射的にある動作をおこしはじめていた。

九つの子供だから、悪魔との戦いなどについてよく知らないのも無理はなかった。それを知ってさえいれば。ハービー坊やも、悪魔の作り出したこの地獄の炎を水で消そうなどと、むだな試みはしなかったにちがいない。

しかし、この動作はまったくの反射運動だったのである。坊やはポケットから新しい水鉄砲をひっぱり出し、床の上に落ちて炎を出しているハトの手品用の箱めがけて、なかみをほとばしらせた。水しぶきは箱からはねかえり、むこうをむいていた魔術師ガーバー大王のズボンのはじにかかった。

そのとたん、消えるはずのない箱の炎は消えていた。

あたりには、火の消えるしゅうしゅうという音が、しばらくつづいた。電灯はふたたび明るさをとりもどし、いっさいの炎は消えた。ざわめきはじめた観客の声のなかで、無気味な翼の音も薄れていった。

奇術師の目は閉じられた。彼の言葉は奇妙な緊張した調子をおびて響きわたった。

「まだ私には、これをやるだけの能力は残っているぞ。だれもかれも、いま起こったことを、すっかり忘れ去ってしまうのだ」

悪魔はその最後の力を使って、いまの事件についてのすべての記憶を観客から消し、またこれまでの奇術師の姿にもどったのである。

彼はこう言い終ってから、ゆっくりとふりかえり、床に落ちていた箱を拾いあげた。そして、それをハービー・ウェスターマンにさし出した。

「もっと気をつけて持っていてくださいよ、坊ちゃん。さあ、こう、しっかりとですよ」

ハービーが言われたとおりに持つと、彼は手にしていた杖《つえ》で、箱の上をたたいた。ふたはさっと開き、なかから三羽の白いハトが飛びだしてきた。だが、その羽ばたきの音は、なめし皮に似た音とはちがっていた。

その晩、うちへ帰ってから、ハービーのパパは二階からおりてくると、台所の壁にかけてあったカミソリをとぐ細長い皮を、きっぱりした態度で手にとった。

ウェスターマン夫人は、火にかけたスープをかきまわしながら顔をあげ、それを見て声をかけた。

「まあ、ヘンリー。あなたは本当に罰を加えるつもりなのね。あれぐらいのいたずらなのに。家へ帰るとちゅうで、自動車の窓のそとに、水をしゅうしゅうやっただけのことじゃないの」

だが、ウェスターマン氏はきびしく首をふった。

「それだけだったら、かまわないんだ、マージ。あの子に罰を加えるのは、そのためじゃないんだよ。きょうのことをよく思い出してごらん。水鉄砲を買わされたのはヴァイン通りの店だった。そのあと、水道の蛇口のある場所には、どこにも寄らなかっただろう。やつはいったいどこで水をしこんだと思う」

彼は答えを待たずに説明をつづけた。

「われわれはそれから劇場に行くとちゅう、教会に立ちよったろう。しばらくのあいだ、ライアン神父と話をした。その時なんだぞ、やつが水をしこんだのは。それも普通の水ならかまいはしない。だが、洗礼盤のなかからしこんだのだ。聖水を水鉄砲に使うとは、まったく、なんという罰《ばち》あたりなことをしたものだ」

彼はとぎ皮を手にして、勢いよく階段をあがっていった。まもなく、くりかえされる鞭《むち》の音と、痛さでたてる泣き声とが、二階のほうから聞こえてきた。

ハービー、神の加護の聖水を使って悪魔を撃退し、世界を地獄の炎から救ったハービー・ウェスターマンは、いまやそのむくいを受けつつあるのだった。

電獣ヴァヴェリ
The Waveries

学生用ウェブスター＝ハムリン辞典一九九八年度版による定義――

wavery〔ヴァヴェリ〕名。ヴァデル（俗語）

vader〔ヴァデル〕名。ラジオ種のインオルガン

inorgan〔インオルガン〕名。無形の実在物。ヴァデル

radio〔ラディオ〕名。①インオルガンの一種　②光と電気の中間のエーテル振動

③〈廃語〉一九五七年まで用いられていた通信手段

侵略開始の合図の号砲は、けっして轟音と呼べるほどのものではなかったが、何百万もの人々の耳に聞えた。ジョージ・ベイリイという男もその何百万のひとりだった。ここに

ジョージ・ベイリイをえらんだわけは、彼が連中の正体を、当たらずといえども遠くはない程度に、いちはやく推量できた、ただひとりの人間だからである。

ジョージ・ベイリイは、酔っぱらってはいたが、事情が事情だから、それを非難してはいけない。しらふでいたら、かえって吐き気を催してしまう、ラジオのコマーシャルというものを、聞いていたのだ。聞きたくて聞いているのではないことは、今さらいうまでもない。ボスのMID放送会社社長J・R・マッギー氏に、それをやるように命令されていたのである。

ジョージ・ベイリイは、ラジオの広告文案家だった。そして、広告よりきらっていた唯一のものがラジオだった。ところが、いま、自分の時間を費やして彼が聞いているのは、商売仇の、いやらしいへどの出そうなコマーシャルなのだ。

「ベイリイ」と、J・R・マッギーにおおせつかったのだ。「きみは他社《よそ》がやってることを、もっと知っておく必要があるとは思わんかね。とくに、いくつかの放送局を使っているうちのお得意が、どんなことをやっているかぐらいは、知っておいてもいいのではないかね。わしは、断固としてすすめるが……」

だれだって、雇い主の断固としたすすめは素直に受けて、週二百ドルの仕事をフィにはしないものだ。

しかし、聞きながら、ウィスキーを飲んでいけないというきまりはない。だから、ジョージ・ベイリイもこうして聞いているのである。

その上に彼は、コマーシャルのあいだを利用して、録音室勤務の小柄でかわいい赤髪タイピスト、メイジー・ヘッターマンと、どんちゃん騒ぎを演じていた。場所はメイジーのアパートで、ラジオはメイジーのラジオ（ジョージ自身は、ラジオやテレビを自分の室にそなえる気にはなれなかったのだ）だが、酒はジョージが買ってきた酒だ。

「もっとも優秀なタバコだけが」とラジオは言った。

「ト・ト・ト・全国民に愛されるタバコになり……」

ジョージは、ちらりとラジオを眺めた。

「マルコーニだな」

むろん、彼は、モールスというつもりだった。だが、ウィスキーのおかげで、頭がいささか混乱していたために、はからずも、この最初の推量が、他のだれよりも事実に近いことになってしまった。ある意味では、マルコーニだったのだ。あるじつに独特な意味だが。

「マルコーニ？」

とメイジーは訊ねた。聞きながらしゃべるのはいやだったので、ジョージはからだをのばすと、スイッチを切って、

「モールスのつもりだったんだ。ボーイ・スカウトや信号隊で使うモールスのことさ。ぼくもボーイ・スカウトにいたことがあるんだ」

「ほんとに、あなたも人が変わったわね」

とメイジーがいった。ジョージはため息をついた。

「だれかが、あの波長で、電信符号《コード》を送ろうとして、やっきになってるんだろうよ」

「なんて意味だったの?」

「意味? ああ、なんて意味かっていうのか。ええと……S、文字のSだ。ト・ト・トはSさ。SOS ト・ト・トツー・ツー・ツー ト・ト・トだ」

「Oがツー・ツー・ツー?」

ジョージは、にやにやした。「もういちどいってごらん、メイジー。気に入ったな。それに、きみとぼくのあいだも、ツー・ツー・ツーじゃないかと思うんだがね」

「ジョージ、ひょっとしたら、ほんとにSOSの通信かもしれないじゃないの。もいちどつけてみて」

ジョージはふたたびラジオをつけた。タバコの広告はまだつづいていた。

「……もっともト・ト・トんな趣味の紳士がたはト・ト・トンバコの高雅な味をお好みになります。このタバコをト・ト・トんに、またきわめて新鮮に保つ新型の容器に……」

「SOSじゃない。ただのSだよ」

「湯わかしが鳴ってるようね。そうだわ、ジョージ、広告のギャグかもしれないわね」

ジョージは頭をふった。

「製品名まで消しちまうところを見ると、そうじゃないな。ちょっと待った、ぼくが……」

彼は手をのばして、ラジオのダイアルを右に、つぎに左にちょっと回してみた。彼の顔に、信じられないといった表情が浮かんできた。ダイアルを左に回せるだけ回してみた。そちらのほうには、放送局もなく、搬送波のうなりさえ、聞こえないはずだった。ところが……

「ト・ト・ト」とラジオは言っていた。「ト・ト・ト」

ジョージはスイッチを切ると、メイジーを見ないでみつめるという至難な業《わざ》をやってのけた。

「どうかしたの、ジョージ？」

「だといいんだがね」とジョージ・ベイリイはいった。

「ほんとに、そうだといいと思うよ」

彼は、もう一杯飲もうと手をのばしかけてから、心を変えた。これから、何かどえらいことが起こりかけているのではないかという予感がして、しらふに返ってそいつを鑑賞したくなったのだ。

それがどれほどに、どえらいものであるか、彼はそのときには、これっぽっちも考え及ばなかったが。

「ジョージ、それ、どういう意味なの」

「ぼくにもわからない。でも、メイジー、これからひとっ走り、スタジオに顔を出してみないかい。大騒ぎになってるはずだぜ」

一九五七年四月五日。ヴァヴェリどもがやって来たのは、この夜だった。

この夜も、いつもと変わりなく始まったのだが、今やそうではなくなっていた。

ジョージとメイジーはタクシーを待ってみたが、一台も来ないので、かわりに地下鉄に乗った。ああ、そういえば、この時にはまだ、地下鉄という乗物が走っていたのだ。ふたりはMID放送局のビルのあるブロックでおりた。

放送局はさながら野戦病院だった。ジョージはメイジーに片腕をとらせて、にやにやしながらロビイを歩いてゆき、エレベーターで五階まであがり、これという理由もなしにエレベーター・ボーイに一ドルやった。彼は今までいちどだって、エレベーター係にチップをやったことはなかった。

ボーイはお礼を言った。

「お偉ら方には近づかないほうが賢明ですよ、ベイリイさん。顔を見ただけでも、耳を毟りとっちまおうって剣幕ですからね」

「そいつはごきげんだな」

とジョージは言った。エレベーターから、そのまま、御大J・R・マッギーの部屋へ直行してみた。

ガラス・ドアの向こうで、かん高い声がしていた。ジョージがノブに手をのばしかけたとき、メイジーが引きとめようとして、ささやいた。

「いけないわ、ジョージ。クビにされるわよ！」

「物事には潮時ってものがあるさ。ドアからどいていたまえ」

とジョージは答え、やさしく、だが強く彼女を安全な位置に押しやった。

「でも、ジョージ、いったいあなたは……」

「見ていたまえ」

彼がドアを開けかけると、騒々《そうぞう》しい声がぴたりとやんだ。そして戸口から部屋の中へ頭を突き出したとたん、あらゆる眼が彼のほうに向けられた。

「ト・ト・ト」と彼は言った。「ト・ト・ト」

そして、ひょいと頭をひっこめて、わきに寄り、飛んできた文鎮とインク壺が、ドアのガラスをぶち抜いて飛び散らせた破片を避けた。

彼はメイジーをかかえこむなり、階段に突進した。

「さあ、乾杯だ！」

通りをはさんで放送局ビルの真向かいにあるバーは、混んでいたが、客はみな不思議議と、だまりこくった連中だった。客の大部分がラジオ関係者であることを顧慮して、テレビは置いてなかったが、かわりに、大きなキャビネット・ラジオがあって、客の大部分は、そのまわりにむらがっていた。

「ト」とラジオが言っていた。「ト・ツー・ツー・ト・ツー・ト・ツー・ト……」

「すてきな音じゃないか」

ジョージはメイジーに、こうささやいた。

だれかがダイアルをいじった。だれかが訊ねた。「そいつはどこの放送なんだい?」するとだれかが言った。「警察さ」だれかが「外国放送を出してみろ」と言い、だれかがそうした。「これは、ブェノス・アイレスのはずだ」と、だれかが言った。「ト・ツー・ト……」と、ラジオが言った。

だれかが髪のあいだに指を突っこんで言った。「こん畜生を止めてくれ」だが、だれかが、またラジオをつけた。

ジョージはにやにやしながらうしろの椅子席《ブース》に行き、そこで、酒のびんを前において、ひとりぽつねんと坐っているピート・マルヴェニィを見つけた。彼とメイジーは、ピートと向かいあわせに坐った。そして、しかつめらしく、あいさつをした。

「やあ」

「くそ」とピートは答えた。この男は、MIDの技術研究スタッフの部長をつとめていた。

「すてきな夜だな、マルヴェニイ」と、ジョージは言った。「きみは、お月さまが綿雲に乗って走るのを見たかい、まるで、黄金のガリオン船（昔のスペインの三層甲板大帆船）が銀の波頭の白浪をけたてて、嵐の吹く……」

「うるさい」と、ピートはさえぎった。

「ウィスキー」ジョージはウェイターにいいつけてからふたたびテーブルの向こうの男と向かいあった。「その考えごとっていうのを言えよ、聞いてやるから。だが、まず、どうやってきみは、通りの向こうの大さわぎを脱け出せたんだね？」

「クビさ。追い出された」

「握手しよう。説明しないか。ト・ト・トっていってやったのか？」

ピートはそれを聞いて急に感にたえないような眼つきになって、彼を見た。「きみはやったのか？」

「証人がここにいるよ。きみはどうしたんだ？」

「おれの考えを聞かせたら、おれを大ばかだと思いやがった」

「大ばかか。きみは？」

「同じようなとこさ」

「よし」とジョージは言った。「それでは聞こうじゃ……」ここで指をパチンと鳴らした。「テレビのほうはどうだ？」

「同じさ。テレビのスピーカーからも同じ音が出るし、画面はどの点や線も、ちらちらしたり、暗くなったり。今ごろはもう、ぼんやりしちまってるだろう」

「ごきげんだな。それじゃ、どうしたわけなのかを聞かせてくれ。つまらんことじゃない

かぎり、なんだっていいんだ。ただ、なにかを知りたくてね」

「ぼくは空間だと思う。空間が歪《ゆが》んでるんだ」

「空間さまさまだな」

とジョージ・ベイリイは叫び、メイジーにたしなめられた。

「ジョージ。お願い、だまっててよ。このお話、聞きたいわ」

「空間は」と、ピートは説明しながら、また一杯飲みほした。「やはり有限なんだ。つま

り、どの方向に進んでいっても、またもとの出発点にもどってしまうものなんだ。アリが

リンゴの上を這うみたいにな」

「ミカンにしてくれ」と、ジョージが言った。

「よし、ではミカンにしてやろう。そこで、最初に送り出されたラジオ電波が、いまその

一周旅行を終え、帰ってきたところだと、仮定してみよう。五十六年かかって」

「五十六年だって? ぼくは、ラジオ電波も、光とおなじ速さで走ると思っていたぜ、そ

れなら、五十六年たっても、電波はたった五十六光年しか行けない。宇宙の大きさがそれ

っぽっちのはずはないじゃないか。何百万光年、いや、何十億光年も離れているとわかっ

ている銀河系があるんだからね。数字は忘れたけど、ピート、われわれの銀河系だって、五十六光年よりは、はるかにでっかいんだろう」

ピート・マルヴェニィはほっと吐息をついた。「だから、ぼくは、空間が歪んでるにちがいないっていうんだ。どこかに、電波にとっての近道があるんだろう」

「そんなに短かい近道がかい？　信じられんな」

「でも、ジョージ、入ってくるあの音を聞いてみろ。きみは電信符号《コード》が読めるかい？」

「もうだめだ。とにかく、あんなに速くては読めない」

「ぼくは読める」とピートは言った。「あれは、初期のアメリカのアマチュア無線だ。でたらめ通信さ。あれは正規の放送がはじまる以前に、空中に充満していたようなやつなんだ。でたらめ通信、省略符号、アマチュアたちがキーを叩き、マルコーニ検波器《コヒーラー》やフェッセンデン高周波電流検波器《バレッター》を使って、納屋と屋根裏部屋のあいだで交した無駄話なんだ——もうすぐ、ヴァイオリンのソロが聞こえてくるよ。何の曲だか、教えてやろうか」

「何だい？」

「ヘンデルの『ラルゴ』さ。世界最初のレコード放送なんだ。フェッセンデンが、一九〇六年にブラント・ロックから放送したやつだ。もうすぐ、通信開始信号《シー・キュー》が聞こえるよ。酒を賭けてもいい」

「よしきた。しかし、この一件が始まった、あのト・ト・トってのは、なんだったんだい？」

マルヴェニイはにやりとした。「マルコーニさ、ジョージ。今までに放送されたうちで、もっとも強力な信号は何で、だれが、いつ、やったかを知らないのかい？」

「マルコーニのやつか？　あのト・ト・トが？　五十六年前に出た？」

「この種のものでは最強なものだ。一九〇一年十二月十二日の、最初の大西洋横断通信なんだ。ポルデューにあった二百フィートのマストを立てたマルコーニの大送信所は、三時間のあいだ、S、つまりト・ト・トを間歇的に送り出した。いっぽう、ニューファウンドランド島のセント・ジョーンズでは、マルコーニと二人の助手が、凧をつけた空中線を、四百フィートの空中にあげて、とうとう信号をキャッチした。つまり、大西洋の向こう側ではだね、ジョージ、ポルデューの大きなライデンびんから火花が跳び散り、巨大な空中線から、二万ボルトの電流が飛び出し……」

「ちょっと待ってくれ、ピート、話がおかしくなってきたぞ。もしマルコーニのが一九〇一年で、最初の放送が一九〇六年頃なら、フェッセンデンのやった『ラルゴ』の電波がおなじルートをたどって、ここに到着するまでにさらに五年かかる勘定だろう。たとえ、空間に、五十六光年の近道があったとしても、たとえ、そういった信号が、途中で、われわれの耳に聞こえないぐらい弱くなることがないにしても……気ちがいざただ」

「だからそういったじゃないか」ピートは憂鬱そうに応じて、

「むろん、それだけの距離を走った信号は、ごく微かなものになってしまって、実際は存在しないも同然になるところだ。おまけにおかしいのは、超短波から長波にかけてのあらゆる帯域《バンド》にわたって、同じように強く出ている。それに、きみの指摘するとおり、すでに、二時間で五年分ちかく聞いてしまった。これは不可能だ。だから気ちがいざただ、と言ったんだ」

「しかし……」

「しーっ。ほら」と、ピートが注意した。

ぼやけてはいるが、まぎれもない人間の声が、電信符号《コード》のぱちぱちいう音と交錯しながら、ラジオから出てきた。それから、微かな、かすれかかった、しかし、まぎれもないヴァイオリンの音《ね》。まさしくヘンデルの『ラルゴ』を奏でていた。

不意にそれが、まるで次から次へ転調するように、調子が高くなり、しまいには耳が痛くなるほど、おそろしくかん高い音になっていった。そして可聴範囲の高いほうの限界を越えて、昇りつづけ、ついに聞きとれなくなってしまった。

だれかが言った。「あん畜生を切っちまえ」だれかが消したが、こんどは、つけなおす者はいなかった。

ピートが言った。

「ほんとは、自分でもこう信じてはいなかったんだ。それに、まだ、おかしなところがあるんだ。ジョージ。あの信号は、テレビにも作用しているが、ラジオ電波の波長じゃ、それはできっこないんだよ」彼はのろのろと頭をふって、つづけた。「何かほかの説明があるにちがいない。ジョージ。考えれば考えるほど、おれがまちがってるような気がしてくる」

ピートは正しかった。もっとも、まちがっていたという点についてだが。

「支離滅裂だ」と、オギルヴィー氏は叫んだ。そして、眼鏡をとって、ものすごいしかめ面をすると、またかけなおした。つぎに眼鏡の奥から、手にした数枚の記事原稿を見つめ、軽蔑したように、それをデスクの上にほうり投げた。コピイはすーっと滑って行って、三角形のネーム・プレートに当たって止まった。そのプレートにはこう書いてある。

編集主筆B・R・オギルヴィー

「支離滅裂だ」と彼はまたくりかえした。

ピカ一記者のケーシイ・ブレアが、けむりの輪をぷっと吹いて、人差指を、その中へ突き入れながら言いかえした。

「どうしてですか?」

「なぜなら……えい、どうにも支離滅裂な話だからだ」

ケーシイ・ブレアは言った。「今は朝の三時です。電波干渉はもう五時間つづいていて、テレビもラジオも、番組はひとつも出せません。世界中の主要なラジオ、テレビ局は、放送をやめています。理由はふたつ。第一には、電力の浪費だから。第二には、各国政府の通信当局が放送局に、放送を中止して方向探知器の活動に協力するよう、要請しているからです。妨害が始まってからすでに五時間、当局は全力をつくして活動しています。そして何を発見したでしょうか？」

「支離滅裂さ！」と、主筆は応じた。

「まったく。でも、事実なのですよ。ニューヨーク時間で午後十一時に……時間はすべて、ニューヨーク時間に変えて、お話ししますが……グリニッジでは、ほぼマイアミの方角から妨害電波が入ってくることを確かめた。それが北方に移っていって、二時には、だいたいヴァージニア州リッチモンドの方角になった。十一時のサン・フランシスコは、デンヴァーの方角に発信源を突きとめた。三時間後、それは南方のタクスンに向かって動いていった。南半球では、南アフリカのケープ・タウンから見て、ブエノス・アイレスの方角から千マイル北のモンテヴィデオにうつっていったのです。十一時のニューヨークでは、マドリッド方向に弱い発信源を認めたが、二時になると、もう方角が全然つかめなくなった。発信源がうろつきまわっているのです」彼はまた、けむりの輪を吹いた。

「方向探知に使

用するループ・アンテナが水平面にしか働かないせいなのでしょうか？」

「ばかげとる」

と、主筆が叫ぶと、ケーシイは、

「支離滅裂という言葉のほうがいいな、オギルヴィーさん。支離滅裂な話だが、ばかげたことではないです。ぼくは、すごくこわい。いまいった方向線は……ぼくが耳にしたその他の方角も全部そうだけど……地表にそってカーヴさせずに、地球から切線方向に走る直線として考えると、みな同じ方向に走っているのです。ぼくは、小さな地球儀と星図をたよりに、たしかめてみた。方向線は、獅子座上で、一点に集中しているのですよ」

ケーシイは、身をのり出すと、自分がさっき提出した記事のいちばん上のページを、人差指で叩いた。

「獅子座の真下にある局は、ぜんぜん方角がつかめず、その点に対して、地球の周辺部に当たる場所の局は、もっとも明確に方角がつかめるのです。ねえ、お望みなら、この記事を載せる前にこの数字を天文学者に確かめてもらってもかまいません、ただし、大至急にですよ……他社《よそ》新聞《さん》の記事で、さきにお読みになりたくなければね」

「だが、電離層というものはどうなんだ、ケーシイ。ラジオ電波を全部ストップして、跳ねかえすものじゃなかったかね？」

「もちろん、そうです。でも、洩れるってこともあるでしょう。あるいは、たとえ、内側から信号が出ることはできなくても、外側からなら、突き抜けられるかもしれない。コチコチの壁じゃないんですから」

「しかし……」

「支離滅裂なことはわかってます。でも、厳然たる事実には、まちがいない。締切りまで、あと一時間しかありません。早いとこ、この記事をまわして、だれかに事実や方角を確かめさせているあいだに、組んじまったほうがいいでしょう。それに、あなたが確かめたくなることが、ほかにもありますよ」

「何をなんだ？」

「惑星の位置をたしかめるデータの持ち合せがなかったもんでね。獅子座は黄道上にあるんです。だから、惑星が、ここそことのあいだの直線上に位置する可能性も出てくる。火星かもしれません」

オギルヴィーの眼がぱっと輝き、それからまた、暗くなった。

「わしたちは、世界中のいい笑いものになるかもしれんぞ、ブレア、きみがまちがってでもいたらな」

「もし、正しかったら？」

編集主筆は電話器をとりあげると、ガミガミと命令をくだしはじめた。

『ニューヨーク・モーニング・メッセンジャー』紙四月六日最終版（午前六時）の見出し

宇宙から電波妨害、獅子座に発生
太陽系外生物からの呼びかけか

あらゆるテレビとラジオ放送が中止された。

その前日、ラジオとテレビ関係の株価は、いくらか値をくずし、ついで急激な暴落を見せたのち、昼ごろからまたおとなしい買い集めが出てきて、すこし値をもちなおした。大衆の反応はさまざまだった。ラジオを持っていなかった人たちは先を争って買い入れ、なかでも、ポータブルや卓上型はすごい売行きを示した。それに反して、テレビ・セットはさっぱり売れなかった。テレビ放送が中止されているので、スクリーンには映像――ぼやけた映像さえ――が出ないのだ。テレビの音声部分には、スイッチを入れるとラジオとおなじ雑音が入ってくる。これは、ピート・マルヴェニイがジョージ・ベイリイに指摘したように、あり得ないことだった。ラジオ電波は、テレビ・セットの音声部分を働かせることができないはずなのだ。しかし、現実には、かりにそれがラジオ電波だったとしても、音を出していた。

ラジオ・セットのほうは、いかにもラジオ電波らしかった。ただ、ぶつぶつこま切れにされていた。あまり長く聴きつづけられないのだ。ときどき、数秒間つづけてウィル・ロジャーズや、ジェラルディン・ファラー（どちらもアメリカの有名なコメディアン司会者）の声だの、デンプシイ＝カルパンティエ戦（一九二一年米国で行なわれた史上有名な世界ヘビー級タイトル・マッチ）や、真珠湾事件（真珠湾を忘れないでいる人がまだいるかな）の数場面などの聴きとれる瞬間があった。しかしこのように、かすかにでも聞く価値のあるものは、まれだった。たいがいは三文劇場《ソープ・オペラ》やコマーシャルや、かつて音楽だったものの調子はずれな断片だのが、意味もなくごたまぜになった音だった。徹頭徹尾でたらめで、とても聞いてなどいられないしろものだった。

だが、好奇心は強い動機ともなる。数日のあいだ、ラジオ・セットの短かいブームがつづいた。

もっと説明のつけにくい、もっと分析しにくいブームがほかにもあった。一九三八年に両ウエルズが惹き起こした火星人来襲騒動（H・G・ウエルズの『宇宙戦争』を米国の名優オーソン・ウエルズがリアルに放送しすぎて、大騒動をまきおこした）を思い出させるほど、散弾銃《ショット・ガン》や携帯武器の売れ行きが、急上昇した。聖書が天文書と同じぐらいの早さで売れ、天文書は羽根が生えたようにどんどん売れた。ある地方では、避雷針に急に関心が集まった。建築業者たちに、すぐつけてくれ、という注文が殺到した。

いまだにはっきりした理由はわからないが、アラバマ州モービルでは、釣りの本がすごく売れた。数時間とたたぬうちに、どの金物店や運動具店でも、売り切れになってしまった。

公共図書館や書店では、占星術や火星に関する本がどんどん出た。そう、火星に関する本である――火星は、この時には太陽の向こう側にあって、この事件に関するすべての新聞記事が、いかなる惑星も地球と獅子座との中間にはない、という事実を強調していたにもかかわらず。

思いがけない事態が、つぎつぎとひきおこされた。そして、新聞を通して以外には、事件のなりゆきがわからなかった。人々は、新聞社ビルの外に群れをなして、最新版の現われるのを、今か、今かと待ちうけていた。販売主任は、内心気が狂いそうだった。

沈黙した放送スタジオや局のまわりにも物見高い小さな人垣ができて、まるで通夜のように、ひそひそ声でしゃべりあっていた。MID放送局のドアには錠がかけられていた。

もっとも、この問題の解答を見つけようと奮闘している専門家を入れるために、門衛は立っていた。前日、仕事をしていた専門家の何人かは、すでに二十四時間以上も睡眠をとっていなかった。

ジョージ・ベイリイは、ほんのちょっぴり頭痛を感じながら、正午に目が覚めた。ひげを剃り、シャワーを浴びると、外へ出て行き、軽い朝食をとって、やっと自分をとりもどした。そして、早い午後版を買って目をとおし、にやにやした。彼の予感は適中していた。

何がどうしたのか知らないが、とにかく、つまらない出来事ではなかったのだ。だが、いったい何がどうしたのだろう？

遅い午後版に、それが出ていた。

地球侵略さる

科学者が言明

使いうる限りの、いちばん大きな新聞活字で見出しが印刷されてあった。その夜、家庭向けの新聞は、一部も配達されなかった。配達に出かけた新聞配達員は、事実上、暴徒に襲われたといってよかった。彼らは配達するかわりに、新聞を売りとばした。一部につき一ドルせしめた頭のいいやつもいた。この新聞はお得意の家までちゃんととどけなくちゃいけないと考えて、売りたがらなかった頭の悪い正直な連中も、どのみち、新聞を失くしてしまった。かっぱらわれてしまったのだ。

最終版は、見出しを、ほんのちょっと変えた——ほんのちょっと、とは、つまり印刷上の観点から見てだ。けれども、それは意味の上では、たいへんな変化だった。こうである。

地球侵略さる

科学者ら言明

〝が〟を〝ら〟に変えただけで、大きい違いを生じるのだから、おかしな話だ。

その夜、カーネギー・ホールは前例をやぶって、真夜中に講演会を開いた。予定外の、宣伝もされていなかった講演だった。ヘルメッツ教授が、十一時半に汽車を降りたとき、報道陣が待ち受けていたのだ。このハーヴァード大学のヘルメッツ教授は、一風変わった先生で、例の最初の見出しになった科学者だった。

カーネギー・ホール運営委員会の理事長、ハーヴェイ・アンバーズが、人垣をかきわけかきわけ前に出た。彼は眼鏡をなくし、帽子を取られ、息を切らして、やっとたどりついたが、ヘルメッツの腕をしっかと握ると、口がきけるようになるまで、そのままましがみついていた。

「カーネギー・ホールで、講演していただきたいのですが、教授」彼は、ヘルメッツの耳にわめいた。「〝侵略者〟についての講演を五千ドルで」

「よろしい。では、あすの午後にでも」

「今ですよ。車を待たせてあります。来てください」

「だが……」

「人を集めますから。さあ、早く！」彼は人垣に向きなおった。「われわれを通してくれ。

ここにいたって、教授のお話は聞けないぞ。カーネギー・ホールへ来れば、聞けるだろうがね。ホールへ行く途中で、みんなにそう宣伝してくれ」

宣伝はよく行きわたったので、教授が話しはじめるころには、カーネギー・ホールはすし詰めになっていた。まもなく、外にいる群集にも聞こえるように、拡声器がとりつけられた。朝方の一時には、数ブロックにわたる付近の通りも、すし詰めになった。

この講演をテレビかラジオにのせ、そのスポンサーになるためなら、どんな企業家だって百万ドルを投げ出そうとしたろう。だが、講演は、ラジオ放送もテレビ放送もされなかった。どちらも放送不能になっていたのだ。

「なにか質問は？」と、ヘルメッツ教授はたずねた。

最前列にいたひとりの記者が、まっさきに質問した。

「先生。いまのお話の、きょうの午後になって起こった変化は、地球上のすべての方向探知所について確認したものなのでしょうか？」

「そう、たしかに正午ごろから、すべての方向の示度がぼやけはじめたのです。東部標準時で、二時四十五分、完全に方向がなくなってしまった。それまではラジオ電波が、地表に対しては常に方向を変えながらも、だが、獅子座の一点に対しては一定したまま、空中から放射されていたのですが」

「獅子座の何星ですか？」

「星図に出ている星ではありません。電波は、宇宙空間の一点からか、または、小さすぎてわれわれの望遠鏡には見えない星から、飛んできたのです。

しかし、今日の――というより、もう真夜中を過ぎましたから、昨日ですが、その午後二時四十五分に、全方向探知機が動かなくなったのです。しかし、信号はあいかわらずそのままで、今は、あらゆる方向から、等しくやってきています。侵略者たちは、すでに全員が到達してしまったのです……

他の結論は、引き出しようがありません。地球はいまや、ラジオ型の電波によってとりまかれている。完全に包まれてしまっているのです。発信源を持たず、自由に形を変えながら、地球の周囲をあらゆる方向に、休みなく飛びまわるラジオ電波によってです。今のところはまだ、その電波の形がそいつらの興味の的になったらしく注目を惹き、ここへおびきよせた地球発のラジオ信号をそっくり真似したものになっていますが」

「先生は、そいつがわれわれの眼に見えない星から来たのだ、とお考えですか。それとも、宇宙空間のある一点に生じたなんてことが、ほんとに、あるもんなんでしょうか？」

「おそらく空間の一点からでしょう。べつに不思議はない。かれらは、物質でできた生物ではないのですから。星からここへやってきたとしても、われわれに見えぬためには、非常に暗い星でなければならない。なぜなら、その星は比較的われわれに近いところにある

──わずか二十八光年かなた、という、恒星間の距離としては、きわめて近いところだからです」

「どうして、距離がおわかりになるのですか」

「五十六年まえにマルコーニがはじめて送信したS・S・Sという電信符号《コード》。やつらは宇宙の空間でこれを見つけ、それから地球をめざして、と考えたのです。筋のとおる仮定なのです。やつらが最初にまねた電波の形がそれだったから、おそらくその時に地球へ進みはじめたのでしょう。マルコーニの信号は光の速さでひろがり、二十八年まえに二十八光年はなれた空間にとどきました。侵略者たちが、そこから光の速度でこっちにむかったとすると、また二十八年かかるわけです……

予想どおり、最初の到着者だけがモールス符号の形を真似ました。それからのちの到着者たちは、地球へやってくる途中で出くわし、やり過ごした──あるいは、おそらく吸収した──ほかの電波の形を真似たのです。現在、地球のまわりをさまよっているのは、いわば、わずか数日前に放送された番組の断片です。むろん、いちばん最後の放送番組の断片もあるはずですが、今のところ確認はされていません」

「先生、その侵略者というのは、いったいどんなものなのか、ご説明ねがえませんか？」

「ラジオ電波のようなもの、としか説明のしようがありません。事実、ラジオも電波には違いないのです。もっとも、放送局から出てくる電波ではありませんがね。やつらは、ちょうど、われわれのような生命形態が物質のエネルギーに依存しているように、波動に依存する生命形態なのです。すなわち、からだが電波でできていて、電波を食べて生きている生物とでも言えましょう」

「サイズにはいろいろあるのでしょう？」

「ええ、サイズという言葉を波長という意味につかっても、やつらの大きさという意味につかっても、いろいろあるようです。ラジオ電波は、波の峰から峰までの長さをもって測り、その測定値は、波長として知られています。侵略者たちが、ラジオ・セットやテレビ・セットの全波長にわたって影響を与えていることからみて、あらゆる波長を持ったかれらがやってきたのか、それとも、おのおのが、受信器の整調に合わせて、波長を変えることができるのか、のふた通りの考えができますが、そのいずれかが当たっていることは、明白です……

しかし、以上は、波長という点から考えたに過ぎません。ある意味では、ラジオ電波は、持続時間によって、その全長が決められる、といえるかもしれない。かりに放送局が、一秒間の持続時間を持つ番組を送り出すとしますと、その番組を運ぶ波は、一光秒の長さ、ざっと見積って一八七、〇〇〇マイルになります。半時間続く番組は、いわば、半光時間の長さを持つ波に乗っている、といったぐあいです……

そんな形の長さをとるとすれば、個々の侵略者は、数千マイル——一秒のたった数分の一の持続時間――から五十万マイル――数秒の持続時間――をゆうに越える距離まで、長さがまちまちになります。今までに観測されたうちでもっとも長時間、ひとつの番組から抜き出されたものは、約七秒つづきました」

「ですが、ヘルメッツ先生。先生はなぜ、これらの電波を生物、ひとつの生命形態だと推定なさるのですか？ ただの電波ではいけないのですか？」

「その理由は、あなたのいわれるように〝ただの電波〟だったとしたら、一定の法則にしたがうはずだからです。ちょうど生きていない物質が一定の法則にしたがうように。たとえば、動物は山に登ることができるが、石は、なにか外的な力によって押されなければ、山には登れません。この侵略者たちは、自由意志を示すがゆえに、生物です。なぜなら、やつらは、伝播方向を変えることができるし、とりわけ、おのおのが自分というものを持っているからです――たとえば、ふたつの信号は、同じラジオでは、けっして衝突しません。おたがいに入れ代わりはするが、同時には出ない。同じ波長の信号なら普通は混信するのに、そんなことがない。やつらは〝ただの電波〟ではないのです」

「知能があると、おっしゃるのですか？」

ヘルメッツ教授は、眼鏡をはずすと、思案にふけりながら、それをみがいた。

「そう決められるかどうかは、疑問ですな。あのような生物の知性は、たとえあったにしても、われわれのものとは、完全に異なるタイプのものでしょうから、たがいに意志を通じあうきっかけとなる共通点がない。われわれは物質、かれらは非物質なのです。双方のあいだには共通の基盤がありません」

「でも、かりにも知性があるのなら――」

「アリにだって、アリなりの知性はありますよ。本能と呼ぶべきかもしれませんが、本能も知性の一形態なのです。すくなくとも、知性が成し遂げられることのいくつかは、本能にも成し遂げることができます。けれどもわれわれはアリと意志の疎通をはかることはできません。

この侵略者たちとは、なおさらできそうにない。アリとわれわれの知性形態の差異は、侵略者に知性がたとえあったにしても、われわれの知性との差異に比べれば、わずかなものです。ええ、わたしは、意志を通じあえるかどうか、疑問に思いますな」

教授の言は、正しかった。侵略者《ヴァデル》――もちろん『侵略者《インヴェイダー》』の省略語形だ――との意志疎通は、不成功におわった。

翌日の株式市場では、ラジオ株は安定していた。しかし次の日、だれかがヘルメッツ教授に重大な質問をし、新聞がかれの回答を発表した……

「放送の再開？　さあ考えられませんね。侵略者たちが立ち去ってくれるまでは、とても無理です。だが、そもそもかれらが立ち去るべき理由がないでしょう。どこかほかの惑星で、ラジオ通信が完成して、そこにかれらがおびきよせられでもしないかぎりはね。たとえ、そうなったところで、かれらの一部は、われわれが放送を再開したとたんに、またぞろ舞いもどってくるだろうし」

ラジオとテレビの株は、一時間で、事実上ゼロに落ちた。しかし、市場では、それほど熱狂的な場面は見られなかった――熱狂的もなにも、かんじんの買いがないのだから、売りのあろうはずもない。ラジオ株はまったく動かなかったのだ。

ラジオとテレビの従業員や芸人たちは、ほかの職を探しはじめた。芸人たちは職にことかかなかった。他の形態の娯楽が、にわかに、すごいブームをきたしたからだった。

「ツー・ダウンだな」とジョージ・ベイリイは言った。バーテンが、どんな意味だと訊いた。

「わからん、ハンク。ただ、そんな気がしたんだ」

「どんな気なんです？」

「それも、わからない。この酒をもう一杯、振ってくれ。そしたら帰る」

電気シェーカーが動かないので、ハンクは、手で酒を振らなければならなかった。

「いい運動になるさ。きみにはまさに必要なものだ」とジョージがいった。「贅肉がいくらか取れるだろう」

ハンクは、ぶつくさ言った。そして、かれがシェーカーを傾けて、酒をそそぐと、氷がかちかちと陽気な音をたてた。

ジョージ・ベイリイは、ゆっくり時間をかけて、それを飲みくだしてから、雷をともなった四月のにわか雨の中へぶらぶらと出て行った。彼は雨除けの下にたたずんで、タクシーを探した。老人がいっしょに立っていた。

「へんな天気だな」と、ジョージはいった。

老人はにやりとかれに笑いかけた。「あんたも気がついたかね？」

「え？　気がついたとは、何のことです？」

「ちょっと気をつけてごらん。ちょっと」

老人は歩いて行った。空車は一台も通らなかった。ジョージはだいぶそこに立っていてから、やっと気がついた。かれはちょっとあごを下げ、それから口を閉じると居酒屋へもどった。かれは、電話ボックスへ入って、ピート・マルヴェニイに電話をかけた。

三度番号違いにかけてから、かれはピートを出した。ピートの声がでてきた。

「どなた？」

「ジョージ・ベイリイだ、ピート。おい、きみは、天気になにか気がついたか？」

「そうなんだ。ぜんぜんピカッとこない。こんな雷雨なら、あるはずなんだが」

「どういうことなんだ、ピート？　侵略者《ヴァデル》のしわざか？」

「そうさ。いよいよはじまるぜ、もし――」電話線がガリガリと音をたてて、かれの声をかき消した。

「おい、ピート、聞こえるか？」

ヴァイオリンの音。ピート・マルヴェニイがヴァイオリンを弾くはずはなかった。

「おい、ピート、いったいぜんたい、何が……？」

ふたたびピートの声。「うちへ来いよ、ジョージ。電話は長くはもたんだろう。持ってこ……」ズ・ズ・ズーという音がして、また声がした。「――カーネギー・ホールへどうぞ。最高の音楽が――」

ジョージはガチャンと受話器をおいた。

彼は雨の中をピートの家まで歩いて行った。途中で、スコッチをひとびん買った。さっき、ピートが何か持ってこいといいかけたが、たぶん、これのことをいいかけたんだろう。

それは当たっていた。

ふたりは酒をついで、杯をあげた。電灯が短かく明滅し、すっと消え、また点《つ》いたが、うす暗い光だった。

「稲妻が光らない」と、ジョージは言った。「稲妻は光らないし、もうすぐ明りも消えるだろう。やつらは、電話もとろうとしている。稲妻なんかどうするんだろう？」

「食うんだろうよ。やつらは電気ならなんでも食うのにちがいない」

「稲妻が見られないのか」と、ジョージが言った。「ちきしょう。電話はなくてもやっていける。電灯のかわりに、ろうそくやオイル・ランプってのも悪くない……だが、稲妻が見られないと、淋しくなるな、ぼくは、稲妻がとても好きなんだ。ちきしょう」

電灯は完全に消えた。

ピート・マルヴェニイは暗闇の中で、酒をすすった。かれはいった。「電灯、冷蔵庫、電気トースター、真空掃除器……」

「ジューク・ボックス」と、ジョージは続けた。「考えてみりゃ、いまいましいジューク・ボックスももうないんだ。町の広告アナウンスもない、それから……おい、映画はどうなるだろう？」

「映画もない、サイレントでもだめだ。オイル・ランプじゃ映写機は動かせないからな。だがおい、ジョージ、自動車もだめだぞ……電気がなくちゃ、ガソリン・エンジンも動かない」

「どうしてだい、スターターを使わないで、手で始動したら？」

「点火だよ、ジョージ。何がガソリンに点火すると思ってるんだ、きみは？」

「なるほど。すると、飛行機もだめか。ジェット機はどうだろう」

「そうだな……電気のいらないタイプのジェットをとりつけることはできるだろうが、それにしても、たいしたことはできないよ。ジェット機には、モーターよりも器具がたくさんあって、それがみな、電気で動くんだ。ズボンのお尻なんかで噴射が代用できたとしても、ジェット機を飛ばしたり着陸させたりはできないしな」

「レーダーもだめか。でも、そんなもの、何に必要なんだ？　もう戦争はないだろう、すくなくとも当分は」

「いまいましいほど当分な」

ジョージは、不意にしゃんと坐り直した。「おい、ピート、核分裂はどうなんだ？　原子エネルギーは？　まだ使えるのか？」

「どうかな。原子内の現象は基本的には電気的なんだ。やつらは、遊離した中性子だって食っちまうよ、賭けてもいいぜ」

（彼は賭けに勝つだろう。政府は、その日ネヴァダで実験された原子爆弾が、湿った花火みたいに、不発に終ったことや、原子炉が動かなくなりかけていることの公表を押さえていたのだ）

ジョージは、おどろいてゆっくりと頭をふった。「電車、バス、大洋航路船——ピート、こいつは、われわれが馬力の本来の出所に帰るってことだぜ。馬さ。もし投資したければ、馬を買えよ。とくに雌馬だ。優秀な雌馬は、体重と同じ重さの白金の、千倍の価値が出るようになるよ」

「なるほど。だが、蒸気を忘れるな。われわれには、まだ、すえつけのや、移動用の蒸気機関がある」

「なるほど、そうだ。長距離輸送には、また蒸気機関車の鉄の馬だ。でも、短距離なら駄馬でいい。きみは乗れるかい、ピート？」

「昔はね。しかし、ぼくはすこし年とりすぎたらしい。自転車にしとくよ。おい、売りきれないうちに、明日になったらまず第一番に、自転車を買ったほうがいいぞ。ぼくはかならずそうしよう」

「そいつはいいな。ぼくだって、昔は上手に乗りまわしてたんだぜ。頭にくる自動車がまわりに走ってないとなると、こりゃすばらしいだろうな。おっと……」

「なんだい？」

「ぼくはコルネットも買おう。子供のころよく吹いてたんだが、そいつをまたやれる。それからたぶん、どこかにひっこんで、あの小説を書く……おい、印刷機のほうはどうだろう？」

「電気が発見されるずっと以前から、本は印刷されてたさ、ジョージ。印刷産業を再整理するのは、ちょっとひまがかかるだろうが、本は大丈夫、出せるよ。神さまに感謝するんだな」

ジョージ・ベイリイはにやりとして立ちあがり、窓辺によると、外の夜を眺めた。雨はすでにあがって、空は晴れわたっていた。

電車がおもてのブロックのまん中に、電灯を消して立ち往生していた。自動車がストップし、それからのろのろと走り出して、またとまった。そのヘッドライトは、みるみる暗くなっていった。

　ジョージは空を見あげて、酒をひと口すすった。

「稲妻が見えない」かれは悲しげに口にした。「稲妻がないと、淋しくなるだろうな」


　変革は、だれもが思っていたよりスムースに運んだ。

　緊急議会を開いた政府は、完全に制約のない権限を有し、傘下にわずか三つの補助局をおさめるひとつの局を設置するという、賢明な決断をくだした。主局は『経済再整理局』と呼ばれ、たった七人のメンバーから成り、その仕事は、付属三局の仕事を調節し、そのあいだの管轄上の争いに、早急に有無をいわせず、決着をつけることであった。

　付属三局の第一は『運輸局』である。運輸局は、とりあえず、鉄道を即時ひき継いだ。ディーゼル機関車を待避線にひっこめ、蒸気機関車の使用態勢をととのえ、電信も電気信号も使えない鉄道輸送の問題を解決した。それから、輸送されるべきものを順序づけた——第一に食物、第二に石炭と燃料油、ついで、相対的な重要度の高い順に主要生産品を。新品のラジオや電気ストーブや冷蔵庫など、無用な物質は、線路のわきにどんどん棄てられて、あとで、スクラップとして片づけられるのを待った。

　すべての馬は、政府の監督下におくむね布告され、能力によって等級をつけられ、仕事につけられるか、種馬にされるかした。駄馬は、もっとも重要な運送にのみ使用された。繁殖計画には、可能なかぎり重点がおかれた――馬の頭数は、二年で二倍、三年で四倍に増え、六、七年以内には、全国どのガレージにも、馬が一頭いる勘定になるだろうと、運輸局はみつもった。一時的に馬を失い、トラクターを畑で朽ちるにまかせている農夫たちには、軽輸送を含めて、耕作その他の農場作業に牛をどう使ったらよいか、と講習がなされた。

第二局の『人力再配置局』は、その名称から察しがつくような機能を、うまく果たしていた。この局は、一時的に失業した何百万の人間に失業手当をあたえ、再就業を援助した――これは、多くの分野で、手労働の需要がものすごく増大したことを考えれば、それほど面倒な課題ではなかった。

一九五七年五月には、三千五百万の労働者が失業していた。それが十月には千五百万に減少し、一九五八年五月までには、五百万になった。一九五九年に入ると、事態は完全に収拾がつき、求人競争がすでに、賃金値上げをもたらしはじめていた。

第三局は、三つの局のうちで、もっとも困難な仕事をうけもっていた。この局は『工場再整理局』と呼ばれ、電気的に操作される機械類が揃っていて、しかも大部分は、他の電気的に操作される機械の生産にあたっていた工場を、電気なしで、主要な非電気的製品を生みだす工場に転換するという、とほうもない課題ととりくんだ。

はじめのうち、数台のすえつけの蒸気機関は、二十四時間ぶっとおしで運転された。まず最初に課された仕事が、あらゆるサイズにわたるさらに多くのすえつけの蒸気機関を作り出すための、旋盤と截断器と削り盤とフライス盤を回す仕事だった。蒸気機関の数は、種馬にされる馬の頭数と同様に、等比級数的に増大した。理由はどちらも同じなのだ。だから、これら初期の蒸気機関を種馬と呼んでもいいし、実際にも多くの人間がそう呼んだものだ。とにかく、原料の金属にはこと欠かなかった。工場には、溶解されるのを待っている改造できない機械類が、いっぱいつまっていた。

新らしい工場経営の基礎——蒸気機関は、十分に数がそろってから、はじめてオイル・ランプ、衣類、石炭ストーブ、浴槽、ベッドなど他の製品の製造に用いる機械類の運転にまわされた。

大工場の全部が全部、改造されたのではなかった。というのは、改造期がすすんでいるあいだに、おびただしい場所で、個人的な手工業が芽生えてきたのだ。家具、靴、ろうそくなど、複雑な機械がなくても製造可能なあらゆる種類のものを、作ったり直したりする、小さなひとり、ないしふたりぐらいの工場だ。最初、こういった小工業は重工業との競争がないので、ひと財産作った。その後も、小型の機械を運転するために小型の蒸気機関を買って、身代を保ち、正常な雇用状態にもどり労働力が買えるようになると、同時にやってきたブームに乗って成長し、規模を大きくしてゆき、ついには、その多くは大工場と生産量をきそい、質の点では凌駕するまでになった。

経済再整理の期間中には、たしかに苦難もなめはしたけれど、三〇年代初頭の大不況にくらべれば、まだましだった。しかも、その復旧はめざましかった。

理由は明白だ。大不況と戦った為政者たちは、いわば暗闇で仕事をしていたのだ。かれらはその原因を知らず――というより、おびただしい数の相反する原因論を知りすぎていて――治療法がわからなかった。この不況は一時的なもので、ほっといてもひとりでに治るだろう、という考えに邪魔されていたのだ。要するに、かれらが不況の正体をつかめずに、八方に手探りしているあいだに、それは雪ダルマ式に大きくなっていったのだった。

しかし、一九五七年に、この国が――あらゆる国々が――直面した事態は、明白そのものだった。もう電気は使えない。蒸気と馬の力に再調整だ。しごく、単純明快で〝もし〟も〝そして〟も〝しかし〟もいらなかった。さらに、全国民が――どこにもいる変人はのぞいて――一致協力できたのだ。

一九六一年――

四月のある雨の日、ジョージ・ベイリイは、コネティカット州ブレイクスタウンの小さい鉄道駅の屋根の下で、三時十四分の汽車で、だれかがやって来ないものかと、待ちうけていた。

汽車は三時二十五分にがたごとやってきて、あえぎながら停車した。客車が三台に貨車が一台の列車だ。その貨車の扉が開いて、郵便袋がひとつ手渡されると、また扉が閉った。手荷物が出てこないところをみると、どうやら、乗客はひとりも……

そのとき、後部の客車のデッキから、ゆうゆうと降りてきた背の高い黒髪の男を見て、ジョージ・ベイリイは喜びの声をあげた。

「ピート！　ピート・マルヴェニイ！　いったい何だって……」

「ベイリイか、おどろいたな！　ここで何をやってるんだい？」

ジョージはピートの手を握りしめた。「ぼくか？　ここに住んでるんだ。もう二年になる。五九年に、道楽に『ブレイクスタウン・ウィークリイ』紙を買って、やってるんだ——編集者兼記者兼小使さ。そのために、印刷機を一台仕入れて使っている。メイジーは社交欄だ。彼女《あれ》は……」

「メイジー？　メイジー・ヘッターマンのことか」

「今はメイジー・ベイリイだよ。新聞を買うと同時に結婚して、ここに移ったんだ。きみはここに何しにきたんだ。ピート」

「仕事さ。ひと晩泊るだけだ。ウィルコックスという人に会うんでね」

「ああ、ウィルコックスか。ここじゃ変人で通ってる……おっと誤解しないでくれ。たしかにりっぱな人だよ。とにかく、かれには明日だって会える。うちへ来て、夕飯を食べて泊っていけよ。きみに会ったら、メイジーも喜ぶだろう。行こう、ぼくの馬車が向こうにある」

「いいとも。ここの用事はもうすんだのかい？」

「うん。だれが汽車で来るか、ニュースをひろってただけさ。そこへきみが来た。だから、もういいんだ」

ふたりは馬車に乗りこみ、ジョージが手綱をとって、「はいよう、ベッシー」と雌馬にいった。それから「今は何の仕事をやってるんだい、ピート？」

「研究さ、ガス会社の。もっと効率のいいガス灯を考えてるんだ。もっと明るくて、壊れにくい。ここのウィルコックスという人は、そっちの方面で、何かを持ってると手紙をよこしたんだ……それを調べに、会社から派遣されてきたってわけさ。彼の主張するとおりのものだったら、ニューヨークに連れ帰って、会社の弁護士に彼と取引させるんだ」

「それで、商売のほうの景気はどう？」

「すごいよ、ジョージ。ガス——こいつは将来性があるね。新築の家はみなガス管を引いてるし、古い家もどしどし引いている。きみのところは？」

「引いたよ。幸い、会社の古い鋳造植字機《ライノタイプ》は、金属ポットがガス・バーナーにかかるようになってる旧式のやつだったので、すでにガス管がはいっていた。わが家はオフィスと印刷工場のすぐ向こうだから、ガス管をもうひと伸ばしすればよかったんだ。たいしたもんだよ、ガスは。でニューヨークの様子はどうだ」

「いいよ、ジョージ。人口は、百万ほどに減ってしまって、そこで安定している。雑踏もないし、部屋はだれにもたっぷりある。空気ときたらガソリンの臭気がないから、アトランティック・シティよりいいぜ」

「あっちこっち行けるだけの馬はそろっているかい」

「まあね。でも、自転車が大流行だ。工場の生産が需要に追いつかないくらいだ。たいていのブロックにサイクリング・クラブがあって、上手な人間はみな、自転車で仕事に行き帰りしてるよ。健康にもいい。もう二、三年したら、医者にかかる人間が減るだろう」

「きみも自転車を持ってるのか？」

「うん、侵略前のやつだが。一日平均、五マイルは乗って、馬みたいにもりもり食ってる」

ジョージ・ベイリイは、くすくすと笑った。「メイジーに、夕食には乾草を入れるようにいっとこうか。さてと、着いた。どうどう、ベッシー」

二階の窓が開いて、メイジーが見おろした。彼女は声をあげた。

「まあ、ピート！」

「一人前追加だ、メイジー」とジョージが言った。「馬をしまってピートに階下《した》を見せたら、すぐあがるよ」

彼はピートを、厩から印刷工場の裏のドアへ連れていった。

「うちの鋳造植字機《ライノタイプ》だ！」と、彼は指さしながら、誇らしげに言った。

「どういうふうに動くんだ？　蒸気機関はどこなんだい」

ジョージはにやにやした。「まだ動かないよ……活字は手で組んでるんだ。蒸気機関は一台しかなくて、そいつは、印刷機のほうに使わなけりゃならないんだ。でも植字機用にも一台注文したから、ひと月かそこらすれば来るだろう。それが手に入ったら、印刷工のジェンキンズ爺さんは、自分でクビを切って、ぼくに印刷技術をおしえてくれることになっている。植字機が動いてくれれば、全部ぼくひとりでやってけるんだ」

「その爺さんにちょっとひどくはないのか？」

ジョージは首をふった。「爺さんは、その日をひどく待ちかねてるんだ。六十九で、隠居したがっている。ぼくが彼なしでやっていけるようになるまで、残ってるだけなのさ。それが印刷機――かわいいおチビのミエールだ――こいつにはだいぶお世話になってるよ。これがオフィス、表側になってる。乱雑だが、能率はいい」

マルヴェニイはあたりを見まわして、にやりとした。

「ジョージ、どうやらきみ向きの仕事を見つけたようだな。むかしから田舎町の編集者にはぴったりの人間だったよ」

「ぴったり？　ああ、ぼくは夢中なんだ。だれより自分が楽しんでる。信じてくれなくてもいいが、ぼくは犬みたいに働くのが好きなんだ。さあ、二階に行こう」

階段の途中で、ピートが訊ねた。「書くといってた小説は？」

「できかかってるよ。出来は悪くない。でも、ぼくが書こうとしていた小説じゃない……あのころのぼくは、ひねくれ者だったからな。現在は……」

「ジョージ、ヴァヴェリは、どうやら、きみの最高の友達だったってわけだな」

「ヴァヴェリってだれだ？」

「おや、俗語がニューヨークから田舎まで伝わるのに、ずいぶんかかるんだな。侵略者《ヴァデル》のことさ、もちろん。それ専門に研究している先生が、エーテル中の波《ウェイ》うった場所《バリィ》だ、といったんで、〝ヴァヴェリ〟が流行語に……やあ、メイジー。すごく幸福そうだね」

彼らはゆっくりと食事をとった。ジョージは申しわけなさそうに、冷たいびんに入ったビールを持ってきた。

「悪いな、ピート、きみに出すのに、これより強いのがないんだよ。何しろ、最近は飲まないんでね……がまんしてくれ」

「酒を断《た》ったのかい、ジョージ？」

「断ったってほどじゃない。誓いをたてたわけでも何でもないんだが、もう一年ほども、強い酒は一滴もやってないんだ。なぜだかわからないが……」

「わかるよ」と、ピート・マルヴェニイはいった。「なぜだか、ぼくにはわかる……ぼくも、同じ理由で、あんまり飲まないからね。飲む必要がすこしもないから、飲まないのさ……おい、向こうにあるのは、ラジオじゃないのかい？」

ジョージはくすくす笑った。「記念品さ。ひと財産くれたって、売るつもりはない。ときどきあれをながめては、昔あいつのために、汗水たらして、おそろしい文句をひねり出していたことを思い出しているんだ。それから、近よってスイッチを入れる。何も起きない。ただ静寂だけだ。静寂ってものは、ときには、この世でいちばん素晴らしいものだよ、ピート。もちろん、電気があったら、そんなこともできないがね、ト・ト・ツー・ツーなどといいだすからな。奴らは、まだ前と同じことをやってるんだろ？」

「うん、調査局で毎日調べているがね。小さな発電機を蒸気タービンで動かして、電気をおこそうとしても、だめなんだ。発電するそばから、どんどん吸いとってしまうんだ」

「立ち去ってはくれないのかい？」

マルヴェニイは肩をすくめてみせた。「ヘルメッツ教授は、だめだっていってる。彼は、電気が増えれば、それにつれてやつらも殖えるだろう、と考えている。たとえ、宇宙のどこかでラジオ放送が始まって、奴らを引きよせたとしても、一部はここに残るだろうし——われわれが電気をまた使おうとするやいなや、蝿みたいに殖えてしまうだろう。そうでないときは、空気中の静電気を食って生きていくだろうとさ。ところで、ここでは、夜をどうして過ごすんだい？」

「どうしてって、書いたり、読んだり、訪問しあったり、アマチュア・グループに行ったり……メイジーはブレイクスタウン劇団の座長で、ぼくも端役をやらしてもらってるよ。映画がなくなったので、だれもかれも芝居に熱中してるんだ。なかには、本物の才能を持ってるのもいる。チェス・クラブもあるし、サイクリングやピクニックもあるんだが、それらは時間があまりなくてね。音楽はもちろん盛んだ。みんな楽器をひいたり、習ったりしている」

「きみは？」

「うん、コルネットだ。シルバー・コルネット楽団の第一コルネットで、ソロを受け持ってるんだ。それから……そうだっけ！　今夜はリハーサルで、日曜の午後、コンサートを開くんだった。きみをおいてくのは、心苦しいが……」

「ぼくもいっしょに行って、やっちゃいけないかな？　旅行かばんに、フルートを忍ばせてあるんだが……」

「そのフルートが足りないんだ。そんなもの持ってってったら、指揮者のサイ・パーキンスはきみを誘拐して、日曜のコンサートまで逃がさないだろうよ。あとわずか三日だから、もちろん、かまわないだろうね？　それをいま出せよ。練習に二、三曲古いのをやろう。おい、メイジー、皿洗いはいいから、ピアノのほうをやってくれ！」

旅行鞄からフルートを出しに、ピート・マルヴェニイが客間に行っているすきに、ジョージ・ベイリイはピアノの上から自分のコルネットを取って、やわらかな、物悲しい短調の曲を吹いてみた。澄んだ音色。今夜の彼の唇は、調子がよかった。

それから、その銀色に輝く楽器を手にしたまま、彼は窓辺にそっと歩みよって、外の夜を眺めた。日はとっぷりと暮れ、雨はあがっていた。

足を高くあげながら、馬がぱかぱかと通り過ぎ、自転車のベルがちりりんと鳴った。通りの向こうでは、だれかが、ギターをかき鳴らしながら歌っていた。かれは息を深く吸いこみゆっくりと吐き出した。

春のかおりが湿った空気の中で、やわらかく甘く漂っていた。

平和と黄昏《たそがれ》。

遠い雷鳴。

〈残念だな〉と彼は思った、〈すこしでもいいから稲妻が光ってくれたらなあ〉

彼は稲妻だけが恋しかった。

ノック

Knock

わずか二つの文で書かれた、とてもスマートな怪談がある。

「地球上で最後に残った男が、ただひとり部屋のなかにすわっていた。すると、ドアにノックの音が……」

二つの文章と、点を並べた省略を示す符号だけ。この話のこわさは、もちろん二つの文のほうにはない。それは省略の符号のなかで暗示されている。いったい、なにものがノックしたのだろうか。わけのわからない状態にであうと、人間の心は、ちょっといいようのない恐怖におそわれるものだ。

だが、実際のところは、恐怖にみちたものではなかったのである。

地球上で最後の男。あるいは宇宙で最後の男と呼んでもいい。彼がただひとり部屋のなかにすわっていた。それは奇妙な部屋であった。彼は部屋が奇妙であることに気がつき、なんでこんな奇妙なことになったのかを考えてみた。そして得た結論から、彼は恐怖を感じもしなかったが、あまりいい気持ちでもなかった。

二日まえにネイサン大学が消え失せてしまうまで、そこで人類学の教授をしていたこのウォルター・フィランは、そう簡単にこわがるような男ではなかった。といっても、フィランがたくましい男性であるとは、どう誇張しても形容するわけにはいかない。ほっそりした体格と温厚な性格。見たところぱっとしないスタイルであることは、自分でもよく承知していた。

だが、いまの彼は、自分のスタイルを気にしているわけではなかった。そんな問題などは、このような場合に、心のなかに湧いてくるはずがない。

おぼろげながら彼にわかっているのは、二日まえの一時間たらずのうちに、人類がすべて絶滅させられてしまったことである。彼自身と、どこかにいるらしいひとりの女を除いたすべての人類が。だが、そのことはウォルター・フィランにとって、どうでもいいことだった。その女に会うことはないだろうし、会えないからといっても、べつにたいしたことではない。

一年半まえにマーサが死んでしまってからというものは、ウォルターの人生にとって、女性は縁のない存在だった。いくらか支配的ではあったがマーサは良き妻であった。そう、マーサをウォルターは愛していたのだ。深く、静かな愛し方で。

マーサが死んだのは三十八歳のときだったから、現在の彼はまだ四十歳のわけだが、とにかくそれ以来、彼は女性のことを考えなかった。その後の彼の人生は、書物のなかだけにあった。本を読むことと書くこと。いまとなっては本を書いてもしようがなかったが、余生のすべてを読書にふけることはできるのだ。

たしかに、だれかとつき合えれば申しぶんないが、彼はそれなしでも、なんとかやっていけるだろうと思った。あるいは、いずれ話し相手が欲しくなり、ザンのやつらの一人と、ときたまつき合って楽しむことになるかもしれない。だが、まずそれは考えられないことだった。やつらの考え方は、ウォルターの考え方と、話しあうにはあまりにも違いすぎていたのだ。ある意味においては、やつらの知能はすぐれていたのだが。

ある意味においては、アリはすぐれた知能を持っている。だが、アリと話しあった者などありはしない。といって、ザン星人がアリに似ていたというわけではないが、彼にはなんとなく巨大なアリのように思われた。ウォルターには、ちょうど人間がアリを見るのと同じ目つきで、ザンが人間を見ているような気がしてならなかった。たしかに、人間がアリの巣に対してやること、それと同じことを地球に対してやってのけた。しかも、はるかに手ぎわよく。

だが、やつらはウォルターにたくさんの本を与えてくれた。彼のたのみをやつらはすぐにかなえてくれたのだ。それは彼が余生をこの部屋ですごすことになりそうだと知って、たのんだとき、すぐにである。余生、ザンの奇妙な発音でいえば「えいきゆう」にとなる。いかにすばらしい知能の持主でも、またザンはたしかにすばらしい知能の持主だったが、おかしな癖はあるものである。ザンは数時間のうちに地球の言葉を話せるようになったが、一音ごとに区切って話す癖はどうしても抜けなかった。まあ、こんなことより話をもとにもどそう。

ドアにノックの音が。

これで、文末の点々、つまり省略符号の部分をのぞいて、すべて説明し終えたことになる。そして、これからはその省略の部分に触れ、案に相違してこわいものではなかったことを示す話になる。

「どうぞ」

と、ウォルター・フィラン声をかけるとドアが開いた。いうまでもなく、ザンのひとりが現われただけだ。ザンはだれも彼もそっくり同じように見える。ザン同士ではおたがいに見分けることができるのだろうが、ウォルターにはわからなかった。身長は一メートルちょっと。地球上のなにものにも似ていない。もっとも、ザンがやってくる前までの地球上のなにものにも、というわけだが。

「やあ、ジョージ」

と、ウォルターは言った。やつらが名前というものを持っていないと知ってから、彼はやつらのだれをもジョージと呼ぶことにきめていたが、ザンの連中もそう気にしてはいなかった。

「やあ、うおるたあ」

と、入ってきたやつが言った。ノックし、あいさつするのがやつらの習慣だった。ウォルターはなにを言い出すのかと待った。ザンはしゃべりはじめた。

「だいいちのようじは、これからは、べつなほうをむいて、いすにかけてもらいたい」

ウォルターは聞きかえした。

「思ったとおりだな、ジョージ。どうだ、あの無地の壁は、外からのぞくと透明なんだろう」

「とうめいだよ」

「やっぱりそうか。動物園に入れられてしまったというわけだな」

「そのとおりだ」

ウォルターはため息をついた。

「わかってたよ。あの無地の壁には家具がひとつも寄せかけていないし、ほかの壁とはちがった物質でできているからな。そこで、あの壁にあくまで背をむけてすわりつづけるとしたら、どうするね。まさか殺すんじゃないだろうな」

「ほんを、とりあげることにする」

「痛い点をつかれたな、ジョージ。仕方がない。これから読書するときは、壁にむかってすわることにするよ。ところで、この動物園にはわたしのほか、どれくらいの動物がいるのかね」

「にひやくと、じゅうろくだ」

ウォルターは頭を振った。

「完全じゃあないな、ジョージ。いいかげんな動物園だって、もっとましだ。動物園がのこっていればの話だがね。それで、手当たりしだいに集めたのかい」

「そうだ。てあたりしだいに、あつめた、ひょうほんだよ。ぜんぶのしゆるいは、とても、あつめきれない。おすとめすを、くみにして、ひやくはちしゆるいを、あつめた」

「餌はどうするんだ。肉食動物などの」

「つくるさ。ごうせいしてね」

ウォルターは感心した。

「合成とはすごい。それから、植物のほうの採集もしたのかい」

「しよくぶつは、しんどうでは、しなかつた。どれも、まだいきている」

「植物が震動波に耐えたとは、よかったな。植物に対しては、動物のようにひどいことをしなかったわけだな。ところで、ジョージ。きみはさっき、第一の用事と言ったが、すると、第二の用事が待ちかまえていることになるな。それはなんだ」

「われわれに、わからないことがあるのだ。ほかのどうぶつが、ふたつ、ねむつたまま、おきてこない。つめたく、なつている」

「どんな設備のととのった動物園でもおこることさ、ジョージ。きっと死んだのだろうよ」

「しんだと。いきるのをやめることだな。だが、だれもやめさせたものはいない。どれもひとりでいたのだから」

ウォルターは、ザンを見つめた。

「なんだと、ジョージ。きみは自然死ということを知らないのかい」

「しぬとは、いきものがころされ、いきるのを、やめさせられるときのことだ」

ウォルター・フィランはまばたきをつづけながら聞いた。

「ジョージ、きみはいったい何歳なんだい」

「じゆうろく、といっても、わからないだろうな。このわくせいが、ここのたいようを、ななせんかいぐらい、まわるのにあたる。わたしは、まだわかい」

ウォルターは軽く口笛を吹いた。そのあと、考えたあげくに言った。

「世間知らずの坊やだと言うんだな。ねえ、ジョージ。きみたちがいまいるこの惑星について、知っておかなくてはならないことがあるよ。ここには、きみたちの故郷の星などにはいない男がいる。あごひげをのばし、大鎌と砂時計を持った老人のことだ。そいつはきみたちの使った震動波では死ななかったんだよ」

「どんなやつだ」

「冷酷な草刈人、という名さ、ジョージ。つまり死神じいさんだ。われわれ人間と動物は、そいつ、死神じいさんに鼓動を止められ、それで死ぬことになっている」

「そいつが、あのふたつのどうぶつを、ころしたのだな。もっと、ころすだろうか」

ウォルターは、答えようとして開きかけた口を、すぐに閉じた。ザンには表情というものがなかったが、その声には、困ったことだと顔をしかめたような響きが含まれていたのだ。

「目をさまさないその動物のところへ、わたしを連れていかないか。規則違反にならないのなら」

とウォルターはたのみ、ザンは承知した。

「よろしい」

これが二日目の午後のことだった。そして、つぎの朝、ザンの数人が連れだって来て、ウォルター・フィランの本や家具を運びはじめ、それが終ると、こんどはウォルターを連れ出した。彼は百メートルほどはなれた、いままでよりずっと大きな部屋に移されたのだ。

ウォルターはそこにすわって待っていたが、ノックの音を聞くと、こんどは何の用事かを予期していたので、礼儀正しく立ち上がった。ザンはドアをあけてから横にどいた。一人の女性が入ってきた。ウォルターは軽く頭をさげた。

「ウォルター・フィランです。ジョージが紹介しておいてくれなかったでしょうからね。ジョージも礼儀正しくしようとしていると思いますが、われわれの作法に精通してはいないでしょう」

女が落ち着いているので、彼はうれしくなった。彼女は答えてくれた。

「グレース・エバンスですわ、フィランさん。だけどどうしたことですの。なぜ、あたしがここに連れてこられたのかしら」

彼女が話しているあいだ、ウォルターはじっと見つめていた。彼と同じくらい背が高く、均整のとれたからだつきだった。三十を越したぐらいで、思い出のマーサと同い年ほどに見えた。また、マーサの美点だった自信たっぷりなようすに似た所もあった。もっとも、マーサのそれは、彼ののんびりとした性格によって目立っていたのかもしれないが。本当にマーサそっくりだな、とウォルターは思いながら言った。

「なぜあなたが連れてこられたのか、わたしにはわかっているつもりですよ。しかし、話をちょっと前に戻しましょう。どんな事態がおこったかはご存じでしょう」

「あいつたちが、あの、みんなを殺してしまったということ？」

「ええ。まあ、おかけなさい。やつらがどんな方法でやったかについては……」

彼女はそばにあった、すわり心地のよさそうな椅子に身を沈めた。

「いいえ。どんな方法かはわかりませんわ。でも、そんなことはもう、どうでもいいじゃありませんの」

「それはそうですが、いちおうお話ししましょう。やつらのひとりがしゃべったことと、いろんな事実を総合してみた判断ですがね。まず、やつらの数はそんなに多くはない、ここにいるのは少ないのです。故郷の星がどこにあって、そこでは大ぜいいる種類なのか、といったことまではわからないが、太陽系の外から来たことはたしかなようです。やつらの宇宙船は見ましたか」

「ええ。大きくて、山みたいだったわ」

「そんな感じでしたね。ところでその宇宙船がすべての動物を殺すことのできる震動波の発射装置をつんでいた。やつらは震動波と言ってますが、これはわたしの想像では音波よりむしろ電波に近いもののようです。しかし、宇宙船のなかには震動波が作用しないようになっている。その震動波が地上の動物をいっぺんに全滅させたのか、一周しながら行なったのかはわかりませんが。あっという間に、苦しむことなくと思いたいのですが、とにかく殺してしまったんです。わたしたち、それにこの動物園にいる二百匹あまりの動物たちが、殺されないですんだわけは、きっと、その時すでに宇宙船のなかに入れられていたからでしょう。わたしたちは標本として拾われたようですよ。ここが動物園であることはご存じでしょうね」

「あ、あたしも、そうじゃないかしらと思ってましたわ」

「その前の壁は、外からのぞくと透明なんです。ザンはどの部屋のなかも、それぞれの動物の自然の生態にあわせて、ずいぶんうまく作りあげていますよ。この部屋なんか、機械を使って十分間で作ってしまった。こんな機械装置が地球にあったら、住宅難など起こらなかったでしょうにね。あ、いまさら住宅難の話などしても、まにあいはしませんね。それから、どうやら人類は、といっても、あなたとわたしだけだけど、原爆やつぎの大戦の心配をしなくてもよくなったらしい。ザンは、たしかに人類にかわって多くの問題を解決してくれたようですよ」

グレースはいくらかほほ笑んだ。

「手術は成功したけど、患者のほうが死んじゃったといったところね。なにもかもめちゃめちゃだわ。あなたはつかまったときのことを覚えていらっしゃるの。あたしは覚えていませんわ。夜になって眠り、目がさめてみたら、宇宙船の檻のなかにいたのよ」

「わたしだって覚えていません。おそらくやつらははじめに、われわれを気絶させる程度に震動波を弱めて使ったのでしょう。そうしておいて、手当たりしだいに標本を拾い集めてまわったのでしょうね。それから、欲しいだけ、あるいは集めるだけ集め終ると、例の震動波を強力にして発射した。これですべて終りでした。しかし、やつらはきのうになって、われわれを過大に評価していたことに気がつきました。やつらと同様に、われわれも不死身だと思っていたのですよ」

「え、わたしたちがなんですって」

「やつらには、殺されることは起こりえても、自然死、つまり寿命というものがないのです。たしかに、きのうまでは自然死を知らなかった。きのう、われわれの仲間の二匹が死ぬまではね」

「二匹が。まあ」

「ええ。動物園のなかの、われわれ動物のうちの二匹です。一匹は蛇、もう一つはアヒル。この二種類は完全に絶滅してしまいました。しかも、ザンのやり方で時間をはかれば、残ったほうのどの動物たちも、わずか数分間の生命です。奴らは永久的な標本を手に入れたと思っているのにね」

「あたしたちがどんなに短命な動物なのか、あいつたちは知らなかったというのね」

「そうですよ。ザンのひとりは、七千歳のくせに、まだ若いんだ、なんて言ってました。やつらはきっと、雌雄同体で一万年ごとぐらいで子を産むのでしょう。きのう、地球の動物がとてつもなく短命なのを知って、奴らはきもをつぶしたにちがいありません。これもきもがあればの話ですがね。とにかく、やつらは動物園を再編成することにきめました。一匹ずつでなく、二匹ずつにね。べつべつだと短命でも、いっしょにすると長持ちすると考えたのです」

それを聞き、グレース・エバンスは立ちあがってにらんだ。

「あら、あなたが考えだして、あいつらに……」

わけもなく叫んで、彼女はドアにむかった。

「出られないでしょうよ。しかし、気になさらないように。やつらはそう考えていても、わたしはちがいますよ。わたしは地球のただひとりの男性であるという権利を、ことさら主張したりはいたしません。こんな情勢の場合のせりふとしては、そぐわないことかもしれませんが」

「でも、あいつらはこの小さな部屋に、わたしたちをずっと閉じこめておくつもりなんでしょう」

「そんなに小さくもありませんよ。なんとかやっていけるでしょう。わたしはあのふっくらした椅子がひとつあれば、ぐっすりと気持ちよく眠れるし、わたしとあなたとがまったく気が合わないということもないでしょう。そんな個人的なことはさておいて、われわれが人類に対してできることといえば、人類をわれわれで終りにし、これ以上の動物園での見世物扱いを打ち切ることぐらいでしょうね」

彼女はほとんど聞きとれないほどの小声で「ありがとう」と言い、表情をやわらげた。眼にはまだ怒りの色がのこっていたが、ウォルターはそれが自分に対してではないと知っていた。こんなふうに眼がきらめくと、さらにマーサに似てくるなと思った。

彼はちょっと笑いかけながら、言ってみた。

「それとも……」

グレースが椅子から飛びあがったので、彼は一瞬、平手うちを覚悟した。だが、彼女はふたたび、ぐったりと腰をおろした。そして、鋭さを含んだ口調で言う。

「あなたも男性なら、なにか方法を考えていらっしゃるんでしょう。あいつらを殺せることとか。そうじゃなくって？」

「ええ。考えてますとも。やつらをずっと研究してきました。外観はおそろしく違っていますが、大きく見れば同じような新陳代謝、循環、消化などの組織を持っているようです。われわれを殺すことのできる方法なら、きっとやつらをも殺せるでしょう」

「でも、さっきあなたは……」

「ええ、もちろん違いはありますよ。人間を老化させる要素を、やつらはまったく持っていません。あるいは人間の持っていないなにか、細胞を更新させることのできる内分泌腺でも持っているのでしょう」

彼女はもはや怒ることを忘れていた。熱心に身を乗り出してきた。

「そのとおりでしょうね。それに、あいつらは痛さを感じないようよ」

「そうならありがたいんだが。しかし、どうしてです」

「あたしのとこへ来るザンをころばしてやろうと思って、部屋の机のなかにあった針金をドアのところに張っておいたのよ。うまくころがって、針金で足を切ったわ」

「赤い血が出ましたか」

「ええ。でも平気だったようよ。怒りもしないし、気にもしない。二、三時間してから、またやって来たときには、なおっていたのよ。傷はほとんど消えていたわ。そのザンだとわかるぐらいの傷あとは残っていたけど」

ウォルター・フィランは大きくうなずいた。

「怒ったりはしないでしょうよ。もちろん。やつらには感情というものがないのです。たとえやつらのひとりを殺したところで、罰せられることもないでしょう。しかしそんなことをしてもなんにもなりません。人間が飼育係を殺した猛獣を扱ったときのように、食料を小さな穴からさし入れるように変え、それ以上、飼育係が死なないように注意することになるだけでしょう」

「ザンはどれくらいいるのかしら」

と、彼女が聞いた。

「この船だけなら二百ぐらいでしょう。しかし、故郷にはもっといるにきまっています。ここにいるのは先発隊かも知れません。生物を一掃して、ザンの移住を安全なものにするための……」

「うまくやりとげた……」

その時ノックがしたので、ウォルターは声をかけた。

「どうぞ」

すると、ザンのひとりが戸口に立っていた。ウォルターは声をかけた。

「やあ、ジョージ」

「やあ、うおるたあ」

さっきのザンかどうかはわからなかったが、あいさつは同じだった。ウォルターが聞いた。

「なにか起こったのかい」

「また、べつなどうぶつが、ねむったまま、おきない。いたちとかいう、ちいさな、けがわにおおわれた、しゆるいだ」

ウォルターは肩をすくめた。

「しかたがないさ、ジョージ。死神のじいさんだ。前に話しておいたろう」

「もっと、ひどいことがある。ザンのひとりが、けさ、しんでしまった」

「それがもっとひどいことなのかい。なあ、ジョージ。きみたちがここに住み着くつもりなら、そのことに慣れなくてはいけないんだよ」

ウォルターはさとすように言う。ザンは黙って立ったままだった。ウォルターはうながす。

「それで」

「いたちについてだが。やはり、おなじいけんなのか」

ウォルターはまたも肩をすくめた。

「ああ、あまり役には立たないだろうがね。やらないよりはましだろう」

ザンは立ち去った。ウォルターは遠ざかってゆくその足音を聞き、にやりと笑って言った。

「うまくゆくかもしれないよ、マーサ」

「まあ、あたしの名はグレースよ、フィランさん。なにがうまくゆくっていうの」

「ウォルターと呼んでくれないかな、グレース。それに慣れてくれませんか。ねえ、グレース。きみを見ていると、マーサのことを思い出してしまう。二年ほど前に死んでしまった妻のことをね」

「知らなかったわ。それで、うまくゆくってなんのことなのよ。ザンとなんの話をしていたの」

「あしたになればわかると思うよ」

とウォルターは答え、彼女は、それ以上を聞きだせなかった。

これがザンが来て四日目の出来事だった。

そして、その翌日が最後の日となった。

ザンのひとりがやってきたのは、正午ちかくのころだった。いつものようにあいさつを終え、戸口に立ったやつらの表情は、いままでよりさらに異様だった。ザンは言った。

「われわれは、ゆく。かいぎで、きまった」

「またたれかが死んだのか」

「さくばんだ。ここは、しのほしなのだな」

ウォルターはうなずいた。

「きみたちも、それに仲間入りしたのさ。ところで、数十億ものなかから選んだ二百十三匹の動物は、生かしたまま置いてくのだろうな。ちょっと待ってくれよ」

「なにか、ようがあるのか」

「あるとも。きみたちは急いで行ったほうがいい。そして、この部屋の鍵だけ開けておいてくれ。ほかの部屋はいいよ、われわれがやるから」

ザンは立ち去っていった。グレース・エバンスは目を輝かせて立っていた。

「どうしたの。どういうわけなの」

ウォルターは手で制した。

「あとで。いまはやつらの逃げ出す音を聞こう。思い出の音になるよ」

何分かののちに爆音がおこった。ウォルターは自分が緊張でこわばっていたことに気がつきながら、椅子のなかにくつろいだ。やがて、ゆっくりと言った。

「エデンの園にも蛇がいたな、グレース。その蛇は人類にごたごたをもたらした。しかし、こんどのそれは、そのつぐないをしてくれたよ。おととい死んだ蛇の配偶者がね。ガラガラ蛇がね」

「それが二人のザンを殺したというの。だけど……」

ウォルターはうなずいた。

「やつらはこの地域では森で迷った坊やのようだった。やつらのいう、眠ったきりで目のさめない、という最初の動物を見せに連れてゆかれ、そのひとつがガラガラ蛇だったので思いついたのさ。もしかしたら、有毒生物は地球に特有で、ザンは知らないかもしれない。それに、同じ毒で死ぬくらい、新陳代謝も似ているのかもしれない。どっちみち、やって損はない。そして二つの、かもしれない、が的中したわけだよ」

「どうやって蛇に……」

ウォルター・フィランはにっこり笑った。

「愛情というものを教えてやったのさ。やつらは知らなかったのだよ。研究したり、写生や記録したりするために、やつらが死んだ種類の生き残ったほうも、なんとか長く生かしておこうとしていることに気がついた。そこで、愛情や愛撫をたえず注いでやらないと、仲間を失ったためにすぐ死んでしまう、と教えてやった。そのやり方をアヒルでやってみせたのだ。そのアヒルは運よく馴れたやつだったので、しばらく胸に抱いて、なでてやった。それからやつらにアヒルでやらせ、つぎはガラガラ蛇を、としむけてみた」

彼は立ち上がって伸びをし、それから、さらに気持ちよさそうにすわり直した。

「さて、新世界の計画を立てなくてはなりませんね。動物たちをノアの方舟から出してやらなければならない。だけど、それはよく考えて決めなければね。草食動物はすぐに出していい。家畜の種類は手もとで世話をしたほうがいいだろう。必要だものね。しかし、肉食のやつは、どうしたものだろう。出さないほうがいいような気がするがな……」

彼は彼女を見つめて、その先を言った。

「……それから人類についてだが、それもはっきり決めなくてはならないでしょうね。とても重大なことですよ」

きのうと同じに、彼女はウォルターをにらみ、椅子にきちんとすわり直した。

「とんでもないわ」

その声をウォルターは聞き流した。

「立派なレースだったな。種族という意味でも、競争という意味でも。勝った者はなかったけれど。人類はスタートからすっかりやり直しだ。呼吸の整うまで、しばらくはおくれるかもしれない。しかし、われわれは本を集めることができるし、人類の知識の大部分を保存しておくこともできる。とにかく大切な仕事だよ。そして、また……」

彼女が立ちあがってドアにむかったので、彼はしゃべるのをやめた。ほんとうにマーサそっくりだな、と彼は思った。二人が結婚するまえ、彼が求婚していたころの、かつてのマーサのようすに。

そのうしろ姿に、ウォルターは声をかけた。

「ゆっくりと、よく考えてみてください。だけど、戻ってきて欲しいな」

ドアが勢いよくしまった。彼はこれからの多くのことを考えながら、すわって待ちつづけた。はじめてしまったからには、あわてて取りかかることはない。しばらくして彼は、ためらいがちな女の足音が戻ってくるのを耳にした。

彼の顔には微笑が浮かんだ。ほら。実際のところは、ぞっとするような話ではなかったのである。

地球上で最後に残った男が、ただひとり部屋のなかにすわっていた。すると、ドアにノックの音が……。

ユーディの原理

The Yehudi Principle

私は頭がおかしくなりかかっている。

チャーリー・スワンも頭がおかしくなりかかっている。その程度は私よりひどいだろう。なにしろ、あれを発明したのは彼なのだ。私はわけもわからず使ってみただけなのだが、彼はちがう。作った本人であるからには、チャーリーはそれがどんなもので、どんなぐあいに働くのか、自分ではよく知りつくしているつもりだったのだから。

チャーリーが「これはユーディの原理で働くのさ」と説明したときには、もちろん、ただの冗談、少なくとも、冗談のつもりでいたのはたしかだった。

「ユーディの原理だって」

と私は聞いた。彼はもう一回、くりかえして言った。「ああ、ユーディの原理さ。あるいは、実在しない小人《こびと》の原理とでも呼ぶかな。そいつが働いてくれるわけさ」

「どんなことをやってくれるんだ」

と、私は知りたくてならなかった。それは見たところは、鉢巻き型《ヘッドバンド》の機械だった。チャーリーの頭にぴったりと巻きついていて、ひたいのあたりには、丸薬のケースぐらいの、丸みをおびた黒い箱がついていた。こめかみのへんの両側には、やはり丸みのある銅製の板がついていた。一本のコードがその機械から伸び、上衣のポケットのなかの乾電池につながっている。

その機械にできそうなことは、せいぜい頭痛をなおすか、それとも、ひどくでもする以外になさそうだった。だが、チャーリーの興奮した表情は、そんな程度のしろものではないことを示していた。私は知りたくてたまらず、もう一回、聞いてみた。

「それが、どんなことをやってくれるんだ」

「なんでもさ。といっても、まともなことに限る。ビルを移せだの、機関車を持ってこいといった無茶なことはだめだ。ちょっとしたことなら、望みどおりにやってくれる」

「だれがやってくれるんだ」

「ユーディがだよ」

私は目をつぶり、ゆっくりと五つまで数えた。「そのユーディってだれなんだ」と聞くのがしゃくで、それを押さえるためだった。

私はベッドの上の紙の山を押しのけた。古い原稿を整理して、そのなかから、書き直せば出版社に売れそうなものを、探し出そうとしていたところだったのだ。そして、そのベッドの上に腰を下ろし、彼に言った。

「よし。それなら酒でも持ってくるように言ってみてくれ」

「どんな酒がいい」

チャーリーの顔を見ると、冗談らしくはなかった。もちろん、冗談の一種にきまってはいるのだが……。

「ジン・バックだ。いいか、ジンの入っているジン・バックだ。もっとくわしく説明しないと、ユーディに通じないのかい」

「手を出してくれ」

と、チャーリーが言った。私が手を出すと、彼は私に対してでなく、つぶやいた。

「ハンクにジン・バックを持ってきてくれ。強いやつをな」

それから、頭をちょっと下げた。

チャーリーか、または私の眼のどちらかに、妙なことがおこった。そのどっちなのかは、わからなかった。一瞬、チャーリーの姿がぼやけたのだ。だが、そう思ったときには、彼はもとの姿にもどっていた。

「あっ」

といったような叫びをあげ、私はあわてて手をひっこめた。冷たいなにかが、手をぬらしたからだった。同時にビシャッと音がして、足もとのジュウタンに水たまりができた。ちょうど、手の真下にあたる場所に。

「ああ、グラスに入れてこさせればよかった」

と言うチャーリーの顔を眺め、つぎには下の水たまりを眺め、そのつぎには自分の手を眺めた。その人差し指を、おそるおそるなめてみた。ジン・バックだった。まちがいない。そこで、もう一度、チャーリーの顔を眺めた。すると、彼が聞いてきた。

「ぼやけたように見えたかい」

「いいか、チャーリー。われわれは十年ものつき合いだ。工科の学生のときからのな。しかし、もう一度、いまのように一杯ひっかけるようなことをやってみろ。こんどは、本当にぼやけさせてやるからな」

「それなら、こんどはもっとよく見ていてくれ」

チャーリーはこう言いながら、さっきのように宙を見つめると、私に対してでなく、しゃべりはじめた。

「ジンを持ってくるんだ。ビンのままだぞ。それに、レモンを半ダースだ。うすく切って、皿にのっけてだ。それから、一クォートのソーダのビン二本と、角氷をひと皿。みなまとめて、あのテーブルの上に置くんだ」

チャーリーはさっきのように、頭を下げた。おどろいたことに、彼は、またもぼやけた。ぼやけたという形容が、この際、いちばんぴったりする。

「ぼやけた」

と、私は言った。頭が少し痛くなってきた。

「だろうな。自分ひとりでやってみたときには、鏡を見ながらだったのだ。それで、もしかしたら、こっちの眼のせいかとも思っていたんだ。それをたしかめたくて、きみに会いに来たというわけさ。きみがカクテルにするかい。それとも、作ってやろうか」

テーブルを見ると、チャーリーの注文したものが全部そろっている。私は二、三度、つばを飲みこんだ。チャーリーは、息をはずませ、興奮をあらわして言った。

「それは本物だぜ。うまく働くぞ、ハンク、完全にだ。金持ちになれるぜ、おれたちはな……」

チャーリーがしゃべりつづけている間に、私はテーブルに近づいた。酒のビンもレモンも氷も、たしかにあった。酒のビンは振れば音をたて、氷は冷たかった。

一分もたてば、こんなものが出現したわけを気にしはじめるだろう。だが、それまでは、いやいますぐにも、酒の力をかりたかった。私は薬の棚からグラスをいくつかと、書類入れから栓抜きを取り出し、ジンの半分ぐらい入ったカクテルを作った。そうしながら、ふと思いついたことをチャーリーに聞いた。

「ユーディにも一杯いるかな」

「われわれの二杯でたくさんだよ」

と、チャーリーはにやっと笑った。

「では、そうしておくか」

私はまじめくさって言い、チャーリーに酒を渡した。

「ユーディのために、乾杯」

と、私は一息で飲み、また酒をまぜにかかった。すると、チャーリーは言った。

「こっちの分もたのむ。いや、ちょっと待ってくれ」

「こんな状態のときにだね、つぎの一杯をちょっと待ってくれとは、ちょっと気が長いぜ。もうちょっとしたら、ちょっとぐらい待てないこともないがね……あ、そうだ。ユーディにカクテルを作らせてはいけないのかい」

「そう言いかけたところだったのだ。じつは、ためしてみたいんだ。きみがこの鉢巻きをしめて、命令してみないか。そのぐあいを見たいんだ」

「こっちがだと」

「そうだ。危険はないはずだ。だれにでもつかえるものかどうか、ためしたいんだ。もしかしたら、おれの脳だけに反応しているのかもしれないからな。やってみてくれ」

「このおれがかい」

「そう、きみがだよ」

チャーリーは機械を外して、コードの先に平たい乾電池のついたやつを、こっちに差し出した。私はそれを手にして、のぞきこんだ。べつに害はなさそうだ。これぐらいの電池なら、たいした危害はこうむらないだろう。そこで、機械を頭に巻きつけてみた。

「カクテルを作れ」

こう言ってからテーブルを眺めたが、なんの変化もおこっていなかった。チャーリーは私に注意した。

「言い終ったら、頭を下げなくてはだめなんだ。ひたいの上の箱のなかに、小さな振子が入っていて、それがスイッチを入れるんだから」

「そうか……。では、ジン・バックを二杯作ってくれ。グラスに入れてだ」

頭をちょっと下げてみた。頭をあげたときには、すでに命令したカクテルができあがっていた。

「これは驚いた。ぶっ倒してくれ、といったところだな」

こう言いながら、私は身をかがめて酒を手にしようとした。

私は床の上に転がっていた。

「気をつけろ、ハンク。前かがみになることは、頭を下げるのと同じなんだ。命令するつもりでない言葉を口にしたときは、すぐにうなずいたり、頭を前に傾けるようなことをしてはいけないんだ」

私はすわり直した。そして、

「やい。こいつめ。できるものなら、火あぶりにしてみろ」

だが、頭だけは下げなかった。それどころか、身動きさえしなかった。この言葉に気がつくと、痛いくらいに首を固くし、その振子とやらが揺れるのではないかという恐怖で、息もつけなくなってしまった。

機械を傾けないように、そっと手を伸ばし、静かにとり外して床の上に置いた。

そっと立ちあがって、体じゅうをなでまわしてみた。打ち身はこしらえたらしいが、骨は折れてないようだった。私は酒を取りあげて、飲んだ。上出来のカクテルだったが、つぎのは自分でこしらえた。こんどは四分の三ぐらいをジンにした。

それを手にした私は、鉢巻きのまわりを、一メートル以上は近づかないようにしながら歩きまわった。それからベッドに腰をおろした。彼にこう言いながら。

「チャーリー。なるほど、たいしたもんだな。おれにゃなんだかわからないが。とにかくこれから、どうしようというつもりだい」

「どういう意味だい」

「気のきいた人間なら、だれでも考えつくことさ。もしあのいまいましい機械が、望むものをなんでも持ってきてくれるのなら、ひとつパーティでも開こうじゃないか。きみはどっちがいい、ストリッパーのリリー・セント・サイアか、それともグラマー女優のエスター・ウィリアムズかい。おれは残ったほうを相手にするよ」

チャーリーは悲しげに頭を振った。

「そこまではできないんだ、ハンク。どうやら説明したほうがよさそうだな」

「おれの好みからすれば、講義よりリリーのほうがいいが、まあいい、やってくれ。ユーディからいこう。おれの知ってるユーディはふたりしかいない、バイオリニストで有名なユーディ・メニューインと、実在しない小人ユーディとだ。どうもメニューインがあのジンを持ってきてくれたとは思えないから、そうすると……」

「メニューインじゃないさ。といっても、実在しない小人のほうでもないんだ。きみをからかっていたんだよ、ハンク。〝実在しない小人〟なんて小人は実在しないんだ」

と言われ、私は大いにとまどった。

「ふうん。ほんとは……実在……しない……小人とはね。どうやらわかりはじめたよ。きみの言う意味は、つまり、いまここには、実在しない小人なんていなかったってことだな。しかし、そうすると、ユーディってだれなんだい」

「ユーディなんていないんだ、ハンク。そういう名をつけて、そう考えると、わかりが早いんで、簡単にそう呼んだだけさ」

「じゃあ複雑に呼んだら、なんてなるんだい」

「自動制御自己暗示式副震動性超加速装置」

私は酒の残りを飲みこんだ。

「すてきな名前だ。おれには、ユーディの原理のほうがいいがね。だが、たったひとつ、わからないことがある。あの飲みものは、だれが持ってきてくれたんだい。あのジンやソーダやなにかは」

「おれだよ。それから、さっきの酒はきみがつくったんだ。いま、きみが飲んだやつとおんなじことだ。今度はわかったかい」

「ひとことで言えば、わからん」

チャーリーは、ため息をついた。

「こめかみの金属板のあいだに一種の作用が働いて、細胞の運動を数千倍に早める。それによって生物体――つまり脳のはたらきを早くする。したがって体の動きも電光石火のごとくなるわけだ。スイッチがはいる直前にあたえられた命令は、自分に対する暗示として働き、きみは自分自身にあたえた命令どおりに動くんだ。ただ、そのスピードがあまりにも早すぎるので、だれにもきみの動作は見えない。きみが出かけていって、ほとんど同時に、戻ってくるとき、ちらっとぼやけて見えるだけだ。わかるかい」

「わかるとも。ひとつのことを除いてはだ。そもそも、そのユーディってだれのことだ」

私はテーブルによって、また酒を二杯つくりにかかった。八分の七をジンにした。チャーリーは辛抱づよく言った。

「動作が早すぎるため、きみの記憶にはそれがのこらない。どうしたわけか、記憶力だけは、加速の影響を受けないんだ。だが、いっぽう効果については、命令した者ばかりでなく、そばにいる者にもはっきりわかるような形で、たしかにもたらされるわけなんだ。無意識のうちにやりとげてしまうんだ。まあ、その実在しない小人の命令に従ってしまったような形でね」

「ユーディのことかい」

「どうしてもそうなるな」

「どうして、どうしてもそうなるってことになるんだい。ほら、もう一杯飲め。ちっとばかし弱い酒だが、おれの頭もご同様だ。つまり、その、このジンをきみが手に入れてきたっていうんだな。どこからだい」

「たぶん最寄りの飲み屋からだろう。覚えはないが」

「金ははらったのか」

チャーリーは財布をひっぱり出して、なかをあらためた。

「五ドル札が消えてるようだ。きっと、レジの中に置いてきたんだろう。おれの潜在意識は、正直者にちがいない」

私はすぐにつぎの疑問に移った。

「でも、それがなんの役に立つんだ。きみの潜在意識のことじゃないよ、チャーリー、ユーディの原理のことだ。きみがここへ来る途中であのジンを買ってきたとしたって、べつにあまりちがいはないぜ。おれが酒をこしらえたとしたって、たいしてとくにもならない。しかも、いまそれをやってると、自分で承知しながらやれるんだ。あの機械でもし、リリー・セント・サイアやエスター・ウィリアムズを連れてこられないことが、たしかなら……」

「連れてこられないんだ。いいかい、きみ自身ができないことは、あれにもやはりできないんだぜ。あれは単なるあれじゃない、きみ自身なんだ。このことをようく頭に叩きこむんだ、ハンク、そうすりゃわかってくるよ」

「でも、それがなんの役に立つんだ」

と私はなおも聞き、チャーリーはまたため息をついた。

「あれのほんとの用途は、ジンを買いに走ったり、酒を作ったりすること以外にある。そんなのは、ちょっとした試験さ。ほんとの用途は……」

「待った。酒で思い出した。さっきから、そいつにもだいぶ、ご無沙汰しているぜ」

たった二度よろけただけで、私はテーブルに行きついた。こんどはソーダなどを加えなかった。どちらのジンのグラスにも、レモンをすこしと角氷を一つ入れた。

チャーリーは自分のを味見して、しぶい顔をした。私は自分のを味見した。

「酸っぱいぞ。レモンを入れなきゃよかった。氷が溶け出して水っぽくなっちまうまえに、早いとこ飲んじまおう」

「ほんとの用途は……」

　とチャーリーがまた言い、私はくりかえした。

「待て。きみがまちがってるかもしれんぞ。限界の点でだ。おれがあの鉢巻きをしめて、ユーディにリリーを連れてこいと……」

「いいかげんにしろ、ハンク。あれを作ったのはおれなんだぜ。どんなふうに働くか、おれがちゃんと承知している。リリー・セント・サイアだってエスター・ウィリアムズだってブルックリン橋だってだめなものはだめさ」

「ぜったいにか」

「あたり前だ」

　いいかげんにすることにして、私はチャーリーを信用した。今度はレモンも抜き、ジンとグラス二個だけで、また酒を二杯こしらえた。それからベッドのはじに腰をおろした。ベッドは静かに横揺れしている。相手の言いぶんを聞くとするか。

「ようし。もう話していいよ。あれのほんとの用途はなんだい」

　チャーリーは二、三度まばたきした。こっちに眼の焦点をあわせるのに苦労しているようだった。チャーリーは酔った口調で聞いた。

「なにのほんとの用途だって」

そこでゆっくり注意深く発音してやった。

「自動制御自己暗示式副震動性超加速装置のさ。おれのユーディさ」

「ああ、そいつか」

チャーリーはうなずき、私はうながした。

「そいつだ。そいつのほんとの用途はなんなんだよ」

「たとえばこうだ。かりにきみが急いでかたづけなけりゃならない仕事があるとする。あるいは、しなけりゃならんが、したくはない仕事でもいい。きみはそのとき……」

「小説を書くなんてことでもか」

「小説を書くなんてことでもだ。あるいは、家のペンキ塗りとか、汚れた皿を洗うとか、歩道の雪かきとか……そのほか、きみがしなけりゃならんが、したくないことならなんでもいいんだ。いいかい、きみはあれを頭につけて、自分に……」

「ユーディにだ」

「ユーディにやれって言えば、もう済んでるんだ。ほんとはきみがやるんだが、それを自分じゃ知らないから、苦痛にはならない。それに早く仕事がかたづく」

「かすんでらあ」

と私は言った。チャーリーはグラスをかざして、電灯をすかし見た。空っぽだった。電灯じゃなくて、グラスがだ。チャーリーは言った。

「ぼやけてるぞ」

「だれがだ」

チャーリーは返事をしなかった。その姿が、一ヤードぐらいの弧を描いて、椅子ごと、ゆらりゆらりと揺れてるように見えた。見ていると眼がまわりそうになって、私は眼をつぶったが、そうするとよけい眼がまわるので、またあけることにした。私は口にした。

「小説もかい」

「ああ」

「ひとつ書かなければならないんだが、こうなったからには、自分ですることはないな。つまり、ユーディにさせればいいわけだぞ」

私は歩いていって、鉢巻きをしめた。とんでもないことを言ったらいかんぞ、と私は自分に言いきかせた。要点だけを言うんだ。

「小説を書いてみろ」

私は頭を下げた。なにも起きなかった。

だがそのとき、自分にわかっているかぎりでは、なにも起きるわけがないことを思い出した。しかし、いちおうタイプライターに近よって、調べてみた。

カーボン紙を挟んで、白い紙と黄色い紙がはいっている。そのページは、なかばまで文字でうずまり、下のはじにぽつんとなにやら文字が見えた。私はその字が読めなかった。眼鏡をとったがまだ見えないので、またかけなおし、顔をタイプライターすれすれに下げて、目を凝らした。

《終り》という文字だった。

タイプライターの斜めむこうを見ると、そこには、タイプされた白と黄色の紙が、交互に、きちんとつつましく積み重なっていた。

大事件だ。小説をひとつ書きあげたのだ。もし私の潜在意識とやらの気がたしかなら、最高傑作になるかもしれない。

あいにくなのは、いまはとってもそれを読むどころの騒ぎではないことだった。いずれ、検眼医のところに行って、新しい眼鏡をもらわなければなるまい。私は大声をあげた。

「チャーリー。おれは小説を書いた」

「いつ」

「たった今だ」

「書いてるようには見えなかったが」

「ちょっとぼやけただけさ。きみは見てなかったがね」

私はベッドに戻ってすわっていた。いつのまにそこへ行ったのか、覚えがなかった。

「チャーリー、すてきじゃないか」

「なにがすてきなんだ」

「なにもかもがさ。人生。森の小鳥。クラッカー。あっというまに書きあがる小説、これからは、一週に一秒だけ働けばいいんだ。学校もなし、本もなし、先生の面白くもない顔もなし。夢みたいだぜ。チャーリー、すてきじゃないか」

チャーリーは眼がさめたような顔をした。

「ハンク、きみもやっと可能性に気がつきはじめたな。ほとんど無限の可能性があるんだ、どんな方面ででも。ほとんどどんなことだってできるんだぜ、それには」

「例外は、リリー・セント・サイアとエスター・ウィリアムズだけだ」

と残念そうな声を私は出した。

「ひとつのことに、くどいやつだな」

「ふたつのことだよ。どっちかに決めたいんだ。チャーリー、きみは正気か……」

めんどくさそうな「ああ」という答え。というより、チャーリーはそう言うつもりだったのだが、じっさいには「にゃあ」と聞こえた。

「チャーリー。酔ったな。どうだ、もっと使ってみてもいいか」

「かってに死ね」

「なんだと。ああ、そうか、かってにしな、と言ったんだな。よし、それじゃ……」

「そうだ。ふう……。そう言ったさ。かってにしろ、とな」

と、チャーリーはろれつが回らなかった。

「そうじゃ、ないようにも、聞こえた」

「じゃあ、なんと、いったのかい」

「きみあ、こう言いた――いや、言った。かってに死ね、とかなんとか」

神さまだって、頭を下げることもある。

ただ、神さまは、私がしめっぱなしにしていた鉢巻きみたいなのは、しめていないだろう。いや、そう言えば、ひょっとしたら、しめているのかもしれない。そのほうが、いろいろな点で納得がいくようだ。

私はそのとき、頭をがくりとやったにちがいない。ズドンという音がしたからだ。悲鳴をあげて私は、飛びあがった。チャーリーも飛びあがった。いっぺんに正気に戻ったように見えた。

「ハンク、きみはあいつをつけていたんだぞ。きみは……」

私は自分の体を見おろしていた。シャツの前には血がついていなかった。どこにも痛みは感じない。何ともない。

身震いをやめて、私はチャーリーを見た。やはり射たれていなかった。私は言った。

「だけど、だれが……なにを……」

「ハンク、あの拳銃の音はこの部屋じゃなかったんだ。外だ。廊下か階段のところだ」

「階段……」

　私の心の奥で、何かがちくりとした。階段と言えば……。

　こんな童謡があったようだ。

〈ほんとはいるわけないんだけれど、階段の上には小人がいるんだ。いないといってもその小人が、どこかへ行ってしまったら……〉

「チャーリー。あれはユーディだったんだよ。おれが〝かってに死ね〟と言ったとき、振子が揺れたんで、自殺しちまったんだ。きみはまちがっていた。自動——自動制御自己暗示式なんとかかんとかじゃないんだ。いままでもずっと、ユーディがやってたんだよ。あれは……」

「うるさい」

　しかし、チャーリーはドアに近よってあけ、私もあとにつづいて廊下に出た。

　火薬の焦《こ》げた匂いが、たしかにただよっていた。階段の中ほどに近づくにつれて、その匂いが強まるところを見ると、どうやらそのあたりから出ているらしい。

「だれもいない」

　チャーリーは、震えながら言った。私はおびえた声でつぶやいた。

「いないといってもその小人が、どこかへ行ってしまったら……」

「うるさい」

チャーリーがぴしゃりと言った。私たちはまた、部屋に戻った。チャーリーが言った。

「すわれよ。こいつの解決をつけなければならん。きみは〝かってに死ね〟と言って、うなずくか、前に体を揺らすかした。ところが、きみは自分を射たなかった。すると、あの音は……」

チャーリーは頭をふって、はっきりさせようとした。そして、提案した。

「コーヒーを飲もう。熱いブラック・コーヒーだ。きみは……おい、きみはまだあの鉢巻きをつけてたな。コーヒーを出してくれ、ただし、うんと気をつけてやってくれよ」

「熱いブラック・コーヒーを二杯持ってこい」

そして、頭を下げたが、機械は動かなかった。なぜだかわからないが、だめだろうと、私にははじめからわかっていた。

チャーリーは、私の頭から機械をもぎとった。彼は自分でそれをつけて、ためしてみた。

私は言った。

「ユーディは死んじまったんだ。そいつはもう動かないよ。だから、おれがコーヒーを沸かそう」

私は湯沸かしを電熱器にかけた。

「チャーリー、いいか、かりに、いままでのはみんな、ユーディの仕業だとしてみろ。どうだ、どうしてやつに限界があったと決められる。いいかい、たぶん連れてくることができたんだよ。リリーや……」

「うるさい。いま考えてるんだ」

　私はだまって、チャーリーを考えさせておいた。コーヒーを入れることになって、私はなんというばかなことをしゃべっていたんだろうと、気がついた。

　私はコーヒーを持ってきた。そのとき、チャーリーは丸薬箱みたいなものの蓋をとって中味を調べていた。スイッチを入れる小さな振子だの、縦横に張りめぐらされた電線だのが眼についた。チャーリーは言った。

「どうもわからんな。どこもこわれてないんだ」

「電池かもしれないぜ」

　私は懐中電灯をとり出し、その電球を使って小さな乾電池をテストした。電球は明るくついた。

「わからないなあ」

　とチャーリーはこぼした。

「そもそものはじめから考えてみよう、チャーリー。前には、たしかに動いたんだ。飲みものを出してくれた。そこで、おれは提案した。二杯の酒を作ってくれた。こいつは……そうだ……」

「おれも、それを考えてたところだ」と、チャーリーが言った。

「きみが〝ぶっ倒してくれ〟と言って、体をかがめて酒をとろうとしたとき、なにが起こった」

「一陣の風がおれをぶったおしたんだ。チャーリー、文字どおりに。どうしておれに、そんなことが可能だったのか。それに、命令の対象がちがう点に、気をつけろ。最初は〝ぶっ倒してくれ〟だったのだが、あとでは〝かってに死ね〟と言ったんだ。もしおれが〝殺してくれ〟と言ったんだとしたら、きっと……」

また私の背筋がちくりとした。チャーリーは、首をかしげながら言った。

「しかし、こいつは、このおれが科学的な原理にのっとって作ったんだぜ、ハンク。偶然なんかじゃなかった。まちがうはずはなかった。きみは本気でこれを……そんなばかなことがあってたまるか」

私もそれを、同じように考えていたところだった。ただし、ちがうぐあいにだ。

「おい、一歩譲って、きみの機械が脳に影響をあたえる作用を持っていたとしよう。そして、かりにきみはその作用の性質を誤解していたとしてみよう。その作用が、心で思っていたことを形にする能力をきみにあたえていたとしたらどうだい。事実、きみはユーディのことを考えていた。冗談にもせよ、『ユーディの原理』などと呼んでいたのだから、その点にまちがいはなかろう。だから、ユーディが……」

という私の説を、チャーリーは否定した、

「ばかげた話だ」

「それじゃ、もっといい説明がつくかい」

チャーリーは電熱器のところに行って、またコーヒーをついだ。

その時、私はあることを思いついて、タイプライター台に近よった、例の小説原稿をとりあげ、最初のページがいちばん上に来るように、重ね直してから、読みはじめた。チャーリーの声が聞こえた。

「うまくできてるかい、ハンク」

「う、う、う」

チャーリーは私の顔を眺め、部屋のむこう側からとんでくると、私の肩ごしにのぞいた。

私はチャーリーに最初のページを渡した。そこに書かれている題は『ユーディの原理』だった。

書き出しはこうだ。

《私は頭がおかしくなりかかっている。

チャーリー・スワンも頭がおかしくなりかかっている。その程度は私よりひどいだろう。なにしろ、あれを発明したのは彼なのだ。私はわけもわからず使ってみただけなのだが、彼はちがう。作った本人であるからには、チャーリーはそれがどんなもので、どんなぐあいに働くのか、自分ではよく知りつくしているつもりだったのだから》

私は読むそばから、ページをチャーリーに渡し、彼も読んでいった。そう、その小説は、この小説なのだ。いま、あなたが読んでいる小説――いまあなたにしゃべっているこの個所も含めて――なのだ。結末がまだつかないうちに、書かれてしまった小説なのだ。

読み終ったとたん、チャーリーはへなへなとすわりこんでしまった。私もそうだった。

チャーリーは私を見、私はチャーリーを見た。

彼は口を二度開きかけ、なにも言えずに、また二度口を閉じた。やっとのことで、彼は言った。

「時、時間だよ、ハンク。時間ともなにか関係があったんだ。あいつは未来のことを、前もって知っていて書いたんだ、これから起こることを……ハンク、おれはもう一度あいつを動かしてみるよ。みせずにおくものか。なにかでっかいものだったんだ。あいつは……」

と言う彼に、私はうつろな声で言った。

「とほうもないものさ。だが、あれはもう二度と動かないだろう。とりかえしがつかないことだが、ユーディは死んだんだ。階段で自殺してしまったんだ」

「きみは狂ってしまった」

「まださ」

と私はチャーリーに言った。私は、彼が返してくれた原稿を見おろして読んだ。

《私は頭がおかしくなりかかっている……》

私は頭がおかしくなりかかっている。

シリウス・ゼロ

Nothing Sirius

いい気分じゃないか。私は機械のなかから、まだまだのこっている貨幣を取り出しながら勘定し、女房のほうは、それを小さな赤い帳簿に書きこんでいる。私はいつものように大声で数えつづけた。たいへんなあがりだ。

じつは、私たち一行はシリウスをまわる二つの惑星、フリーダとソアでのぼろもうけを終り、飛び立ったところなのだ。とくにソアの連中はカモだった。

ほうぼうの星々にいる、地球からの開拓者たちは、死ぬほど娯楽に飢えていて、金を使うことなど問題にしていない。いっせいに私たちのテントに押しよせ、機械に貨幣を投げこむために、ずらりとならんでくれる。だから、でかけてゆく費用がべらぼうにかかるといっても、もうけはけっこう残るわけである。

まったくいい気分だ。女房が書きこんでいる、もうけの金額というものは。女房はそのうち、その足し算をまちがえるにきまっているが、そこはうまくしたもので、投げだしてしまったあとを、エレンがちゃんとしめくくりをつける。エレンは数学の才もさすがだが、姿のほうもすばらしい。私の娘だが、だれだってそう思うだろう。しかし、その手柄は女房のほうが独占してしまっている。それも仕方ない。私のかっこうは牽引ロケットみたいなのだそうだから。

私は、ロケット・ゲームの貨幣を出し終え、顔をあげて「なあ」と女房に話しかけた。だが、その時、操縦室へのドアが開いて、ジョニー・レーンがあらわれた。机をあいだにして、女房とむかいあっていたエレンも、帳簿を置いてそっちを見たが、その目は大きく見ひらかれ、きらきら輝きをおびはじめた。

ジョニーはさっと敬礼をした。自家用ロケットの操縦士が、持主であり船長である者にあいさつするときには、かくのごとくすべしという、標準そのままの敬礼だ。だがこの敬礼をやられると、こっちはいつもいらいらする。だからといって、これをやめさせることはできない。これが規則なのだそうだ。敬礼を終え、ジョニーが報告した。

「前方に物体があります。ウェリー船長」

「物体だと。どんな物体だ」

と、私は聞きかえした。どうもジョニーの声と顔つきだけでは、それがどんなに重大なことなのかを、想像することはできるものではない。火星の市立工業学校は学生をしかつめらしい無表情にきたえあげる所だが、ジョニーはそこを優等で卒業した男だ。彼はたしかに好青年なのだが、食事の用意ができました、と言うのと同じ口調で、世界の終りがまいりました、と知らせにくることをやりかねない。もっとも、食事の用意を告げるのは操縦士の役目ではないが。

「惑星のようであります。船長」

とあっさり答えてきた。この言葉がのみこめるまで、私はしばらくとまどった。

「惑星だと」

と、口ごもりながら聞きかえしてみた。そして、ジョニーが酒にでも酔っているのならいいのだが、と思いながら、彼を見つめた。といっても、ジョニーがしらふで惑星を見たことが気に入らないのではない。もし、ジョニーが人並みに酒でもがぶ飲みしてくれたら、アルコールが彼のこちこちの硬さを柔らかくしてくれ、どんなにいいだろうという意味だ。なにしろ、女ふたりと、工業学校出のかたぶつひとりといっしょの宇宙の旅では、さびしくもなるさ。

「惑星です。船長。惑星と呼んでもいい大きさの物体です。直径は約千五百キロ。距離は約三百万キロ。シリウス主星のまわりに軌道を作って、進行しているように見えます」

私は口をはさんだ。

「ジョニー、われわれはいま、ソアの軌道の内側にいるのだぞ。いいか、ソアはシリウスの第一惑星、いちばん内側の惑星だ。その内側にまた惑星など、あるはずがないだろう。しっかりしてくれよ、ジョニー」

「望遠テレビでごらんになり、計算の結果をお調べください、船長」

と、彼はゆずらなかった。私は立ちあがり、操縦室に入ってみた。なるほど、テレビの画面のまんなかには、丸いものがうつっている。

これでジョニーの見たことがはっきりした。だが、計算を調べるほうはべつだ。私の数学の才能の限界は、ゲーム機械の貨幣を数えるところまでで、せいいっぱい。ジョニーの報告を認めることにした。そこで、私は大声をあげた。

「ジョニー。われわれは新しい惑星を発見したことになるじゃないか。たいへんなことだぜ」

「はい、船長」

と例の事務的な口調で彼は答えた。この発見はたいへんなことではあるが、一大発見とまではいかない。シリウスの惑星系が植民地化されたのは、そう昔ではない。直径千五百キロほどの小さな惑星が、まだ見のがされていたとしても、それほど驚くべきことではないのだ。ことに、ソアとフリーダはシリウスから遠くはなれた距離の、正確な軌道のうえをまわっている。もし、シリウスの輝きが二十六分の一で、われわれの太陽と同じだとしたら、この二つは冥王星のように凍りついてしまう。それほど遠くはなれているのだ。

操縦室には、女房とエレンまでが入ってこられるほどの広さはない。二人はドアのところでのぞきこんでいたので、テレビ画面の丸いものが見えるように、私はからだをよけてやった。

「あそこまで、どれくらいかかるの、ジョニー」

と、女房は知りたがり、彼は答えた。

「コースをこう変えて接近すれば、一時間たらずで到達できましょう、ミセス・ウェリー。八十万キロ以下ですみます」

「おい、そんなもんか」

と、私はたしかめてみた。

「はい。しかし、遠まわりをして、もっと時間をかけろというご意見ならば、問題はちがってまいります」

私は自分の眼を遠まわりさせて、女房とエレンのようすをうかがった。二人には問題はなさそうだった。そこで、ジョニーに命令した。

「ジョニー。遠まわりはあとまわしにしよう。まえから新しい惑星というものを、ひとりで見物したいと願っていたところだ。さあ、あれを目ざすとしよう」

「かしこまりました。船長」

と、彼は敬礼した。だが、彼の目にはどことなく、気の進まない色があった。それも無理もない。わけのわからない、はじめての地上に飛びおりるのは、だれだって二の足をふむ。テントとゲーム機械だけでは、どう見ても、探検のための完全な装備と言えはしない。

しかし、完全な操縦士のほうは、船長の命にさからうことがない。しゃくにさわるほど冷静な手つきで、ジョニーのやつは席につき、速度機のキーを〝進め〟にまわした。私は女たちをうながし、邪魔をしないように部屋を出た。そして、女房に話しかけた。

「なあ。わしを手におえない、わがままなやつと思うだろうな」

「いままでは、そうじゃなかったとしても、いまはたしかに、そうなりはじめたわね」

女房は言い返してきた。はっきり言われてしまって、私は笑いでごまかし、エレンのほうを見た。

だが、彼女はこっちをむいていなかった。またあの夢見るような目つきをしている。その視線のさき、操縦室にはいっていって、ジョニーにそのことをのみこませたら、どんな顔になるか、やってみたくなった。

「なあ、おまえ。あのジョニーのことだが……」

女房からの返事として、顔の片側が焼けはじめたような感じになった。それで、女房がにらみつけているらしいとわかり、しゃべりつづけるのをやめた。しかたがないので、トランプでも出し、着陸までひとり占いをやりつづけることにした。

ジョニーが操縦室から飛び出してきて、また敬礼をやった。

「船長。着陸し終りました。計器では、大気の圧力一〇一六です」

エレンが聞きかえした。

「それを普通の言葉になおすと、どういうことになるの」

「呼吸可能ということです。ミス・ウェリー。地球上の大気の含有率にくらべ、窒素は高く、酸素は低めです。それでも、呼吸は可能でありましょう」

いい青年なのだが、こと正確さとなると、手のつけようがない。私はそのさきを聞いてみた。

「そうとわかって、なにをぼんやりしているんだ」

「船長の命令を待っております」

「命令などはあとまわしにしよう、ジョニー。さあ、ドアをあけて、外出といこう」

敬礼がすみ、彼はドアをあけた。早くそうすればいいのだ。ジョニーが熱線銃を両わきにつるし、先にたった。残った私たちは、そのあとにつづいた。

そとは涼しかったが、寒いほどではない。ソアと大差ない景色で緑がかった粘土で焼いた瀬戸物のような、はだかの丘がうねりながらつづいていた。植物らしきものといえば、褐色のぼさぼさした塊りの、ころがり草のようなものだけだ。

この惑星の自転を測りはじめようとして空を見あげると、シリウスは、ちょうど空の中心にあった。このことで、ジョニーが船体を昼側のまんなかに着陸させたことに気がついた。

「ジョニー。自転の速度について、どう見当をつけるかね」

「大ざっぱに調べる時間しかございませんでした。船長、この惑星の一日は、ほぼ二十一時間十七分三十秒という計算です」

彼にすれば、大ざっぱということなのだろう。それにつづいて、女房が私に言った。

「どんなに大ざっぱでも、それだけあれば散歩ぐらいできるわ。まだなにか調べることがあるの」

「まあ、待ちなさい。これから式典をやるのだ。どうだい、まず、この星に命名をしようじゃないか。わしの誕生日用にとっておいた、あのシャンペンはどこにしまってある。このお祝いのほうが、もっと大切だぞ」

教えてもらい、私はシャンペンを取って戻ってきた。

「さて、ジョニー。好みの名前でもあるかね。先に見つけたのはきみなんだから」

「ありません。船長」

私はつぶやいた。

「むずかしいぞ、これは。ソアやフリーダのことがある。ソアがシリウスの第一惑星、フリーダは第二惑星とされている。だが、ここはそのさらに内側だ。そうなると、それぞれを二と三に番号を変えなければならぬ。それができないのならば、ここはシリウス・ゼロとなるべきである。つまり、シリアスがゼロ。まじめさがゼロだ《シリアス》」

エレンがちょっと笑った。ジョニーが、それでは安っぽいと異議を出すかと思ったが、女房のほうが文句を言いかけた。

「ウィリアム……」

もしなにも起こらなかったら、その調子で先に進めたにちがいない。

近くの丘のむこうに、あらわれたものがあった。そっちをむいていたのは女房だけだったので、大声をあげて私にしがみつき、みなはそっちへ顔をむけた。

駝鳥のような動物の頭だったが、あれでは象より大きいにちがいない。それだけでなく、その妙な生物の細い首にはカラーが巻かれ、水玉模様の蝶《ちょう》ネクタイが締まっていて、帽子までかぶっていた。帽子はあざやかな黄色で、長い紫の羽根飾りがついている。そいつはこっちのほうを、しばらく眺めていたが、いたずらっぽくウィンクをしたと思うと、首をひっこめて丘にかくれた。

だれも言葉が出なかった。やがて、私は大きく息を吸い、声を出した。

「めちゃくちゃな話だ。よし、いいか、新しき惑星よ。シリウス・ゼロの名を与えるぞよ」

そして、身をかがめ、シャンペンのびんを粘土にぶつけたが、粘土をへこませただけで、割れはしなかった。もう一回やってみて、ぶつけるための岩をさがしたが、見まわしたところ、岩などなかった。

岩の代用として私はポケットから栓抜きを出し、びんを開けた。酒やタバコには手を出さないジョニーを除いて、私たちはそれを飲んだ。もっとも、私が大部分を。それから、少しだけを大地に注いでやり、びんの口に栓をした。この惑星が必要とするよりも、もっとシャンペンを必要とすることが、いずれ私たちにおこるような予感がしたのだ。ロケットにはウィスキーをたくさんと、火星製の安酒がいくらかあるが、シャンペンはこれだけしかない。

「さあ、でかけるとするか」

私が言ってジョニーを見ると、彼が驚いたように聞きかえした。

「そうなさりたいんですか、船長。ここには、その、住民が存在しております」

「住民だと。ジョニー。丘から首を出したのはなんだかわからんが、あれは住民なんてものじゃない。もう一回、あれが出て見ろ。このびんで頭をひっぱたいてやるさ」

とは言ってみたものの、前進をはじめる前に、私はロケットから熱線銃を二挺持ってきて、ひとつを自分のベルトにつり、もう一つをエレンに渡した。エレンは私より射つのがうまいが、女房のほうは、十歩はなれた所から宇宙省のビルを狙って、ペンキの吹付け器の引金をひいても外れるぐらいのお手並みだから、銃を渡すわけにはいかなかった。

いよいよ前進を開始した。だが、相談したわけではないが、例の変なやつが現われたのと反対の方角に足が進んだ。どの丘も同じようだったが、しばらく歩くと宇宙船は丘のかなたにかくれ、見えなくなった。私はジョニーが二分おきに携帯用の磁石を見ているのに気がつき、帰り道の心配はまかせることにした。

三つばかり丘を越えるまで、なにごとも起こらなかったが、そこで女房が叫んだ。

「あんな物が」

みなはそっちを見た。

左のほう、二十ヤードほどの所に紫色の草むらがあった。そこからブンブンいう音が聞こえてくる。その音を出しているのは、草むらの上を飛びまわっている、たくさんの物らしい。ちょっと見たところでは鳥だが、よく見るとその羽が動いていない。それなのに、上がったり、下がったり、鳥そっくりに飛びまわっている。頭の部分がどんなになっているのか、よく見ようと思ったが、そこはぼやけている。丸い形にぼやけた頭だ。

「プロペラがついているわよ。むかしの飛行船についていたようなのが」

と、女房に言われてみると、そんなふうにも見えた。

ジョニーと私は顔を見あわせ、二人でその草むらに行こうとした。だが、歩きかけたとたん、その鳥だかなんだかは、さっと飛び去ってしまった。低く地面をかすめて、たちまち見えなくなっていった。

ふたたび前進をはじめたが、だれも口をきかなかった。もっとも、私たち二人は話をするには、いくらか先を進んでいたのだ。そのうちエレンが追いついてきて、私に声をかけた。

「ねえ……」

あとを言わないので、その先をうながした。

「なんだい、エレン」

「ううん、なんでもないの」

エレンは悲しげなようすで答えた。

もちろん、私にはなにを言おうとしたのかわかっている。だが、私にできるなぐさめといえば、火星の工業学校をけなすことぐらいだし、それを言ってみたところで、どうなるわけでもない。あの学校も悪くはないが、欠点が一つある。まじめに育てようとして、くそまじめに育ててしまうことだ。こちこちの卒業生が、ぞろぞろ作られる。それでも、十二年かそこらたつと、世の中の風になでられてしなやかになることもあるのだが。

だが、ジョニーはそこまでいっていない。卒業してから、十一年ちょっとのためだろう。彼にとって、最初の仕事として私の船の操縦士になったことは、どうも気の毒なことだった。それだと、あと何年かやらないと、もっと大型の宇宙船を操縦できる資格がとれないのだ。もし、大型船の助手から出発していたら、ずっと早目にその資格をとっていたにちがいない。

彼のただ一つの問題点は、ハンサムすぎるくせに、自分でそれを知ってないことだ。知っていることは、工業学校で勉強したことだけで、その内容となると、数学と宇宙旅行と、敬礼のやり方であって、どうすれば敬礼をやらないですむか、のやり方は知っていなかった。

「エレン……」と私は話しかけた。

「なあに」

「いいや、なんでもないよ」

話しかけるつもりなどなかったのだが、エレンのほうは、すぐに私に笑いをかえした。私も微笑し、これでおたがいの話しあいがすんでしまったような気になった。話しあいはしなかったし、話しあってみても、どうにもなりはしないのだが。また、話しあいの意味が通じたかどうかもわからないのだ。

その時、小高い丘にさしかかっていたエレンと私は足をとめた。なぜなら、すぐ目の前まで舗装した道路が伸びてきていて、そこで途切れていたのを見つけたのだ。

地球の都会でなら、どこでも見かけるふつうのプラスチック舗装の道路だ。両側に縁石のついた歩道と溝《みぞ》がつき、センターラインも描かれている。どこに通じているのかはわからないが、少なくともつぎの丘を越えるところまでは、その上には家、車、生物の影さえなかった。

私とエレンは顔を見あわせ、それから、追いついてきた女房とジョニーと四人で、また顔を見あわせた。

「これはなんだろうか、ジョニー」

「道路のように思えます、船長」

私はその顔をつくづく眺めた。そのせいか、少し赤くなったようだ。彼はかがみこんで、舗装に目を近づけていたが、やがて立ちあがったときのその目つきは、驚きの色で満ちていた。私は説明をうながした。

「さあ、なにがわかった。凍ったキャラメルででも作られているのか」

「耐久性プラスチックです。船長。わたしたちがこの惑星の発見者ではないことになります。この品は地球製のものなのですから」

私は声をつまらせながら、

「ううむ。だが、ここの原住民が同じような製法を発見することもありうるだろう。同じような、その成分のものを」

「それはそうですが、船長。よくごらんになってください。この敷石にはマークがついています」

「ここの原住民が同じような……」

と、私はいいかえしかけたが、それをやめた。これはあまりにばかげた主張だと、自分にもわかる。新しい惑星を発見したと思って乗りこんでみたら、まず地球の会社のマークの敷石でできた道路にぶつかったとなると、だれでも頭が混乱する。私はこの理由を知りたくなった。

「いったい、この道はなんなのだ」

女房はそれに対してこう言った。

「見つかった道はこれ一つなのよ。だったら、ぼんやり立ちどまっていることも、ないじゃないの」

その意見にしたがい、私たちは前進をつづけた。まもなく、つぎの丘を越すと、一つの建物が目に入った。レンガ作りの二階家で、看板には何か書かれている。〈ボン・トン・レストラン〉古めかしい、イギリス風の文字だった。

「まさか……」

と、私が言いかけたが、その口が女房の手でふさがれた。言おうとしていたことは、おだやかでないことだったから、それでよかったのだろう。その建物は百メートルばかりさきで、道の曲がったところに、こっちをむいて建っている。

私は足を速めたので、みなより少し先についた。さて、ドアをあけ、なかに入ろうとした。しかし、戸口のところで、凍ったように動けなくなってしまった。なかという部分が、この建物にはなかったのだ。表側だけそっくりの、映画のセットのようだった。ドアのなかに見えるのは、起伏してつづいている、例の緑がかった丘ばかり。

ドアから離れ、ボン・トン・レストランの看板を見あげていると、みなが追いついてきて、やはりあけたドアをのぞきこんだ。だれもがぼんやり立ったままだったが、しびれをきらした女房が私をせかした。

「さあ、これからどうするの」

「どうしてもらいたいんだ。店に入って注文してこいとでも言うのかい。オードブル、エビの料理にシャンペ……そうだ。忘れていたぞ」

シャンペンのびんはポケットにあった。それを取り出して、女房からエレンにまわし、残りを自分で飲みほした。急ぎすぎたために、泡が鼻に入って、くしゃみが出た。

さあ、なんでも来いという気になって、この建物らしきもののドアをくぐってみた。いつ作られたものかについての、手がかりでも得られるかと思って、しかし、そんなものは見つからなかった。なんと呼ぶべきかわからないが、建物の内側、あるいは正面の裏側とでもいうべきところは板ガラスのようにすべすべしていた。合成した物質のようにも思えた。

また裏側の地面をも見まわしてみた。見つけたものといえば、いくつかの昆虫の巣のような穴ぐらい。巣と考えたのは、その穴のそばに大きく、黒い油虫がすわっていたからだ。あるいは立っていたのかもしれないが、油虫でのその区別まではつけようがない。一歩近づいてみると、それらは穴のなかに飛びこんでしまった。

ドアから表にもどってみると、いくらか気分が落ち着いてきた。私は女房に知らせてやった。

「おい、油虫がいたぞ。そのどこが変わっていたかわかるかい」

「どこがなのよ」

「変わったところがない。そこが変わったところさ。どこもなに一つ変わっていないんだ。ここでは駝鳥は帽子をかぶっているし、鳥はプロペラを持ち、道には行先がなく、家は表面だけだ。それなのに、あの油虫ときたら、羽毛さえ生えていないんだからな」

「ほんとなの」

とエレンが聞いてきた。

「そのとおりさ。ところで、そろそろ出かけるとするか。あの丘にのぼって、向こう側にはなにがあるかを見るとしよう」

私たちはそこまで行ってみた。すると、つぎの丘とのあいだの低いところで、道路はまた曲っていて、こっちむきに大きなテントが張られていた。ひらめいている旗に書かれてある字は、〈ゲームセンター〉。

こんどは、私は足を速めることなく、歩きながら女房に話しかけた。

「なんだ、サム・ハイデマンのやっていた、見世物の旗をまねしているじゃないか。サムのことを覚えているだろう、むかしつきあったサムを」

「あの酔っぱらいの、いやな人のことでしょう」

「そんなことを言うが、おまえもやつを好きだったんだろう」

「ええ。あなたも好きだったわよ。だけど、なぜ、いまさらそんなことを持ちだして、あなたとサムが……」

「まあまあ、そう……」

と、なだめようとしたときには、もうテントの前についていた。このテントは本物らしい。ゆるやかに波うっているのだから。私は言った。

「どうも気が進まないな。こんどはだれか、なかをのぞいてくれないか」

だが、女房はもうテントの幕のなかに、首をつっこんでいて、こう言っていた。

「あら、飲み助のサムじゃないの。老けたわねえ」

「おい。ふざけるのをよさないと……」

と、私は言いながらも、女房のそばをすりぬけて、なかに入ってしまった。ちゃんと四方にひろがった本物のテントだ。しかも、上等で大きかった。むかしなつかしいゲーム機械が並べられてあり、景品引換所で金をかぞえているのは、ほかならぬサム・ハイデマン。びっくりしたような顔でこっちを見ていた。こっちの顔もびっくりした表情だったろう。サムは叫んだ。

「やあ、ウェリーじゃないか。まるで気ちがいざただ」

と、女房やエレンの前をはばからずに、気ちがいじみた声をあげ、サムは私と抱きあって、背中をたたきあった。それがすむと、女たちに握手し、ジョニー・レーンに自己紹介した。

まるで、かつて火星や金星で見世物小屋をやっていた時代にもどってきたような気分だった。サムはエレンに、この前あったときにはだいぶ浮かれていたが、そのころを覚えているかな、などと聞いていた。女房は鼻をひくひくさせていた。

こんなふうに鼻がなるのは、女房がなにかをかぎつけたときだ。私は旧友のサムから女房に目を移し、女房の視線のさきにある物に目をやった。そして、鼻をひくひくさせるかわりに、息を飲んだ。

一人の女性がテントの奥のほうからあらわれ、こっちへむかって歩いてくる。女性と簡単に片づけたのは、ほかに適当な言葉が、とっさに浮かばなかったからだ。女性のなかの女性、聖女シシリアと美女ジュニヴェール、それにミス・ユニバースでも加えて完成したような女性だ。ニュー・メキシコのきらめく夕陽、火星の赤道公園から仰ぐひんやりとした銀の月、いや、金星ビーナス渓谷の春、ドルザスキーのバイオリンから流れるメロディーの夢。どうにも、たとえようがない美しさだった。

すぐそばでも、べつな息を飲む音がしたが、それは聞きなれない音だった。なぜ聞きなれない音なのかは、すぐにわかった。ジョニー・レーンの息を飲む音は、いままで聞いたことがなかったのだから。

それに気がついて、ジョニーの顔を見たとたん「ああ、エレンがかわいそうだ」と、すぐに思った。このかわいそうな男も、すっかり心を奪われていたのだ。

ジョニーにすっかりお株を奪われて、私はやっと自分が五十に近く、幸福な結婚をしている身だと思い出した。そこで、女房の腕をとり、しっかり抱えてやりながら、サムに声をかけた。

「サム。そのかたは……」

サムはふりむいて、その女性に言った。

「ミス・アンバース。いまおいでになった、古い知りあいを紹介しましょう。ウェリー夫人です。こちらは映画スターのミス・アンバース」

つづいてエレンを、つぎに私、ジョニーの順で紹介がおわった。女房とエレンは大げさなあいさつをしたが、私はミス・アンバースのさし出した手に気づかないふりをして、握手をさけた。私は年配だが、手をふれたら、それの離し方を忘れてしまうような予感がしたのだ。そんな感じの女性だった。

ほら、ジョニーはそれを忘れてしまった。サムが私になにか言っていた。

「おい、いったい、どこをうろついて回ってたんだ。ここへなにしにきた。どこかの開拓地に乗りこんで、かせぎまくっていると思っていたのに。こんな映画のセットのなかにまぎれこんでくるとはな」

「映画のセットだったのか」

やっといくらか理屈が合いかけてきた。

「そうさ。プラネタリー映画会社のだ。その見世物のシーンの技術指導をたのまれているってわけだ。大衆遊戯場の場内シーンをとりたいと言われて、倉庫から旧式の機械を持ち出し、ここにセットを作ったところさ。ほかの連中はいま、宿泊地のほうにいるよ」

もやもやしていた所に、光がさしはじめてきたようだった。そこで、さらに聞いてみた。

「すると、むこうの道ばたにあった、表だけのレストラン。あれもセットなのか」

「そうとも。道路だってそうさ。道路そのものはいらないんだが、道路を作ってる場面を、少し撮影する必要があったのでね」

「なるほど。だが待てよ。蝶ネクタイの駝鳥や、プロペラ式の鳥はどうなのだ。あんな小道具はないだろう。それとも、ありうることなのかな」

私もプラネタリー映画会社の技術陣は、とてもできそうもないことをやってのけるというわさを聞いてはいた。だが、サムは首をかしげながら、頭を振った。

「ちがうな。きっと、この星の動物でも見たんだろう。動物のたぐいは、いくらかいるが、たくさんではなく、なんということもない」

女房が話にわりこんできた。

「ねえ、サム・ハイデマン。この星が前から発見されていたのなら、どうして、あたしたちの耳に入らなかったの。いつごろ発見され、なにかわけがあったのかしら」

サムは笑いながら説明した。

「ウィルキンスという男が十年前に発見したのですよ。すぐにこのシリウス惑星系の委員会に報告された。しかし、その公表がされるまえに、このことをかぎつけたプラネタリー映画会社が手をまわしてしまった。公表をのばしてくれれば、そのあいだは膨大な借地料を払おうという条件を持ちこんだ。ここには鉱物など、たいした資源もなく、農業がやれるほどの土地でもない。委員会はそれを承知していたので、契約が成立というわけなのさ」

「しかし、なんで秘密にしておく必要が」

「見物するのがいないと撮影がはかどる。進行中の企画が他社にもれない。大きな映画会社というものは、おたがいの企画を盗みあうものなんだ。だれでも知ってることだろうがね。だが、ここならば広さは充分で、秘密ももれない」

「われわれがここを見つけたとなると、どうかされるかな」

と私は気になったが、サムはまた笑いながら答えた。

「見つけられてしまっては、最高級のもてなしをして、だまっていてくれとたのむことになるのだろうな。たぶん、プラネタリー映画会社の上演館ぜんぶに共通の、終身フリーパスでもらえるだろうな」

サムは戸棚から酒とグラスを出し、盆にのせて運んできた。女房とエレンは辞退し、私はサムといっしょに、二杯ずつ飲んだ。いい味だった。ジョニーとミス・アンバースはテントの片隅で、熱心にささやきあっていたので、邪魔をしなかった。もっとも、ジョニーは酒を飲まないとサムに知らせたので、声のかけようもない。

ジョニーはミス・アンバースの手をにぎったままで、病気の犬ころのような目つきで、相手を眺めつづけている。私はエレンがそれに背をむけて、それを見まいとしていることに気がついた。かわいそうだが、手のつけようがない。まったく困ったことになったものだ、といっても、私だってジョニーぐらいの若さがあって、女房がいなければ……。

その女房はじれったがり、いらいらしていた。私はあちこちの旅の話を適当に切りあげ、最高級のもてなしをうけるのなら、いったん宇宙船にもどって、服を着がえてこようと提案した。

また、宇宙船をこの近くに移しておいて、このシリウス・ゼロに二、三日いることにするのもいいだろうと思った。私はサムに、この星に来て妙な動物を見たので、こんな命名を考えたことを簡単に話し、そばをはなれた。

それから、ジョニーを映画スターから引きはなし、そとに連れだした。これには骨が折れてしまった。ジョニーは魂が抜け夢が入りこんだような表情をしていて、いくら話しかけても敬礼ひとつしなかった。また、船長とも言えなくなっていた。たしかに、声まで抜けてしまったようだ。

道をもどる途中、だれも声を出さなかった。

私の頭のなかでは、なにかがひとつひっかかっていた。だが、それがなにかは、はっきりしていない。ごまかされているところが、ひとつだけあるらしいのだが。

女房のほうにも、心配事がありそうだった。やがて、私に話しかけてきた。

「ねえ。サムが言ったように、本当にもてなしてくれるのかしら。こんなことを考えたのだけど、もし、絶対に秘密にしておきたいのなら、あの……」

「いや。そんなことはないさ」

私の答えかたは、ぶっきらぼうだったようだ。私の気になっていることは、そんなこととは、まったくちがっていたのだった。

私は新しく、完全な道路に目をやったが、なんとなく気にいらないところがある。曲り角のところで道のはじに寄り、緑っぽい地面のうえを見おろしながら歩いてもみたが、さっきボン・トン・レストランで見つけたような虫と穴があったほかには、べつにとりたててあげるほどのものもなかった。

映画会社が持ちこんだのでないとしたら、地球で呼ぶところの油虫ではないのかもしれない。しかし、油虫と呼べるほど、すべての点でそっくりだった。またプロペラ、車輪、蝶ネクタイなどをつけてもいない。やはり、ただの油虫なのだろう。

私は舗道から出て、一、二匹を踏みつけようとしたが、穴の中に逃げこまれてしまった。すごく動きのすばやいやつだ。

道路に戻ると「なにをしてたの」と、女房が聞いたが、「なんでもないさ」と私は答えた。

エレンは黙って歩きつづけ、表情を崩すまいとつとめていた。なにを考えているのかよくわかり、なにかしてやればいいが、と思った。してやれるただ一つのことは、旅が終ったらしばらく地球で暮らすことだ。若い男の子たちと会える機会を作ってやれば、ジョニーのことも忘れるだろうし、エレンを好きになる男が現われるかもしれない。

ジョニーは魂の抜けたまま歩いていた。たしかに、なにもかも抜けてしまっている。そんなときにはだれでもだが、手のつけようもない状態だ。恋と呼んだらいいのかふぬけと呼ぶべきかはわからないが、いまいる惑星についての認識も抜けてしまっているのだろう。

私たちは丘をひとつ越え、サムのテントは見えなくなった。女房がまた聞いた。

「ねえ。映画のカメラがどっかにあったかしら」

「見なかったな。だが何百万と金がかけてあるようだ。撮影しないのなら、あんなものを作るはずはないよ」

むこうにさっきのレストランが見えてきた。前だけのレストランを横からながめるのは、どうも変なものだった。そして、ほかに見えるものといえば、緑がかった粘土の丘と、みなが歩いている気ちがいじみた道路。

道路の上には、油虫は一匹もいなかった。この上にはあがったり、横切ったりができないかのように。

ジョニーに話しかけてみたが、耳に入らないようすなので、やめてしまった、それに、なにをどう話したものかも、私にはわからなかったのだ。どうも頭には、さっきからなにかがひっかかっている。ふつうとはどこかちがって感じられることが。

そのことは、しだいに大きくなり、頭がおかしくなりそうだった。もう一杯飲みたくなった。ここの太陽、シリウスは地平線に傾きはじめていたが、あまり気温は下がらなかった。

私はのどがかわいてきたし、女房も疲れたようだった。

「少し休んでいこう。半分はもどったろう」

と声をかけ、私たちは足をとめた。そこはボン・トン・レストランの前だったので、看板を見あげてにやりと笑い、私はまじめな青年に命令してみた。

「ジョニー。なかへいって食事をたのんでくれないかな」

「かしこまりました、船長」

ジョニーは敬礼して答え、ドアにむかって歩きかけたが、ふいに顔を赤くして足をとめた。だが、私はからかうのをそれでやめにした。

女房とエレンは縁石に腰をおろしていた。

私は横からまわって、表だけのレストランの裏にまわった。さっきと同じで、裏側はガラスのようにすべすべで、同じ油虫は、同じ穴のそばにいた。

「おい、きみたち」

と、それに呼びかけてみたが、反応はなかった。そこで、ふみつけてやろうとしたが、速すぎて無理だった。虫たちは、ふみつけようと思ったとたん、まだ筋肉を動かしもしないのに、穴へ逃げこむのだ。

私はまた横からまわって、表にもどり、レンガの壁によりかかった。よりかかるためには適当で、しっかりしていた。

葉巻をポケットから出し、火をつけようとしたが、そのマッチを手から離してしまった。やっと、頭にひっかかりつづけていたことがわかったのだ。

サム・ハイデマンについてのことだった。

女房に声をかけると、こっちをむいたので、こう言いかけた。

「おい。たしかサム・ハイデマンのやつは、もう……」

その時、とつぜん私は、壁にもたれた姿勢ではなくなっていた。壁がなくなっていたのだから。私はあおむけにひっくりかえった。

緑色っぽい粘土の地面から立ちあがると、女房もエレンも立ちあがっていた。二人が腰かけていた縁石も消えうせたので、尻もちをついたらしかった。

いままで歩いてきた道路や、よりかかっていたレストランなど、影も形もなくなっていた。見えるものは着いたときにロケットから眺めたような、緑の丘がつづいているだけ。ひっくりかえりかたがひどかったので私は腹がたってきた。その腹の虫を油虫どもにでもぶつけてやろうと、まだ消えずにいるかどうか、見まわしてみた。だが、消えずにいた。そこで、もう一度やろうとしたが、やはりふみつけそこなった。

ほかのもののようすを見ると、女房もおなじように腹をたてていた。痛かったらしく、尻のほうをさすっている。ジョニーはびっくりして、わめき散らしたいらしいが、どうわめいていいのかわからないらしい。

エレンの目は落ち着いてはいなかった。その視線は道のあった所から私にうつり、つぎにボン・トン・レストランのあった所に、そして、いままで歩いてきたほうへと変わって、テントはまだ残ってるのかと、知りたがってるようすだった。

「あれはなくなったよ」

と私が言うと、女房が聞いた。

「あれって、なにがなの」

「あっちのあれがさ」

説明をしたが、女房は私をにらみつけた。

「どこのなにがなのよ」

いらいらしながら、説明をつづけた。

「テントだ。映画会社さ。なにもかもがだよ。そして、サム・ハイデマンだ。道が足の下から消えうせたのは、サムについてのことを思い出したとたんだったのだ」

「サムのなにを思い出したの」

「死んでいたんだよ。忘れてしまったかい。六年まえにニューヨークで、プラネット誌の古い号を読んでたときに、サムの死亡記事にぶつかったことがあったじゃないか。サム・ハイデマンは死んでいるんだ。だから、あっちにはいるはずがない、ほかのものだって、あるはずがない。そのことに気がついたとたん、やつらは足の下から道路を引き抜いてしまったんだ」

「やつらですって。ねえ、その、やつらってだれなのよ」

「やつらとはだな……」

と言いかけたが、女房の目つきは、ただごとでなかったので、

「ここではだめだ。まず、大いそぎで宇宙船にもどろう。ジョニー、道がなくなっていても、方角はわかるだろうな」

ジョニーはうなずいた。敬礼と、船長という言葉も忘れてしまった。私たちは口をきく者もなく、歩きはじめた。

道路の終点だった所までくると、あとは足あとが残っていたので、進むのが早くなった。さっきプロペラ式の鳥が飛びまわっていた、紫の草むらのあった丘を過ぎたが、もうそこには、鳥はいなかった。紫の草も消えていた。

また、蝶ネクタイをつけた、キングサイズの駝鳥も出てこまいと予想していたが、やはり現われてはこなかった。

しかし、うれしいことに宇宙船だけは残っていた。最後の丘にのぼったときに見えたのだが、出かけたときのままだった。そのなつかしのわが家にむかって、足をさらに早めた。

私はドアをあけ、女房とエレンをさきに乗せようと、からだをよけた。女房が段をのぼろうとした、ちょうどその時、声がした。

「ごきげんよう」

私はあたりを見まわした。ほかのものも見まわした。だが、口をきいている者は存在しなかった。道路、レストラン、プロペラ鳥と同じように。

「そっちへもごきげんようだ。それに、いいかげんでくたばるよう、だ」

本気でそうおもっていたので、そう答えたまでのことだ。

早くロケットに入れと、女房に合図した。一刻も早くここを離れるのが、最上の策らしかった。だが、例の声がまた聞こえた。

「お待ちなさい」

その声は、私たちを離さない響きをおびてつづいた。

「わたしたちは説明したいのです。二度とここにおいでにならないようにと」

そのたのみは私の決心と同じだったが、聞きかえしてみた。

「なぜいけないのだ」

「そちらの文明は、わたしたちのと一致しないからです。あなたがたの心を調べて、確かめてみました。あなたがたの心にあるものを、形にして出現させてみて、それで、あなたがたが、どんな生活をしているのかを、研究しようとしたわけです。はじめのうちは、心にあるものをつなぎあわせるのに失敗して、へんなものになってしまいました。だが、あなたがたが歩きつづけるうちに、すっかり分析がすみ、あなたがたの心にあるのとそっくりの物を、作りあげられるようになりました」

「サム・ハイデマンができあがったわけだな。だが、あのすご……いや、女性はどうなのだ。あんな女はだれの頭にもなかったはずだ。われわれは知らなかったんだからな」

「あれは、みなさんの心から集めて、それで作ったものです。あなたがたの理想的とでも呼んでいるものでしょうね。話がそれました。この研究によって、そちらの文明は物に関心を抱くタイプであって、わたしたちのように、精神に関心を持つのとちがうことがわかりました。おたがいにつきあっても、なんの得るところがありません。交際をしてみたところで、おたがいに損はあっても、利益はなにもありません。わたしたちの惑星には、そちらの惑星の役にたつような物質は、なにひとつございませんから」

単調にうねってつづいている、緑の粘土を見渡して、それにうなずかないわけにはいかなかった。粘土の上には、丸くぼさぼさした、ころがり草がいくらかあるが、ほかにはなにも育ちそうにない。鉱産物らしきものも、石ころさえなかった。私はどなりかえしてやった。

「そのとおりだろうよ。ころがり草や油虫ぐらいしか生きていない星は、こっちのほうでお断わりだ……」

ここで私の心にひらめいたことがあった。

「……おい、ちょっと待ってくれ。草と虫のほかに、なにがあるんだ。それがないとすると、なにと話してるわけなんだ」

声が答えてきた。

「話し相手はですね、そちらが油虫とお呼びになっているものです。わたしたちが作りあげた声とお話しになっているのです。ところで、ここがおたがいにどうも打ちとけ合えない点です。はっきり申しあげますと、わたしたちを見てそちらが気持ち悪くなるのと同じに、こちらから見るとあなたがたはどうも気持ち悪くてたまらないのです」

私は地面を見た。三匹いた。こっちが動いたら、穴に飛びこもうとして、身がまえている。宇宙船にはいるなり、命令を下した。

「ジョニー。離陸だ」

「はい。船長」

ジョニーは敬礼し、操縦室に入ってドアをしめた。感情を押さえているようだった。そして、宇宙船が自動操縦の進路に乗り、シリウスが後方で小さくなってゆくただの星屑になってしまうまで、そこから出ようとしなかった。エレンも自分の部屋に閉じこもったきりで、女房と私はトランプでクリベッジをやりつづけた。

「仕事を離れてもよろしいでしょうか。船長」

と、ジョニーが言ってきたので「よし」と答えると、彼はさっと自室にむかっていった。しばらくして、女房と私は寝床についた。すると、まもなく物音を耳にし、私はそれを調べにいった。戻ってくると、笑いを浮かべながら、女房に言った。

「万事好調だよ。おい、ジョニー・レーンのやつめ、笑いフクロウのように酔ってやがる」

私がおどけて女房をつねると、女房は鼻をひくひくさせた。

「どうしたのよ。ねぼけたんじゃないの。縁石が消えたおかげで、そこは痛いとこなのよ。それで、ジョニーが酔っぱらったのが、なんでうれしいのよ。ねぼけたんじゃなければ、あなたが酔ってるのじゃなくて」

酔っていなかったが、酔いたい気分だった。

「いいかい。やつはわしにむかって、くたばれ、とか言ってやがった。敬礼もせず、船の持主のわしにむかってだよ」

女房は私をまじまじと見つめるばかりだ。女というものは、ときにはとても気がきくが、ときにはとても気が抜けたようになるものだ。

「よく聞いてくれ。やつも、酒びたりをつづけるわけではない。いまのはそれで終りだろう。おまえには、やつの自尊心と威厳とが、崩れはじめているのがわからないかな」

「つまり、ジョニーがあの……」

「油虫の作った幻に熱をあげてしまったからだよ。ここなんだ。それとも、熱をあげたと思いこんでるところかな。一回はそれを忘れるために、酔っぱらわなければならないんだ。しかし、これからは酔いがさめてから、少しずつ人間らしくなっていくだろう。賭けるとしたら、これにだな。ついでに、もう一つ賭けるが、人間らしくなってから、やつがエレンを目で見るだろう。それで、エレンがどんなにいい娘かに気がつくだろうよ。地球へ帰るまでに、と限って賭けたっていい」

「そうなればいいけど……」

私は女房に調子よく答えた。

「そうなるにきまっているさ。一びん持ってきて、乾杯でもしよう。シリウス・ゼロのために」

そして、このことに関してだけは、私の意見が正しかった。ジョニーとエレンは、速力を落とすほど船がわが太陽系にちかづかないうちに、婚約をしてしまったのだから。

町を求む

A Town Wanted

建物に入ったついでに、おれは奥の部屋をのぞきこんだ。そこでは、いつもの連中がとぐろを巻いていた。

ポーカー用の青いチップの山を前にしているのは、市会議員のヒギンスのやつだ。てらてらした小さな顔で、もっともらしくよそおっている。

そのそばにいるのは、警官のグレンジ。いいかげん酔いつぶれ、制服の青いシャツの胸が、ビールで汚れている。ジョッキを持ちあげる手つきさえ、どうもおぼつかないほどだ。

市会議員が顔をあげ、声をかけてきた。

「やあ、ジミー。どうだ、景気は」

おれは笑いかえしただけで、そいつらにはかまわず、二階へあがった。そこにはボスの部屋がある。おれはノックもせずに入りこんだ。

ボスは複雑な表情で、こっちをむいて言った。

「すべては、ぐあいよく片づいているのだろうな」

「まあ、湖水が干あがりでもしたら、ばれるでしょうよ。しかし、そんな遠い先のことまでは、かまわんでしょう」

と、おれは報告した。

「あらゆる点で、手ぬかりはなかったわけだな」

おれは聞きかえしてやった。

「どんな点が心配なんです。だれも捜査にとりかかってなんかいませんよ。保護の料金を払いたがらない男がいた。そのアニーはもはや世を去りぬ、というぐあいです。これで、ほかの奴らにも、こっちの話が徹底するでしょう」

ボスはハンケチを出し、頭のはげた所の汗をふいた。だいぶ気にしているらしいことが、一目でわかる。仕事をやってゆくのに、こんなだらしないことでは、しようがない。おれがいずれ引きついだ時には、物事をもっとてきぱきと始末してやる。

おれは椅子にかけ、タバコをつけた。

「ところで、この町ならば、今までの二倍は金を集めることができるでしょう。さて、つぎに片づけるのは誰にします」

「あまり急ぐことはない。ジミー、いくらなんでも、早すぎる」

おれは立ちあがって、ドアにむかって帰りかけた。まったく、いくじのないボスだ。

すると、ボスが低い声で呼びかえした。

「すわっていろよ、ジミー」

すわりはしなかったが、ボスのそばに戻り、立ったまま聞いた。

「まだ何か」

「あるとも。わしを片づけようとして、お前がそろえた連中についてだがね。ジミー。お前はいつから、わしの後釜におさまろうなどという気になった」

おれはこの男を、いくらか見くびっていたようだ。世の中、自分の考えた通りにばかりゆくとは限らないようだ。

「それはなんのことです、ボス」

おれは椅子にかけながら、そしらぬ顔で言ってみた。

「だから話しあおうというわけさ、ジミー」

彼のはげには、また汗の玉が湧き出し、彼はそれを拭《ふ》いていた。いらいらさせやがる。だが、こっちから言い出すことはない。おれは喋りたいのをがまんし、相手の出かたをうかがった。やがて、彼はその先をつづけた。

「お前はいいやつだよ、ジミー。お前にはいろいろと、やっかいをかけてきた」

いいかまをかけているだけでもなさそうだった。だが、相手は投球のモーションに入ったとところだ。こっちは打席にいて、どんな球がくるかを待つ立場にある。

「しかしだ、ジミー。六ヵ月ばかり前から、わしは、このままではいずれ、ごたごたをまねくだろうと考えていた。お前の企んでいることは、大きすぎるぜ。この町はお前と二人で分けあえるほどは、大きくないんだ。ちがうかね」

おれは彼が話すのに任せた。

「お前は、四人を配下に加えたつもりでいるだろう。しかし、事実は二人なんだぜ。あとの二人は、すでに、わしのほうに移っている。そして、お前の企みをぶちこわすために控えているというわけだ」

どうも面白くない話だった。ボスが知ってることは、たしかなようだ。四人という人数は、うそではないのだから。いったい、そのうちのどの二人が寝返ったのだろう。おれには見当もつかなかった。よし、こうなったら、相手に言いたいだけ喋らせてやろう。

「そうだとしたら、どうだと言うんです」

と、おれは先をうながした。

「お前の野心は、どうも大きすぎるようにおもえるな、ジミー。わしの方針にはあわんのだ。スロット・マシンと、あいまい酒場からあがる利益だけで、わしは十分と思っている。保護料は、とれるだけの程度でいいんだ。ところがお前は、この町のすべてを手中におさめたがっている。税金の全部を、自分のふところにあつめようとする意気ごみだ。わしは、そんな危い橋を渡りたくはない。おっと、ジミー。お前は引き金に指をかけたが、それは少々、軽率なんじゃないかな。わしとしては、必要もないことで、むやみに殺人をすることには、あまり感心しないんだがね」

「そんな読心術みたいなことは、いいかげんに打ち切りにして下さい。勘定書きは出そろったでしょう。合計を出してみたらどうです」

「お前はいま、わしを殺すこともできるわけだ。しかし、そのままですみはしない。お前だって計算のわからん男ではないだろう、ジミー。そんな割のあわないことに、自分の首まで賭けたくはないはずだ。こっちにだって、手はずが整っている。お前が、生きてここを出られないようになっているのだ。お前が拳銃を使えば、お前のからだにも弾がめりこむしかけだ。からだに弾がめりこむと、どうなると思う」

おれは窓ぎわに歩み寄って、外を眺めた。ボスのほうから、先にうってくることはないだろう。そうとも、その必要は相手にはないんだ。切り札を握っているのは、相手のほうだ。おれはいま、それを見せつけられているところなんだ。おれにとっては、いささか早すぎはしたが。

「お前は、ずいぶん役に立ってくれたな、ジミー。そのお前とは、きれいに別れたいんだよ。去年なども、お前が手伝ってくれなかったら、ああまで金を手に入れることはできなかったろう。わしの希望は、お前にこの町を出ていってもらいたいことだ。しかし、ただでは言わない。いくらかは出す。お前はよそに町をみつけて、そこで思いどおりに仕事をしたらどうだ。この町に関しては、わしのためにそっとしておいてくれ」

おれは窓のそとを眺めつづけていた。ボスがなぜ、おれを片づけたがらないか、よくわかっている。ここしばらく、殺人がつづきすぎた。警察のやつらもそろそろ腰をあげにかかっている。ボスは角《つの》を引っこめたがっているわけだ。

彼の性質とすれば、そうしたがるのも無理もない。保護料のほうまで、そう欲を出さないでもいいのだ。スロット・マシン、あいまい酒場、それと、半ば非合法ないくつかの仕事のあがりで、彼はけっこう満足している。利益は少なくても、安全なほうが好きらしい。

おれだったら、そんな気持ちにはなれないが。

おれはボスに顔をむけた。考えてみれば、おれはこの町にしがみついていなくたって、やっていける男じゃないか。それだけの能力は身についている。手ごろな町さえみつければいい。

「ところで、立ちのき料は」

と、おれが聞くと、ボスはある額を口にした。

それで話をきめたのだ。

というわけで、おれはいま、マイアミにいる。仕事にとりかかる前の、ちょっとした休養といったところだ。海を見わたせるホテルの、大きな部屋。女。パーティ。ルーレット。楽しい物はなんでもある。千ドル札を何枚か持ってくれば、気分が大いに雄大になるところだ。

しかし、いつまでもこうしてはいられない。そろそろ、札びらを集めるほうにとりかからなければならなくなった。

町をみつけさえすれば、どう手をつけたらいいかは心得ている。まず、表むきの仕事として、酒場を開く。つぎには、政治家たちのうちで、だれだれが賭博場に出入りしているかを調べあげる。ほかの連中には引退してもらうことにする。札束さえ使えば、できる話だ。それから、腕っぷしの強いのを集め、仕事にとりかかる。

最もてっとり早い仕事はスロット・マシン。それを、馬券の取次店とか娯楽場のような場所に、ごっそりと運びこむ。実力がついてきたら、こんどは保護料を取り立てるための、なわ張りをつくる。商人は店のじゃまをされないように、その金を払うものだ。へんな同情心さえ出さなければ、このもうけも悪くはない。なにしろ利益をあげるために、資本をつぎこむ必要のない仕事だからな。

やり方とこつを心得ていれば、じゃま者を始末するといった手荒なことをしなくても、すべてを手中におさめることができる。わけないことさ。おれは、そのやり方を知りつくしている。

だが、どんな町でもいいと言うものの、やりやすい町と、やりにくい町とがある。手ごろな町であれば、それだけ仕事を進めやすいわけだ。役所の主だったのを、何人か抱きこみさえすれば、あとは追い払うほどのこともないといった町なら。

おれはいま、そんな町を探しているところだ。もう、遊んでいるのには飽きてもきた。あなたの町など、どうだろうか。それをきめるために、この質問に答えてくれないかね。この前の選挙の時に町の政治をよくしようなどと考えて、候補者をなっとくの行くまで検討したかね。それとも、ポスターの大きい候補者に投票したかね。え、なんだって。投票所へも行かなかったのか。

気にいったな。そんな町なんだよ、おれが探しているのは。では、近いうちに。

帽子の手品

The Hat Trick

ある意味では、なにごとも起こらなかったとも言える。事実、その四人が映画館から出てきた時に、雷雨が激しくさえなかったら、あらゆる意味で、なにごとも起こらずにすんだにちがいない。

その映画は怪奇物だった。しかも、よくできていた。いいかげんな安物ではなく、心の底からぞくぞくふるえさせ、恐怖を味わわせてくれるものだった。そのため、外へ出た時ののどしゃ降りの夜も、新鮮で、気持ちよく、ほっとした光景に見えたほどだった。少なくともその四人のうち三人にとっては。だが、あとの一人は……。

出口のところで立ち止まって、メイは声をはりあげた。

「あらあら、あたしたち、どうしましょう。このなかを泳ぐの、それとも、タクシーをつかまえるの」

メイは魅力的で小柄な、ブロンドの女性。もっとも、鼻がいくらか上向きだったが、つとめ先のデパートの香水売場で、商品をかぎわけるのに便利だった。

すると、エルジーが二人のボーイフレンドたちにむかって、思いついたように言った。

「ねえ。みんなでちょっと、あたしのスタジオに寄っていかない。時間はまだ早いじゃないの」

スタジオという言葉には、意味ありげなアクセントをつけた。エルジーは一週間まえにスタジオを作ったばかりで、それを普通の部屋のように使っているしゃれた生活を、自慢したかったのである。また、ボヘミアン的な調子で、みなと騒いでもみたかった。もちろん、ウォルターだけだったら誘いはしなかっただろうが、みなといっしょなら、気にすることもなかった。

ボブはそれに賛成した。

「いいぞ。そうしよう。ウォリー、きみはタクシーをつかまえてくれ。こっちは酒を手に入れてくる。女の子たちはブドウ酒でいいんだろう」

ウォルターたちが車をつかまえているあいだに、ボブは顔みしりのバーにかけこみ、バーテンにたのんで、一本のブドウ酒をうまいこと手に入れてきた。そして、四人の乗った車はエルジーのスタジオにむかった。

車のなかで、メイはさっき見た怪奇映画のことを話題にした。そのため、ぞっとするような気分が、あたりにもどってきた。メイが身ぶるいをしたので、ボブは彼女の肩に手をかけてなだめた。

「わすれてしまえよ、そんなこと。映画のなかのことじゃないか。現実にはあんなことは、起こりっこないんだぜ」

「しかし、もし起こったら……」

と、ウォルターが言いかけて口をつぐんだので、ボブは顔をそっちにむけ、言いかえした。

「もし起こったら、どうだと言いたいんだい」

「いや、べつに。この話も忘れてくれないかな」

ウォルターの声には弁解じみた響きがあった。彼は微笑したが、それもなんとなくぎこちなかった。いまの映画は、ほかの者とはいくらかちがった印象を、彼に与えたように見えた。たしかに、いくらか……。

「学校のほうはどうなの、ウォルター」

エルジーは話題を変えた。ウォルターは昼間はチェスナット街の本屋で働き、夜は大学の夜間部にかよっていた。この晩は週に一回の休日にあたっていたのである。彼はうなずいて答えた。

「うまくいっているよ」

エルジーは心のなかで、メイのボーイフレンドであるボブとをくらべてみた。ウォルターはボブほど背が高くなく、眼鏡もかけているけど、顔つきではわるくはないわ。それに、頭はボブよりずっといいんだから、先にいったら、ボブより出世するかもしれない。ボブときたら高校を三年でやめてしまったんだし、いまは印刷工の見習い課程を、やっと半分終ったところじゃないの。

みなはスタジオについた。エルジーは戸棚をかきまわし、形は不揃いだったが、なんとかグラスを四つ集めることができた。ほかに、クラッカーとかピーナッツバターなどをさがし出しているうちに、ボブがブドウ酒をあけ、グラスについでまわった。

こうして、エルジー・スタジオでのパーティははじまったものの、考えていたほどの騒ぎにはならなかった。話題になるのは、さっきの怪奇映画がほとんどで、ボブが何回かつぎまわった酒も、少しも効き目をもたらさなかった。

話題はつきてしまったが、時間はまだ早かった。そこで、エルジーはこんな提案をした。

「ねえ、ボブ。トランプの手品がうまかったわね。そこの引出しに入っているわ。やって見せてくれない」

それがはじまったのは、このように何ということもないきっかけからだった。

ボブはトランプを取り出し、一枚をメイに抜かせた。つぎに残りのカードを切り、その一枚を戻させてからメイに渡し、また何回か切らせた。それを受け取ったボブは、一枚ずつ開いていって、メイの抜いたカード、スペードの九を当ててみせた。ウォルターはこれを、あまり興味のなさそうなようすで見ていた。おそらく、彼はエルジーが高い声で、

「ボブ、すてきだわ。どうしてそうなるのか、ちっともわからないわ」

などと叫ばなかったら、なにも口を出さなかったにちがいない。だが、それにつられたように、彼は言ってしまった。

「わけはないんだよ。ボブははじめに、いちばん下の一枚を見ておいたのさ。そして、切るときにそれを、メイの戻したカードの上に重ねたんだ。だから、当てる時には、その次のカードを示せばいいわけさ」

ボブはウォルターをにらみつけた。エルジーはそれに気づき、なんとかこの場をおさめようとして、種《たね》はわかっても手さばきは上手だったわ、と言ってみたが手おくれだった。

ボブはむきになって言った。

「ウォリー、それなら、きみはもっと面白いことをやれるって言うのか。きみは奇術王フーディニの愛弟子かなにかだったんだろうからな」

「帽子があれば、なにかやって見せるんだがな」

と、ウォルターは苦笑いした。二人とも帽子をかぶっていなかったので、これなら無事におさまるはずだった。そのときメイが、さっき自分の頭からはずし、ここの衣裳掛けに

ひっかけておいた、奇妙な形の物を指さしてしまった。ウォルターはしかめ面をしてみせた。

「あれも帽子だというわけか。ボブ、わるかったよ。手品の種《たね》を割ってしまったのを、かんべんしてくれないか。ほんとは、トランプ手品は苦手なんだよ」

ボブはさっきから、カードを両手にわけ、パラパラと交互にまぜて見せていた。もしその時、悪いことに手を滑らせ、床の上にばらまきさえしなかったら、ウォルターを許してやる気になったろう。だが、ちらばってしまったカードを拾い集めてから、ボブのあげた顔は赤くなっていた。それは、うつむいて充血したためだけではなかった。彼はトランプをウォルターに突きつけた。

「いや、うまいんだろうよ。かくすことはないじゃないか。ひとの手品の種《たね》あかしができるくらいだから、ほかにも知っているはずだよ。さあ、どうだい」

ウォルターはしかたなくトランプを受けとり、ちょっと考えこんだ。それから、エルジーの熱っぽい視線を受けながら三枚を抜き、それをひとに見えないように持って、残りを伏せて置いた。それから、その三枚を扇のような形に手のなかでずらせて、言った。

「この三枚のうち、一枚を上に、一枚を下に、もう一枚をまんなかにまぜてしまって、一回切っただけで、一カ所に集めてみせるよ。ほら、その三枚はこのように、ダイヤの二と、一と、三でしょう。これを……」

彼は三枚を模様をうえにして裏がえし、説明したように一枚を上に、一枚を下に、そして、一枚をまんなかに押しこみかけた……。その時、ボブが大声をあげた。

「なんだ、わかったぞ。いまのはダイヤの一じゃなくて、ハートの一なんだ。それを二枚のあいだにはさんで、ハートのとがった所だけ見せ、ダイヤのように見せてたんだ。重ねた上には、さっきからダイヤの一が置いてあるんだ。そうだろう。どうだい」

ボブは勝ちほこったように、あざ笑った。メイはそれをたしなめた。

「ボブ、おやめなさい。ウォリーはそれでも、やりおわるまでは黙っていたじゃないのよ」

エルジーもボブに顔をしかめた。だが、ふいに表情を明かるくして、衣裳戸棚にかけより、ドアを開けた。そして、上の棚から取り出したのは、帽子の箱だった。

「すっかり忘れてたけど、去年の公演のとき、バレーを踊る役でかぶったものよ。ほら、シルクハット」

彼女は箱をあけて、それを出した。形が崩れ、箱にしまってあったのにいくらか汚れていたが、シルクハットにちがいなかった。彼女はウォルターのそばの机のうえに、ひっくりかえして置いた。

「これがあれば、すてきなのができるんでしょ。ねえ、ウォルター。さあ、ボブに見せてやりなさいよ」

三人はウォルターを見つめたが、彼は落ちつかない様子で、ごまかした。

「い、いや。ボブをちょっと、からかって言っただけだったんだよ。本気じゃなかった……ほ、ほんの子供の頃にやっただけで、それからやったことがないから、思い出せそうにないよ」

ボブは愉快そうに立ちあがった。ブドウ酒のビンを手にして、空になっていたウォルターと自分のグラスにつぎ、まだあまり減っていない女の子たちのをもいっぱいにした。それから、部屋のすみにあった物差しを、もっともらしくにぎって、サーカスの呼びこみの身ぶりで振りまわした。

「さあ、殿方もご婦人も、どうぞごらん下さい。いまお入りになれば、奇術の第一人者ウォルター・ビークマン演じますところの、種《たね》も仕掛けもない世紀の手品、シルクハットの妙技がごらんになれます。そして、つぎには……」

「ボブ、黙っててよ」

と、メイがたしなめた。ウォルターの目に、かすかな閃きが浮かび、彼は言った。

「二セントがあれば……」

言い終らないうちに、ボブはポケットから一握りの小銭をつかみ出した。そのなかから二セントの銅貨を選び出し、手をのばして帽子のなかに投げこんだ。

「ほら、二セントだ」

そして、またも物差しを振りまわしながら叫びはじめた。

「料金はわずかの二セント。一ドルの五十分の一。さあ、ごゆっくりと、地上最大の大魔術をごらん願います……」

ウォルターはグラスの酒を飲みほした。ボブのお喋りも手伝ってか、顔の赤みがましたように見えた。彼は立ちあがり、静かな口調で聞いた。

「いまの二セントで、何か見たい物があるかい、ボブ」

エルジーは目をまるくして彼を見あげた。

「ウォリー、そのなかから、言われた通りに、なんでも出すって言うの……」

「そのつもりだよ」

ボブの高笑いが爆発した。

「ネズミはどうだ」

と叫んで、ブドウ酒のビンを傾けた。

「お望みならばね」

ウォルターはこう答えたが、机のうえのシルクハットには触れようともしなかった。ただ、それにむけて、片手をちょっとさし出しただけだった。するとシルクハットのなかで、きしむような音がおこった。ウォルターはその手をなかに突っこみ、なにかの首のうしろをつかんで、引っぱり出した。

メイは悲鳴をあげ、手の甲を自分の口に押しつけた。目は白い皿のようになった。エルジーのほうは音もたてずに、長椅子のうえに気を失って倒れた。ボブは、物差しを宙に振りあげたまま、凍りついた表情で立ったままだった。

ウォルターがつまみ出したものは、彼が手を少し持ちあげると、また、きしんだ音をたてた。それは、ぞっとするような黒ネズミだった。しかし、ネズミにしては、たとえシルクハットから生まれたとしても、あまりに大きすぎる。

その目は赤い電球とおなじに輝き、長い半月刀のような白い歯は恐怖の光をばらまいた。その歯の並んでいる口は、十センチあまりも開き、閉じられる時のようすは猛獣用の罠《わな》であった。首のうしろの、ウォルターのふるえる手を振りはらおうと身をもがき、鋭い爪の前足で宙をかきむしる。それはたとえようもなく、すさまじかった。

鳴き声はものすごく響きわたり、鼻のしびれるような悪臭は、墓の中味を食って、そこを巣としているとしか思えないほどだ。

やがて、ウォルターはシルクハットから出した時と同じように、ふいに手をそのなかに突っこんだ。きしむような鳴き声はやみ、彼は手を抜き出して、しばらくそのまま立ちつくした。からだは小刻みにふるえ、ウォルターは、ハンケチを出して、青ざめた顔の汗を拭った。

「こんなことは、やってはいけなかったんだ」

こう奇妙な声でつぶやくと、彼はかけ出してドアを開いた。残った者の耳には、階段をかけ下りてゆく足音が響いた。

それを聞いて、メイの手は彼女の口もとから、ゆっくりと離れた。彼女は声をあげた。

「あ……あたしを家まで送ってくれない、ボブ」

ボブは目をこすって、

「ちきしょう、いまのは何だったんだ……」

と言いながら、近よってシルクハットのなかをのぞいた。そこにあったのは彼の二セント銅貨だったが、それをつまみ出す気はおこらなかった。彼はひび割れたような声でメイに言った。

「エルジーはどうしよう。なんとかしないと……」

「このまま眠らしておきましょうよ」

と、メイはふらふら立ちあがった。二人は家に帰るとちゅう、ほとんど口を利かなかった。

それから二日後。ボブは街でエルジーにであった。

「やあ、エルジー」

「あら、こんなところで」と彼女は答えた。

「きみのスタジオでやった、おとといの夜のパーティ。すごかったな。みんなよく飲んだ。飲みすぎたようだったぜ」

エルジーの表情になにかが走ったが、彼女は微笑をとりもどして言った。

「ええ、あたしもそうよ。電灯が消えたように気を失っちゃったわ」

「ぼくも度をすごしたようだ。こんどは、もっと行儀よくするよ」

と、ボブは笑いかえした。

ボブは次の月曜日に、メイとデイトをした。こんどは二人だけで、ほかの者はいっしょではなかった。

ショーを見終ってから、ボブは聞いた。

「どこかに寄って、酒でも飲まないか」

なぜかわからないが、メイは少し身ぶるいした。

「それはいいけど、ブドウ酒だけはいやよ。ブドウ酒はおことわりだわ。そういえば、あれからウォリーに会ったの？」

ボブは首を振った。

「まだ会わない。しかし、きみの言う通り、ブドウ酒はよくないようだ。ウォリーにもよくなかったな。彼は気持ちが悪くなったかどうかして、飛び出していっちゃったじゃないか。外へ出るまで大丈夫だったろうな」

メイは頬にえくぼを作った。

「あなただって正気とは言えなかったわよ。ボブさん。つまらないトランプ手品かなんかで、けんかを始めようとしたじゃないの。あら、そういえば、あの日にみんなで見た映画のこわかったこと。あの夜、いやな夢を見ちゃったわ」

「どんな夢さ」とボブはにっこりした。

「ええと、思い出せないわ、どうしても。夢ってへんなものね。眠っているあいだは、すごくはっきり見えるのに、目がさめたとたんに忘れちゃうんですもの」

あの夜から三週間ぐらい、ボブはウォルター・ビークマンにであわなかった。通りがかりに、彼のつとめ先の本屋に寄ってみると、ひまな時間らしく、店にはウォルターひとりで、奥のほうの机にむかって何かを書いていた。

「やあ、ウォリー。何してるんだい」

ウォルターは立ちあがり、いま書いていた紙をあごで示した。

「卒業論文さ。今年は予科の最終学年なんだ。専攻は心理学だよ」

ボブはつまらなそうに机によりかかって、

「心理学ね」と、がまんしながら話題を作った。「それで、どんなことを書いてるんだい」

ウォルターは答える前に、ちょっと相手を見つめた。

「面白い問題なんだよ。人間の心には、信じられない出来事を理解する能力が、いかに欠けているかを証明しようとしているんだ。つまり、たとえばきみが常識では信じられないような物を見たとする。すると、そんな物は見なかったんだと、自分自身できめてしまうんだな。なんとかして合理化してしまうのさ」

「つまり、桃色の象にであったとしても、信じようとしないってわけか」

「そうだな……。ちょっと待ってくれ」

ウォルターは入ってきた客の応待にむかった。

ウォルターがもどってくると、ボブは聞いた。

「貸本のなかで、面白いミステリーはないかい。週末はひまだから、何か読んでみたいんだ」

ウォルターは貸本の棚に目を走らせ、一冊の本の背を指先でたたいた。

「とてつもなく奇妙なのがあるよ。べつな世界の生物がやってきて、人間そっくりの形になり、人間のふりをして生活している、とかいう話だ」

「なんのためにだい」

「まあ、読んでみるんだね。きっとびっくりするよ」

と、ウォルターはにやにやした。ボブはそわそわしながら、自分でも棚を見まわした。

「そうだなあ。だけど、どっちかというと、やっぱりふつうのミステリーのほうがいいな。

いまのようなのは、どうも荒唐無稽で性にあわない……」

そして、自分でもわけのわからない衝動におそわれ、ウォルターを見あげて念を押した。

「そうじゃないかい」

ウォルターはうなずいて言った。

「そうだろうなあ」

不死鳥への手紙

Letter to a Phoenix

あなたにお話ししたいことは、じつにたくさんある。なにから書きはじめたものか、迷ってしまうほどだ。しかし、つごうのいいことには、私は自分の経験してきたことの大部分を、ほとんど忘れてしまっている。忘れることのできるのは、喜ぶべき現象だ。もし、一つ残らず覚えてきたとしたら、私の脳は記憶によって破裂してしまったかもしれない。私は最初の原爆戦争のときから十八万年のあいだ、四千回の人生をくりかえしてきたのである。

もっとも、重大な事柄までを忘れてはいない。第一次の火星探検隊、第二次の金星探検隊に参加したことなどは、よく覚えている。また、あれは第三次大戦のときだったろうか。恐るべき武器が使われるのも目のあたりにした。原子力を徐々に弱まってゆくわれわれの太陽にたとえれば、それは一瞬のうちに爆発する超新星に相当するような、高度なエネルギーを出した。それによって虚空に飛び散ったスコラ惑星のことも、忘れられない一つである。

銀河系のかなたから、敵が侵入してきたこともあった。その二度目の戦いには、私は特殊大型の宇宙戦艦の副指揮官をつとめ、地球の防衛のために活躍した。敵はいつのまにか、木星や月のいくつかに基地を作りあげ、もし、相手の弱点をつく、ある武器の完成が少しおくれていたら、われわれのほうが太陽系から一掃されてしまったかもしれない。だが、当時はまだわれわれの手のとどかなかった銀河系のそとに敵は敗走し、この戦いは終りをつげた。そして、一万五千年ほどたって、われわれはやつらの足どりを追いかけてみたが、そこにはすでに、やつらの姿は見えなかった。その三千年まえに絶滅してしまったのである。

絶滅、手ごわかったその種族も、そのほかの種族も、いつかは絶滅してしまう。このことこそ、私が特に強調したいことなのだ。なんでこんなことを強調したがるのか、あなたはふしぎに思うことだろう。それを知ってもらうには、まず、私の身の上についてお話ししたほうがよさそうだ。

十八万年を生きてはきたが、私は決して不死身なのではない。不死と呼べる存在は、宇宙のなかにただ一つしかない。それがなんなのかは、いずれわかるだろう。それにくらべたら、私の寿命などきわめて短いものなのだ。こんなことを言っても、私のことをお話ししないうちは、理解したり、信じたりしてはもらえまい。

名前というものが、それほど重要でないことはつごうがいい。じつは、私は自分の名前を覚えていないのである。しかし、これもそう驚くほどのことではない。なにしろ、十八万年とは長い年月であり、それに、ある理由のため千回以上も改名してきたのだ。それらの名前は、十八万年まえに両親がつけてくれたものにくらべたら、どれも取るにたらないことではないか。

私は突然変異に生まれついたのではない。変化がもたらされたのは二十三歳のとき、第一次原爆戦によってであった。両軍ともはじめて原子兵器を使用したので第一次と呼ばれているが、もちろん、その後に現われたのにくらべれば、小さく、かわいらしいとさえ形容できるほどの武器だった。原爆が発明されてから、二十年とはたっていないころのことだ。最初の原爆は、私がまだ子供だった時代の小さな戦争の末期に使われた。その時は原爆を所有していたのが一国だったので、それで戦争は終りとなった。

第一次の原爆戦は、それほど極端なものではなかった。第一次と呼ばれる戦争は、いつもたいしたことはない。私は運がよかったと思っている。もし、それがひどい戦争、文明を消し去るほどの極端な戦争だったら、私の体質にどんな変化がおこったとしても、とても生き残ることはできなかったろう。もし、その戦争によって文明の全部が滅びていたら、その後三十年ほどたって体験した十六年の睡眠期間を、ぶじに生きてすごせたかどうかが疑わしいからである。しかし、こんなことより、私の話をもとにもどそう。

開戦のときには、たしか二十歳ちょっとだった。からだが弱かったため、すぐに徴兵にとられることはなかった。変わった病名の脳下垂体の病気にかかっていたのだ。それは、なんとか併発症とかいったが、はっきりしたことは忘れてしまった。だが、妙に肥る病気だった。身長の割には、体重が平均より五十ポンドも多く、体力がほとんどなかった。文句なく不合格だった。

二年ほどたつと、私の病状は少し悪化した程度だったが、世の中の情勢の悪化は少しどころではなかった。当時、軍隊は人間ならだれでも要求していた。どんな人間でも、戦う意志さえあれば歓迎するほどだった。そして、私も戦いたくなってきた。戦火で家族を失い、つとめ先の軍需工場の仕事も面白くなかった。そのうえ医者からは、どっちみちあと二、三年の不治の病気だと見はなされていたのだ。そこで私は、まだ残っていた軍の司令部をさがし、志願した。こんどは文句なく採用され、すぐに十マイルはなれた最寄りの前線に送られた。入隊のつぎの日に、もう戦うことになったのである。

私が加わったからだとは、どうみても主張はできないが、その時がちょうど、形勢の変わり目にあたっていた。相手の爆弾と軍資金が底をつき、弾薬のたぐいも残りが少なくなりはじめていた。いっぽう、味方のほうも爆弾や金を使い果たしてはいたが、生産工場のいくらかが残っていた。敵の工場のほとんどは、空襲によって壊滅していたのだ。また、味方にはまだ飛行機も少しはあり、それで運ぶ物資と、送り先である軍隊らしきものがあった。だが、送り先といっても混乱状態で、友軍の近くにいる相手方に物資をまちがえて落としてしまうことなど、しばしばあったものだ。

私が落伍したのは、戦線にでて一週間目のことだった。一マイルほどはなれた場所に落ちた、味方の小型爆弾のために吹き飛ばされたのである。

二週間ほどたち、気がついてみると基地の病院に寝かされていた。かなりひどい負傷だった。だが、すでに戦争は終っていて、残されたことは敵の掃蕩と、秩序の回復と、世の中の再建の問題になっていた。

このように、あの戦争は全滅戦争ではなかったのだ。正確な数字は覚えていないが、この戦争で世界の人口の四分の一ないし五分の一が消え去った。しかし、世界が維持されてゆくに足るだけの、生産力と人口とは残されてあった。そのため、何世紀かの暗黒時代がつづいたのだが、原始時代に逆もどりして、そこから改めて出なおすほどのものではなかった。暗黒時代には、人びとはロウソクを照明に使い、タキギを燃料に用いはするが、それは電気の使用法、石炭の採掘法を知らないからではなく、混乱と変革の一時期なので、需要と供給がうまくいかなかっただけである。すべての知識は残されていて、秩序さえ回復すれば、なにもかももとどおりになってゆく。

全滅戦争となると、こんな生やさしいことではすまない。地球の、あるいは地球とほかの惑星上の合計の、全人口の九割以上が殺されるのがそれなのだ。その瞬間、世界は完全な原始時代にもどってしまう。そして、それから百代目あたりの世代になって、やっと槍の先につけるための金属を、発明したりしはじめるのである。

またも話が横道にそれかけたようだ。

病院で意識をとりもどしてから、私は長いあいだ、痛さに苦しみつづけた。痛みを押さえる麻酔剤など、もはやのこっていなかったのだ。放射能の加わった重傷で、数ヵ月というものは、耐えられないほどの苦しさだったが、それでも少しずつ良くなっていった。だが、奇妙なことに、なぜか私は眠れなかった。そして、このことは当時の私にとって、恐ろしさを感じさせた。なぜなら、からだにどんな変化がおこりはじめたのかわからなかったし、わからないということは、いつも人に恐怖をもたらすものなのだ。

医者たちは私を軽くあしらった。私もまた火傷や負傷をした、何百万人かのなかの一人にすぎなかったのだ。少しも眠れない、という訴えを信じてもらえなかったようだ。医者には、眠りの少ないことを誇張しているのか、本人がそう思いこんでいるにすぎないのだろう、としか考えてもらえなかった。しかし、私は確実に少しも眠れなかったのだ。やっと眠りにつけたのは、全快し、退院してからずっとたってからのことである。

全快といったが、どうしたはずみか、持病だった脳下垂体のほうまでなおってしまい、体重も平常にもどり、完全な健康状態になることができた。

健康体ではあったが、それから三十年間は眠れなかった。そして、やっと眠ることができたのである。しかも、十六年を眠りとおした。それが終ったとき、つまり、全快してから四十六年がたったわけだが、私はあいかわらず、肉体的には二十三歳の状態のままだった。

あなたにも事態の真相がわかりかけてきたのではないだろうか。私も睡眠からさめて、事態にやっと気がつきはじめた。私の浴びた放射能、それは数種の放射能が組み合さったものだったかもしれないが、それが脳下垂体の機能を一変してしまったのである。それに関連して、いろいろな要素が作用していた。

いまから十五万年ほどまえに、私は内分泌学の研究をやってみて、ことのあらましを理解した。この計算によって、私は何十億分の一というチャンスに恵まれたことを知った。

もちろん、老衰を進める要素がまったくなくなったわけではない。だが、老衰の速度が普通の人にくらべ、約一万五千分の一におそくなっていた。つまり、四十五年に一日の割合でとしをとるのである。だから、私を不死とは呼ぶわけにいかない。過去十八万年のあいだに十一年ぶんとしをとったことになり、現在の私の肉体的年齢は三十四歳ということになる。

このようなわけで、私にとっては四十五年が一日に相当する。そのあいだの三十年間を起きていて、あとの十五年ほどを眠りにあてる。

私にとっての最初の数日間、それが社会の崩壊期や野蛮な時代でなかったことは、じつに運のいいことだった。そうでなかったら、私にとってのそのいく晩かのうちに、どうされていたかわからない。死んだと思われて埋められたかもしれないのだ。

しかし、うまくその睡眠期間を生き抜くことができ、そのうちに、安全に眠るための手段を身につけていった。それ以来、私は四千回ほどの眠りをくりかえしてきたが、まだこのように生きている。もちろん、いつの日にか不運な目にあわないとは限らない。確実な防禦をほどこしてはあるつもりだが、私が秘密の寝室としている洞穴や岩室のなかに、だれかが入ってこないとも限らないのだ。

だが、まあそんなことは、起こりそうにない。いつも数年がかりで眠るための場所を用意しているし、四千回も眠った経験は私に手ぬかりをおこさせない。だれかが近くを通りかかったとしても、そんなものがあろうとは気づかれないだろうし、万一、変に思ったとしても、容易になかに入れるようにはできていないのだ。

それどころか、どっちかというと、目ざめて活動しているあいだより、眠っているときのほうが、はるかに安全性が大きいのだ。生きるための知恵をいろいろと身につけてはいるが、目ざめている期間をこれだけくりかえし乗りきってこられたのは、考えてみれば奇蹟的とも言うことができよう。

生存のための知恵と幸運とによって、私は多くの危ない時期をくぐり抜けてきた。地球の人口が、わずかの生存可能の地域において、たき火にあたる数人の原始人という状態にまでへってしまうような、七回の大原爆戦、超原爆戦の時期をも通過できた。また、発展の時代には、われわれの銀河系のとなりにある五つの銀河系を訪れることもできた。

私はこれまでに、数千人の女性と結婚した。といっても、いつでも一時に一人ずつであった。私が生まれた頃は一夫一婦制の時代だったので、その習慣が身についていたせいである。そして、数千人の子供を作った。

もちろん、私は三十年ごとに眠りにつかなければならないため、一人の妻とはそれ以上いっしょに生活を共にするわけにはいかない。だが、三十年といえば、二人にとって充分な年月だ。妻のほうはふつうの速さで年をとり、私のほうでは、ごくわずかずつ年をとってゆくのだから。

そう、この点はもちろん、結婚生活をつづける上で問題だった。だが、いつもうまく解決をしてきた。結婚の相手として、できうる限り若い娘を選び、なるべく不釣合がめだたないようにしてきたのだ。たとえば、三十歳の頃には十六歳の娘と結婚した。これだと、眠りにつくために、いよいよ妻のもとを離れなければならないときには、妻は四十六、私はあいかわらずの三十だ。不釣合の目立たない、ぎりぎりのところである。

しかし、十五年の眠りから目ざめてからは、二度とその家庭には戻らないほうが、二人にとっても、だれにとっても無難だった。妻がまだ生きていても、六十歳は越えており、そこに夫があいかわらず若々しい姿で死からよみがえってくるのだから、失踪した夫をむかえる喜び以外のものを感じてしまうのだ。

それに、私は無責任な失踪をするわけではなく、まとまった財産を残し、妻を金持ちの未亡人にしたててから去ることにしている。金持ちといっても、貨幣とは限らない。その時代時代において、財産となりうるものを集めてである。ある時には珠のようなもので、またある時には矢じり、穀物倉にたくわえた小麦でもあった。奇妙な文明と思われるだろうが、魚のウロコが財産となる時代も一度あった。このような貨幣、その他の物を集めて財産をつくることは、私にとっては少しもむずかしいことではなかった。数千年のあいだ、この道の経験を重ねてくれば、むしろ反対の苦労をしなければならない。つまり、財産を作りすぎ、ひとの注意をひかないように、ある点でやめなければならず、それを加減することのほうがむずかしくなる。

もちろん、私はその限度を大幅に越えることはしなかった。私は権力を握ることを望まなかったからである。

また、自分でもうろたえた最初の数百年は別として、私のひととちがった体質を、決して気づかれないよう努力してきた。夜になると、横になって眠っているふりをし、考えごとをしながら朝までの時間をつぶすようなことさえやってきた。

まあ、いろいろと述べてはきたが、これまでのことは、私が平凡な人間であるように、特に珍しい事柄ではない。しかし、こんなことを説明してきたわけは、あなたにこれから教えてあげたいことを、私がどうして知ることができたか、それをわかってもらうためだったのである。

教えてあげたい、という言葉を使ったが、その代償として、あなたからなにかをもらおうというつもりはない。教えてあげたとしても、あなたに対してなんの変化ももたらさないのだ。あなたは変えようと思ったとしても、変えることができるわけでなく、また、あなたが知ってしまったからには、かえって変えたくなくなるのではないだろうか。

私には、あなたを説得したり、指導したりするつもりもない。いままでくりかえしてきた四千回の人生において、ほとんどあらゆることをやってきたが、指導者にだけはならなかった。もっとも、原始人たちによって神に祭りあげられたことは何度かある。だが、それはなりたくてなったのではなく、生きのびるために仕方なく行なったことだ。彼らにとって魔法と思えるような力を使ったのは、ただ最小限度の秩序を保つためにしたことで、決して彼らを指導したり、支配したりするためではなかった。弓矢の使い方を教えたこともあったが、それは獲物が少なく、飢えに苦しんでいた場合で、そうしなければ、彼らとともに私まで死んでしまうからだった。

物ごとの発展には、段階を追った一定の秩序というものが必要である。受け入れる状態がととのっていない所に、とびはなれた知識を押しつけたりしてはならないのだ。私はこれまで、発展の秩序を乱したことは一度もなかった。

これからあなたにお話しすることも、その発展の秩序を乱すことにはならないはずである。

お話ししたいことはこうなのだ。

宇宙におけるただ一つの不死の生物体とは、人類である。あなたがた地球の人類のことなのである。

全宇宙のなかには、地球人のほかにも、さまざまな種族が存在していたし、いまでも存在しているものもある。だが、あるものはすでに滅亡し、ほかのものも、やがては滅亡してしまうものなのだ。

われわれはかつて十万年ほど前に、ある装置をつくりあげた。どんな遠い距離における、どんなちがったタイプのものでも、思考という行為の存在、知性の存在を探し出し、その精神の構造を調べることのできる装置である。これを宇宙の星々にむけて使い、他の星の種族について測定したことがあった。それから五万年ののち、ふたたび同じような装置が発明された。この二回の調査の結果をくらべることができたのは私だけだが、思考や知性を持つ種族の数の点では、あまりちがいを見いだせなかった。しかし、このあいだに変化がなかったわけではない。五万年のあいだ知性を持ち、存在を保ちえたのはわずか八つの種族だけで、それさえも、いずれも死滅と衰亡への道をたどっていたのだ。彼らはみな、繁栄の絶頂をすぎ、滅びつつある種族だった。

なにごとにも限界というものがある。いったん、発展の限界に達してしまうと、彼ら、ほかの種族にとっては、死滅よりほかに進むべき道はないのである。生命というものは動的なものである。どんなに高度の、またどんなに低いレベルでも、それを静的なものにすることはできない。発展を押さえることも、滅亡をとどめることもできず、まして、永久に存在をつづけることなど許されるものではない。

この宿命について、あなたは恐怖を感じるかもしれない。だからこそ、私が教えてあげたいのだ。ほかの種族には許されなくても、限界に達するまえに、自分自身の手で周期的に進歩をぶちこわし、出発点にもどることのできる種族においては、六万年どころか、それ以上にわたって知性とともに存在しつづけることが許されるのである。

この広大な宇宙のなかで、高度の正気に達しないままで、高度の知能を持つことができたのは、ただ地球の人類だけなのである。その点で、じつに特殊な存在といえよう。私の知りえた期間についてだけだが、われわれはすでに、ほかのどんな種族にくらべても、少なくとも五倍は古いのだ。

これはわれわれだけが、ただ一つの正気でない存在であるおかげなのだ。人類自身も、ときどきは、狂気こそが神聖である、という事実におぼろげながら気づくことがある。だが高い文化水準に達してくると、それをはっきりと悟る。みながこぞって狂気であることを。狂気と戦うことを望んで、自分をも滅ぼしてしまうことを。だが、その灰のなかからは、必ず立ちあがり、新生するであろうことを。

不死鳥。定めの時がくると、燃えさかる炎のなかに身を投げ、わが身を犠牲に捧げる、そして、新しい誕生をし、つぎの千年のあいだを生きつづけ、これを永遠にくりかえしてゆく鳥。不死鳥は神話のなかでは象徴的な存在である。だが、実際にそれが、ただ一つだけ存在しているのだ。

あなたがた地球人こそ、その不死鳥そのものなのだ。どのようなものも、あなたがた不死鳥を決して滅ぼすことはないであろう。いままでにむかえた何回かの高度の文明期に、百を越える銀河系のなかの、千を越える太陽のまわりの惑星のうえに、あなたがたの種子がばらまかれてきている。そして、そこでもさっきお話しした、発展の秩序をくりかえしているのだから。私の知っている、十八万年まえからはじまった、あの発展についての秩序を。

十八万年まえにはじまったといっても、私は確信を持っているわけではない。ある文明が滅び、つぎの文明がさかんになるまでの二万から三万年という歳月は、あらゆる痕跡を消し去ってしまう。私はこの事実を何回も目撃してきた。二万年から三万年もたつうちに、記憶は伝説と姿を変え、伝説はやがて迷信となり、最後にはその迷信さえも失われてしまう。金属はさびて朽ち、土に帰り、風と雨と密林は形を持った石をぼろぼろにし、覆いつくす。大陸そのものも形を変え、氷河がその上を歩きまわり、二万年まえの都市は、土の下の何マイル、氷の下の何マイルもの深さにかくれてしまう。

この現象のために、私は確信が持てないのだ。おそらく、私の知っている最初の全滅戦争も、じつは最初ではなく、私の生まれる以前にも、同じように文明の隆盛と衰亡とがくりかえされていたにちがいない。きっと、私の経験してきた十八万年以上にわたって、人類は存在しつづけてきたのだろうと考えられる。

私の知っている六回の全滅戦争の第一回も、炎に飛びこむ不死鳥を最初に発見した人のようなものかもしれないのだ。それは六回以上なのであろう。もしそうであれば、いままで述べてきた事実を、いっそう裏づけることができるのだが。

しかし、過去のことは問題ではない。われわれの太陽がたとえ冷えきってしまっても、新星となって爆発してしまっても、われわれの種子は星々にまきちらされていて、それによって滅ぼされることはないのである。私が経験した六つの文明期、ルア文明、カンドラ文明、スラガン文明、カー文明、ムー文明、アトランティス文明などと同じように、現在の文明も二万年かそこらで、過去という時間のなかに、完全に消えうせてしまうのだ。だがそうなっても、この銀河系、ほかの銀河系の星々にいる人類は、永遠に生きのび、生きつづけるであろう。

あなたは、このようなことを知って安心の念が湧いてきたのではないだろうか。現在、この地球で生きているあなたの心は、悩みにみちているのだから。

来るべき原爆戦、あなたの時代におこるかもしれないと思われる原爆戦。これが全滅戦争になることはないとわかれば、不安がいくらか軽くなるのではないかとおもう。その戦いは全滅戦争にしては時期が早すぎるのだ。不死鳥の新生のための炎、人類がかつていくたびも持った、あの真の意味での破壊的な武器を、あなたがたはまだ発明していないように思えるからである。

こんどの戦争では、あなたがたは退歩し、一世紀か二世紀は暗黒時代をすごすことになるかもしれない。そのあとで、それを第三次世界大戦と呼び、その記憶をいましめとして人類は考えるだろう。小規模の原爆戦のあとでは、人類がいつも考えてきたことだ。われわれ人類は、ついに狂気にうちかつことができたのだと。

もし、いままでどおりの発展の秩序にしたがうのならば、しばらくのあいだ、人類は狂気を押さえつづける。人類はふたたびほかの星々に行きつき、そこに自分自身と同じ種族がいることを発見するだろう。

そう、あなたがたは数百年のうちに火星に行きつき、私もいずれはそこを訪れ、まえに私も加わって掘った運河にお目にかかることになるだろう。私はもう八万年も火星にはごぶさたをしているのだ。火星とのあいだの宇宙旅行の連絡が断たれたとき、そこにとり残された人類の仲間に、八万年という時間がどんな作用を及ぼしているだろうかと、私はいくらか興味を持っている。

もちろん、彼らもやはりあの発展の秩序に従ってはいるだろう。だが、秩序をたどる速さは必ずしも一定ではないのである。彼らは発展の周期のどの段階にあるのだろうか。絶頂以外のどの程度にあるかはわからないのだ。もし絶頂にあるとすれば、こちらから出かけてゆくには及ばない。向こうから出かけてきてくれると思われるからである。その場合には、八万年もたてば当然のことだが、自分たちを火星人であると信じこんでやってくるわけである。

あなたがたは、現在の文明期をどれくらい発展させるのだろうか。どうか、スラガン文明期ほどには発展してもらいたくないものである。スラガン文明がスコラ惑星上の植民地に対して使ったあの武器が、またも発明されないでくれることを願っている。スコラ惑星とは、それまでは火星と木星とのあいだにあった第五惑星だったのだが、スラガン文明期の人類によって、小惑星群に粉砕されてしまったものである。

あのような高度の武器は、銀河間の宇宙旅行が、また常識となるような時代になり、そのあとでなければ発明されないこととは思う。だが、それが完成されそうになったら、私はこの銀河系から逃げ出してしまうつもりでいる。しかし、そんなことにはなってもらいたくない。私はこの地球が好きなのだ。もし、地球が無事でつづくものなら、私の限りある寿命の残りを、この上ですごしてゆきたいと思っている。

おそらく、そううまくはいかないだろう。だが、地球は消え去ったとしても、私とちがって人類のほうは、限りなく生きつづけることであろう。あらゆる場所で、あらゆる時間を。なぜならば、人類は決して正気にはならないだろうし、人類にとっては、ただ狂気だけが神なのだから。自分自身と自分の作りあげたすべてを破壊してしまうのは、狂人でなくてはできないことなのだ。

このようにして、あなたがた不死鳥だけが、無限の時間のなかを生きつづけてゆくのである。

沈黙と叫び

Cry Silence

音に関係したちょっとした議論がある。

たとえば森の奥のような、聞いている者が一人もない所で木が倒れた場合、音がしたことになるだろうか、という問題だ。聞き手がなければ音は存在しないさ。いや聞き手の有無にかかわらず、音は存在しているのだ。この二派にわかれて、大学の教授たちだろうが、道路の掃除係だろうが、よくこの議論をたたかわしている。

今回は、駅長と体格のいい作業服の男とのあいだで行なわれていた。むし暑い夏の夕ぐれ、地方のある小さな駅でのことだった。駅長はプラットホームに面した窓から顔を出し、両ひじを窓枠にのせていた。作業服の男のほうは、その建物の赤レンガの壁によりかかっていた。二人の会話は、うなりながら飛びまわるハチの羽音のように、いつ果てるとも思えなかった。

私はそこから十フィートぐらいはなれた、ホームのベンチに腰をかけて聞いていた。ここは私にははじめての町で、乗るための汽車が予定より遅れているのを、イライラしながら待っているところだった。私と窓との中間にあるベンチには、もう一人の男が腰をおろしていた。背の高い、ごつごつした体つきの男だった。強情そうな顔で、大きく強そうな手をしていた。見たところ、町へ出てきた農民といった感じだった。

だが、私は議論にも、この農民にも興味はなかった。

のろまな汽車め、いつになったら現われるのだと、それぱかりが気になっていた。あいにく私は時計を持っていなかった。修理のために、時計屋にあずけてあるためだ。駅の時計は、この場所からは見えなかった。そこで、そばにすわっている背の高い男が腕時計をしているのに気づき、彼に聞いてみた。

しかし、その農民らしい背の高い男は、返事をしようとしなかった。

あたりにいるのは私を含めて全部で四人。となりの男が黙ったままなので、私は立ちあがり、駅の事務室のなかの時計をのぞきにいった。

六時四十分。汽車はすでに二十二分もおくれている。ため息をつき、タバコに火をつけてみたが、汽車はまだ来そうになかった。そのため、時間つぶしに、例の議論に口を出してやろうという気になった。おせっかいな事かもしれないが、私はその結論を知っているし、彼らはそれを知っていない。私はこう話しかけた。

「でしゃばるようで失礼ですがね、その議論の進め方では、きりがありませんよ。あなたがたは音を論じているのではなく、意味論《セマンティックス》をやっている状態ですよ」

どっちかが、その意味論とはなんのことだ、と聞いてくるだろうと思っていたが、駅長は私の言葉をはぐらかした。

「意味の研究という意味のことかい。なるほど、ある意味ではそういう意味にもなるだろうな」

だが、言いかけたからには、私もここでひっこむわけにはいかなかった。

「どんな意味においてもですよ。辞書で《音》という語を引いてごらんなさい。そこには、二つの意味がでている。その一つは《空気のような媒体のなかでおこる、一定距離内での震動》もう一つのほうは《そのような震動が耳におよぼす効果》です。言葉はすこしちがうかもしれませんが、だいたいこんな意味です。そこで、この第一の定義をとれば、音という震動は、聞く者がいようがいまいが、たしかに存在する。しかし、もう一方の定義にしたがえば、聞く者があってはじめて音になる。つまり、あなたがたの意見は、どっちも正しいというわけですよ。要するに、《音》という語句を、どっちの意味に使うかの議論になってしまうでしょう」

体格のいい作業服の男は「そういえば、そういう結論になるかな」と答え、駅長のほうを向いて言った。

「これで引分け、ということにしておきましょう。こっちは、そろそろ家へ帰らなくてはならない。じゃあ、また」

男はホームから飛びおり、駅のむこうへ去っていった。私は駅長に聞いてみた。

「汽車はまだ来そうにありませんか。連絡はどうなっているのです」

「ありませんね。しかし、もうまもなく来るでしょう」

彼はこう答えながら、窓から身をのりだして、右手のほうを眺めた。つられてそっちを見ると、今まで気がつかなかったが、一丁ほどはなれた所に時計塔があった。さっき気がついていれば、こんな議論に首をつっこむこともなかったわけだ。

駅長は笑いながら、私に言った。

「音のほうの専門家なんですか」

「いや、専門なんてことはありません。たまたま、辞書で調べたことがあって、知っていたまでのことですよ」

「ところで、議論をむしかえすことになりますが、第二の定義だと、聞く人間の耳がないと、音は音にならないのでしょう。それなら、こんな場合はどうなんです。森の奥で木が倒れた。しかし、そこにいたのが、耳の遠い男だけだったとしたら、音はあるのですか、ないのですか」

「ないと言うべきでしょうね。音を主観的なものと考えれば、人間に聞こえて、はじめて音になるわけですから」

私はなにげなく横をむいて、さっき時間を聞いたのに答えもしなかった背の高い男を見た。その男は、ずっと前をむいたまま坐りつづけだった。私は声をひそめて駅長に聞いてみた。

「耳が悪いのですか、あの男は」

「あいつはビル・マイヤーズだ」

こう答えて、彼は笑い声をあげた。だが、楽しい笑いではなく、なにか異様な響きをともなった笑いだった。彼は話をつづけた。

「そこですよ、問題は。だれにもわからないのです。彼の耳がどうなのかは、私があなたに聞こうと思っていたことですよ。もし森で木が倒れて、そばに人間がいた時、その男の耳がどうなのかは不明だったらどうなります。音は存在するか、どうか。どっちでしょう」

と、駅長は声をつよめた。私は首をかしげて、彼をみつめた。この駅長は少し頭がおかしいのではないだろうか。それとも、議論をひねって楽しもうとしているのだろうか。

「耳がどうなのかわからないのなら、音の存在についてだって、なんとも言えないでしょう」と私は言った。

「さあ、どうですかね。聞こえるか聞こえないかは、その本人は知っているでしょう。倒れた木だって、相手に聞こえたかどうかは知っているでしょうよ。それに、ほかにも知っている者がないとは、言い切れないでしょうからね」

「なんの話です、それは。なにをはっきりさせたいんです」

「人殺しをですよ。あなたはさっきまで、人殺しのそばに腰かけていたのです」

私は駅長の顔を見なおした。だが、狂っているとも思えなかった。遠く、かすかに聞こえはじめた汽笛を耳にしながら、私は言った。

「どうも、よくわかりませんね」

「そこのベンチにすわっている男、ビル・マイヤーズのことですよ。女房と雇い人を殺したのです」

それが大声だったので、私ははらはらした。あの汽車がもっと近くにいたらいい、と思った。なにがどうなろうと、こっちの知ったことではない。へんなさわぎに巻きこまれるより、早く汽車に乗ってここを離れたい気持ちでいっぱいだった。しかし、私は横目でその背の高い、手の大きな男を見た。男は依然として身動きもせず、線路のむこうを見つめたままだった。岩石のような表情で、筋肉ひとつ動かそうとしなかった。やがて、駅長は話をはじめた。

「くわしい話を聞いて下さい。私はこの話をひとにするのが好きなのです。じつは、奴の女房というのは私の従妹でした。マンディという名のきれいな女でしたよ。それなのに、結婚してからは、あの豚のような男にひどい目に会わされたのです。おとなしいマンディに対して、こんなひどいことのできる男がいるものでしょうか」

「どうだったのです」

「七年前に奴と結婚した時、従妹のマンディは世の中のこともよく知らない十七でしたよ。そして、昨年の春に二十四で死んでしまった。そのわずかなあいだに、山むこうの奴の農場で、ふつうの女が一生かかってやるぐらい働かされた。馬のように、奴隷のように、虐待されつづけた。しかし信心ぶかい彼女は別れようとも、逃げだそうともしなかった。察してくださいよ」

私はせきばらいをしたが、なんと言っていいのかわからなかった。相手は同情や意見をもとめてはいないらしく、話を進めていった。

「こんなすなおなマンディがですよ、年のちかい、感じのいい若者に愛を打ちあけられ、心が傾いたからといって、非難することはできないでしょう。しかも、心で好ましく思っただけの話ですよ。それは絶対にたしかです。私はマンディをよく知っているのですから。まあ、話しあったり、時には顔を見つめあったり、あるいは、ちょっとしたキスをほんの二、三回はしたかもしれない。しかし、殺されるほどのことは、決してしやしなかったのですよ」

私はそわそわしてきた。いいかげんで汽車が来て、こんな所から早く救い出してくれないものかとばかり願っていた。だが、汽車はまだ遠く、なにか言わなければならなかった。相手はそれを待っているのだ。

「なにがあったかは知りませんが、自分勝手に裁くなどということは、現代ではゆるされない不当なことでしょう」

　この答で駅長は満足したらしい。

「そうですよ。ところが、そこに腰かけているあの畜生はやったのです。どうやったと思います。耳が聞こえなくなりやがった」

「なんですって？」

「聞こえなくなったんですよ。奴は町の医者に現われて、耳の痛みがつづいたが、とうとう聞こえなくなった。このまま、なおらないんじゃないか、と言ったものだ。そこでは、医者から何か飲み薬をもらっただけだが、つぎに奴は、どこへ寄ったと思います」

　まったく、見当もつかない話だった。

「保安官の事務所ですよ。そこで、妻と雇い人がいっしょに逃げた、と口頭で届け出た。どうです、恐るべき悪知恵ではありませんか。さんざん二人を罵ったあげく、見つけたらただでは置かない、と訴えた。ところが、やつには、保安官のほうの質問は通じないとくる。保安官は、声をはりあげるのに疲れはて、書類にまとめた。抜け目のない悪知恵ではありませんか」

「よくわかりませんね。いっしょに逃げていたのとはちがうんですか」

「その頃には、二人とも殺されていたのです。いや、殺されている途中だった、というべきでしょうね。死ぬまで二週間はかかったでしょうから。一ヵ月目に発見されたのです」

彼は目をつりあげ、怒りで青ざめた顔になった。

「燻製を作る小屋のなかで発見されたのです。コンクリート造りの新しい小屋です。ドアの外には南京錠がかかっていた。死体が発見された時の、やつの言いぐさはこうですよ。一ヵ月ほど前のある日、そこを通りがかってみると、その南京錠が開いて、鉤にひっかけられたままになっていた。ほっておくと、南京錠が盗まれるかもしれない。そこで、掛け金に通して、錠をおろしておいた。どうです、このひどいやり方は」

私も驚いた。

「おそろしい話ではありませんか。なかの二人は餓死したわけですね」

「渇きのほうが早く生命を奪いますよ。二人は必死になって出ようと試みた。男はコンクリートを少し砕き、その破片で厚いドアを内側から、半分ばかり削り、そこで参ったのです。それまでには、あらん限りの力でドアを叩いたはずでしょう。どうなんです、この場合は。すぐそばに住んでいて、日に二十回も前を通る一人の人間がいて、耳が聞こえなかったというときに、音はあるんでしょうか、それとも、ないんでしょうかね」

彼はむなしい笑い声をあげて、喋りつづけた。

「汽車はまもなく来ますよ。汽笛をお聞きになったでしょう。十分もすれば、そこの塔水タンクのそばに停車しますよ」

彼の声の調子はかわらなかったが、ふいに大声になった。

「ひどい死にかたですよ。たとえ、殺す理由があったとしたところで、極悪非道の悪魔ででもない限り、そんな殺し方ができるものではない。そうでしょう」

「それで、本当なのかね。彼の……」

「耳でしょう。もちろん、やつの耳は聞こえませんよ。その耳で、やつは錠のかかったドアの内側からの叫びや音を聞いていた。この光景が目に浮かぶではありませんか。しかし、やつには聞こえません。だからこそ、こんなことをやつのそばで叫んでいられるわけですよ。そうでなかったら、平気で聞き流していられるはずはないでしょう。ところがですよ、やつがあそこに腰かけているのは、この話を聞きに出かけて来るのが目的なのですよ」

私はその先を聞かずにはいられなかった。

「そのことが本当だとしたら、彼はなぜ、わざわざここまで……」

「手つだってやっているわけですよ。やつがあの燻製小屋の天井からロープをたらし、それで首をつる決心を固めるのを、手つだっているわけですよ。やつはいくじがなくて、まだその決心がつきかねている。だが、その気がないわけでもない。だからこそ、町へでてくるたびに駅へ寄り、そのホームのベンチで休んでゆく。こっちは、それに対して、お前がどんな人でなしの、人殺しかを教えてやっているんですよ」

彼は唾をはいて、また話した。

「事情を知っている者は何人もいます。しかし、保安官はだめです。立証することがむずかしい、と言ってね」

足をひきずる音を聞いて、私はふりむいた。背の高い、大きな手の、岩のような無表情な男は、立ちあがりかけていた。男はわれわれを見ようともせず、階段へむかっていた。

駅長はそれを見おくりながら言った。

「首をつるのも、遠くはありませんよ。そうでなかったら、ここへやってきて、用もないのにじっと腰をかけて帰ってゆく理由がないじゃありませんか」

「本当に聞こえないのでなかったならばね」

「いや、もしかしたら、そうなのかも知れない。これがさっきの、私の質問の意味ですよ。木が倒れた時にそこにいた一人の男に、聞こえているかどうかわからない場合、音の存在はどうなるんです」

駅長は汽車をむかえる準備のため、そばをはなれた。

私はふりむいて、駅から遠ざかってゆく背の高い男の後姿を見つめた。彼の足の運びはゆっくりで、たくましい肩は、気のせいか力が抜けているように思われた。

塔の時計が七時を打ちはじめた。

背の高い男は、そのとき手首をあげて腕時計を見た。

私はちょっと身ぶるいをした。もちろん、それは偶然の一致だったのかもしれない。しかし、なにか寒気が私の背すじを走った。

列車が到着し、私はこの小さな駅をあとにした。

さあ、気ちがいになりなさい

Come and Go Mad

1

その言いようのない予感は、その日の朝、目が覚めたときから、ずっと彼につきまとっていた。

彼はいま、編集室の窓のそばに立っていた。そして、午後になったばかりの陽ざしが、ビルのあいだに光と影の縞模様を描きあげている光景を、ぼんやりと眺めていた。だが、例の予感は心のなかで、さらに高まってきていた。まもなく、おそらくきょうじゅうに、なにか重大な事件がおこるにちがいない。それがいい事なのか、わるい事なのかは見当もつかなかった。しかし、たぶんろくな事ではないだろう。普通、人間にとつぜん襲いかかる重大きわまる事件というものに、いい事などほとんどない。そのうえ、襲い方というのがまた、とんでもない方角から、とんでもない形であらわれてくるものなのだ。

「あの、バインさん」

この言葉を耳にして、彼はゆっくりと窓ぎわをはなれた。このような事からして、いつもの彼に似つかわしくなかった。ゆっくりした動作など、彼にふさわしいものではなかったのだ。彼は小柄な活発な男で、ふだんは猫のように身動きがすばやかった。

しかし、なぜかこの時は、彼はゆっくりと窓ぎわを離れた。まるで、もはや二度と見ることのできない窓のそとの午後の景色に、別れをつげてでもいるようだった。

「なんだ、レッド」

と彼が聞くと、そばかすの多い原稿係の給仕は答えた。

「大将が呼んでますよ」

「すぐ来い、ってかい」

「いいえ、手のあいたときでいいとか。もし忙しいんだったら、来週だっていいのかもしれませんよ」

しゃべりつづけるレッドのあごに、彼はこぶしを押しつけて黙らせた。給仕は痛そうな顔をして、よろけながら逃げていった。

彼は冷却水の装置のところへ歩み寄った。親指でボタンを押すと、水が音をたてて紙コップにあふれた。その時、ハリイ・ホイーラーが退屈そうにやってきて、彼に声をかけた。

「やあ、ナッピイ。どうした。油をしぼられに行くのかい」

「いいや、きっと昇給のことだろうよ」

水を飲みほすと、彼はコップをくしゃくしゃにまるめ、勢いよく屑籠《くずかご》に投げこんだ。そして〈編集長室〉と書かれているドアを開けて、なかに入った。

編集長のウォルター・J・キャンドラーは、デスクの上の書類から目をあげて、あいそよく迎えてくれた。

「椅子にかけたまえ、バイン。ちょっとこれに目を通してしまうから」

そして、ふたたび書類を手にした。

キャンドラーのむかい側の椅子に腰をおろし、彼はポケットからタバコを取り出して火をつけた。煙を吐きながら、編集長が読みふけっている書類の表紙を、そっとうかがってみた。だが、そこにはなにも書かれてはいなかった。やがて、編集長は書類をデスクにもどし、彼に話しかけてきた。

「バイン。とてつもない事件がある。とてつもない事件は、きみの得意じゃなかったかな」

彼は編集長に、ゆっくりと笑いをかえした。

「それがおほめの言葉なのでしたら、感謝することにいたしますが」

「もちろん、ほめているつもりだよ。きみはいままで、わが社のためにいい仕事をやってきてくれた。ところが、この事件はいままでのものとはわけがちがう。わしは自分でやりたくない仕事を、部下に命じるようなことはしてこなかった。しかし、この事件ばかりはわしも気が進まない。したがって、きみにもやってくれとは言いにくいのだが……」

編集長はさっき読んでいた書類をまた手にしたが、目をくれようともせずにもとに戻し、話をつづけた。

「エルスワース・ジョイス・ランドルフという男のことを聞いたことがあるかね」

「ええ、精神病院の院長でしょう。会ったことがありますよ」

「彼をどう思う」

こう言いながら、編集長は彼をじっと見つめた。彼はそれに気がついて、この質問の裏になにかがあるらしいと察した。そこで、たくみに受け流した。

「どういう意味でしょうか。どんな点を知りたいのです。人柄についてですか、政治家として適当かどうかについてですか、それとも、本職の精神病医としての腕前についてのことですか」

「つまりだな、彼がどの程度まともかを知りたいのだ」

と言うキャンドラーの顔を、彼は見つめかえした。だが、相手は真顔で、ふざけているような表情はなかった。

彼は笑いかけたのを中止した。そして、キャンドラーのデスクの上に身を乗りだした。

「エルスワース・ジョイス・ランドルフですね。エルスワース・ジョイス・ランドルフについての事件なのですね」

と、彼はくりかえし、キャンドラーはうなずいた。

「ああ、そのランドルフ博士が、けさがたここにやってきて、妙な話を持ちこんできた。新聞の紙面には出さないで、なんとか調べてみてほしい、この社でも最も腕ききの記者を派遣してはくれまいか、というわけなのだ。そして、話が本当とわかったら、その時はもちろん、特大活字で一面のトップにのっけてもかまわないそうだ。まあ、応じられない話ではないがね」

タバコをもみ消した彼は、にが笑いの残る相手の顔をみつめながら聞いた。

「ところが、その話そのものが、あまりにもとてつもないことなので、もしかするとランドルフ博士のほうがおかしいのではないか、とおっしゃりたいのでしょう」

「まさにそのとおりだ」

「それで、調査についてて厄介なことでも」

「ああ、記事をとるには、記者に病院のなかに入ってもらわなければならないそうだ」

「それでは、看護員かなにかにでもばけて、もぐりこんで欲しいというのですね」

「そうだ。だが、看護員ではなく、なにかのほうになってだ」

「なるほど」

と言いながら彼は椅子から立ち上がって、窓ぎわにいった。そこで、編集長に背をむけたまま、そとを眺めた。太陽の位置はさっきとあまり変わってはいなかった。だが、街路に落ちている影の模様は、どことなく変わっているように思えた。それと同じように、彼の心のなかの影の模様もまた、形をゆがめていた。朝がたから予感となってつきまとっていたのは、これなのだろうと、彼は気づいた。彼はふりむいて言った。

「いやです。お断わりします」

キャンドラーはほんの少しだが肩をすくめた。

「いいとも。この仕事を無理に押しつけるつもりは、はじめからなかったのだから。わしだって、やる気にはならないだろうさ」

彼はいちおう聞いてみた。

「エルスワース・ジョイス・ランドルフは自分の精神病院のなかで、どんなことが起こりかけていると言ってきたのですか。あなたがランドルフ自身の正気の程度を疑っているところをみると、よっぽどの気ちがいじみた話なのでしょうね」

「それを話すわけにいかないんだ。バイン。他言しないことを約束してある。きみがこの仕事を引きうける、引きうけないにかかわらずだ」

「とおっしゃると、たとえぼくが乗り出すことになったとしても、なにをどう調べたらいいのか、まったく教えてもらえないということですね」

「そのとおりだ。それを教えてしまうと、きみは先入観を持って、客観的になれなくなる。つまり、きみが信じて乗りこんだ場合には、それが実在しようがしまいが、きみは確認したと思いこむだろう。また、ありえないと信じていた場合は、それが鼻の先にぶらさがっていても、先入観のために認めようとしないだろう。まあ、こういったわけなんだ」

彼は窓から離れ、デスクのそばにもどってきて、その上をこぶしで叩いた。

「雲をつかむような話じゃないですか、編集長。なんでぼくにやらせたいんです。三年前にぼくの身に起こったことは、ご存じなんでしょうね」

「もちろん知っている。記憶喪失症だ」

「そう、記憶喪失症です。それにちがいありません。でもその記憶喪失症がなおらないままであることを、誰にもかくしたりはしていません。ぼくは三十歳ということになっている。だが、それが確かなのでしょうか。ぼくの記憶はここ三年しかないのです。過去の記憶が三年前のところでぷっつり切れ、それから先は空白の壁でさえぎられている気持ち。あなたにはおわかりにならないでしょう……」

編集長は黙ったままだった。

「……といっても、壁のむこう側にあることについては、おぼろげながら知ってはいます。みながいろいろと教えてくれましたからね。ぼくは十年前ここに入社し、原稿係の給仕をやりはじめた。どこでいつ自分が生まれたかも知っていますし、父や母が死んでいることも知っています。その父や母の顔だって知っています。写真を見せられましたからね。そのほか、まだ妻や子のないことも知っています。ぼくを知っているみんなが、そう教えてくれましたからね。しかし、ここが問題なのですよ。ぼくが知っているみんな、ではなくて、ぼくを知っているみんな、なのですから。こっちでは、誰ひとり知らなかったのです……」

彼は息をつき、さらにしゃべりつづけた。

「……もっとも、それ以来、あまり支障なくやってはきました。なんの事故で入院させられたのか、それすら覚えていませんが、退院してからずっと、ここでなんとかやってきました。みなの名前は、もう一度はじめから覚えなおさなければなりませんでしたが、記事の書き方は身についていました。見知らぬ街の新聞に、はじめて記事を書く新米の記者にくらべたら、まだましな部類でした。それに、みんながとても助けてくれたし……」

キャンドラーはせきを切ったように流れはじめた彼のおしゃべりを、押しかえそうとして片手をあげた。

「わかったよ、ナッピイ。きみは断わったのだから、それで問題は片づいたのだ。きみのしゃべっていることが、この事件と関連があるのかどうか、わしには見当がつかないが、いずれにしろ、きみはいやだと言った。その答えだけで充分だよ。だから、このことはこれで忘れてしまってくれ」

しかし、彼の顔からはまだ緊張が消えていなかった。

「関連があるかどうか、見当もつかないですって。編集長はいま、ぼくに気ちがいになりすまし、患者をよそおって病院にもぐりこめと命令した。いや、命令ではなくもぐりこんだらどうだとうながした。人もあろうに自分の精神についてどれだけ自信がもてるかわからない人間にむかってですよ。自分の出た学校についても、毎日いっしょに働いている仲間に、いつ初めて会ったのかも、また自分の仕事をいつはじめたのかも思い出せない、三年以上の昔のことはなにひとつ思い出せない人間にむかってです……」

彼はここで、またこぶしをつくり、とつぜんデスクを叩いた。それでやっと、興奮の去った表情にもどった。

「……すみませんでした。こんなに取り乱してしまうつもりではなかったのです」

「椅子にかけないかね」

「引きうける気のないことは変わりませんよ」

「まあ、とにかく椅子にかけてくれ」

言われたとおりに腰をかけると、彼はポケットを探ってタバコを出し、火をつけた。キャンドラーは話しはじめた。

「じつは、そのことには触れないつもりでいたのだが、こうなってはそうもいかないようだな。きみがいまのようなことをしゃべるようではね。わしは、きみが自分の記憶喪失症についてそんなふうに感じているとは、思ってもみなかったのだ。とうの昔に気にしなくなっているとばかり思っていた……」

編集長は言葉をきり、またつづけた。

「……いいかね。ランドルフ博士は、このような報道を扱うのに最適と思われる記者がだれかいないか、と聞いた。そこで、わしはきみの優秀な能力を説明した。博士もきみと会ったことがあるのを覚えていたよ。だが、きみの記憶喪失症については知っていなかった」

「それが本当の理由なのですか」

「話は終わりまで聞いてほしいね。博士はそれを知って、入院しているあいだに最新の、いままでのより穏やかな衝撃療法を、きみにやってあげると言った。うまくゆけば、失われた記憶を回復することができるかもしれないそうだ。やってみる価値はあるそうだよ」

「きっと効くとは言わなかったでしょう」

「効き目があるだろうということと、害は少しもないということは言っていたよ」

たった三回吸っただけで、彼はタバコをもみ消した。そして、キャンドラーをにらみつけた。彼の内心はその表情にあらわれていた。そのことは編集長にも通じたらしかった。

「まあ、落ち着いてくれ。記憶の壁になやんでいることは、きみのほうから言い出したことだよ。いまの治療の話は、切り札としてとっておいたわけではない。話のゆきがかり上、わしも釣合をとるために、口に出してしまった」

「釣合ですって」

と、彼は叫び、キャンドラーは肩をすくめてみせた。

「きみは断わり、わしはそれを認めた。それですんだのに、きみが怒り出して、はじめは考えてもいなかったことまでしゃべる破目に、わしを追いこんでしまったんだ。これでもうこの話はなかったことにしよう。ところで、例の収賄の件はその後どうなっているかね。なにか新しい手がかりでもつかんだかね」

「その気ちがい病院の話は、ほかのだれかにまわすことにするんですか」

「いや、ほかには適任者がいなくてね」

「いったい、どんな話なのです。編集長がランドルフ博士の頭を疑うようでは、よほど突っ拍子もない話なのでしょうね。患者と医者とは立場を交代したほうがいい、とかなんとか彼が主張したのではないんですか……」

と彼は笑い、そして気がついた。

「……そうそう、教えてはもらえないことになっていたのですね。まったく、巧妙にしくまれた二重の餌《えさ》といったところだ。一つは好奇心、もう一つはあの壁をこわせる望み。それで、手はずはどんなふうになっているのです。かりに、ぼくが承知したとしたら、どんな状態のところに、どれくらい入っていることになるのです。入ったっきり、なんてことはないんでしょうね。それに、入ることができるんですか」

彼に聞かれ、キャンドラーはゆっくりと言った。

「バイン。これ以上話すと、きみにやってもらいたくなってしまう。この話は全部なかったことにしてくれないかね」

「ここまできてはだめです。とにかく、ぼくの質問に答えてくださるまでは」

「では話そう。きみは変名をつかってもぐりこむことになる。ばれたときにごたごたが残らないためにだ。うまく取材できたら、なにもかも公表してかまわない。ランドルフ博士と共謀して、きみが潜入したことまで書いていい。全貌《ぜんぼう》が白日のもとにさらされることになるわけだ。必要な物があったら、入って二、三日中に差し入れる。まあ、何週間も入っていることはないだろうがね」

「ぼくの正体と目的を知っている人間は、病院のなかでランドルフ博士のほかに誰かいますか」

「だれひとり知らない」

キャンドラーはぐっと身をのりだし、左手の指を四本あげ順に折りながら言った。

「……この関係者は四人しかいない。きみと、わしと、ランドルフ博士。うちの記者がもうひとり」

「べつに反対するわけではありませんが、なぜ、もうひとりいるんです」

「連絡要員としてだ。ふたつの役目がある。第一に、きみといっしょにどこかの精神病医のところに行く。比較的らくにだませる医者を、ランドルフが紹介してくれることになっている。その連絡要員はきみの兄になって、きみに診断を受けさせるわけだ。その精神病医の所できみは気ちがいらしくふるまうが、それを証明する役がいる。もちろん、きみを隔離するには医者が二人いるが、ランドルフがその二人目になってくれる。きみのにせの兄貴が二人目の医者としてランドルフの名をあげることになっているんだ」

「これはみんな変名でやるんでしょうね」

「そのほうがいいんじゃないかな。もちろん、どうしてもそうでなければいけないという理由はないが」

「ぼくだってそうして欲しいですよ。絶対に、新聞にはのせないでくださいよ。うちの連中にも誰にも話しては……ただしぼく以外の……おっと、そうなると兄貴を作れなくなるな。そうだ、販売部のチャーリー・ドゥアーはぼくの従兄《いとこ》で、一番近い親類です。彼にその役をやらせてもらえませんか」

「いいとも。それでは、チャーリーにはその役目を終わりまでやってもらうことにする。ときどき病院にきみを訪ねて、きみが送り返さねばならぬものを受取って帰ってもらう役目をもね」

「そして、もし数週間たって、なにも事件が見つからなかったら、ぼくを出してくれるのでしょうね」

キャンドラーはうなずいてみせた。

「わしからランドルフ博士につたえるよ。博士はきみを診断して、全快したと証明し、きみを退院させてくれる。きみは戻ってきたら、休暇をとっていたと言えばいい。それで仕事は終わりだ」

「ところで、どんな種類の精神病になってるふりをすればいいんですか」

彼は、キャンドラーが椅子の上で少しもじもじしたように思った。やがてキャンドラーは言った。

「そうだな。ナポレオン妄想というのが自然じゃないかな。つまりだ、ランドルフ博士の話では、偏執狂《パラノイア》も精神病の一種で、外見的な徴候は表われないものだそうだ。一つの妄想に対して、すべてが合理的に裏づけされていると信じこむ病気だそうだ。その一点をのぞけば、偏執狂はどうみても常人とかわらないものらしい」

それを聞いて、彼はキャンドラーを見つめた。彼の口もとにはかすかに歪《ゆが》んだ笑いが浮かんでいた。

「自分はナポレオンだと思いこめというんですね」

キャンドラーはかすかな身振りをしてみせた。

「きみの気に入ったほかの妄想を選んでいいんだよ。ただ……いまのが自然じゃないかね。つまり、うちの連中は、いつもきみをナッピイ(ナポレオンの愛称)と呼んでからかってるし。それに、なにかとね……」

それからキャンドラーは、彼をまっすぐにみつめた。

「やってみるかね」

彼は立ちあがった。

「やってみたいと思います。しかし、一晩寝てじっくりかんがえてから、あしたの朝、はっきりしたご返事をしましょう。でも非公式には……やります。それでいいですか」

キャンドラーはうなずいた。

「では、午後はこれから休暇にしてください。図書館に行って、偏執狂について調べてみますから。ほかにはやる仕事もないし。チャーリー・ドゥアーには今晩話します。かまいませんか」

「いいとも。ごくろうさん」

彼は意味ありげに笑って、キャンドラーを見た。それから、デスクの上に身をかがめて言った。

「ここまできたんだから、ちょっとした秘密を教えてしまいましょう。だれかに話しては困りますよ。じつは、ぼくはナポレオンなんですよ」

こんなぴったりした捨てぜりふはないだろう、と思いながら、彼はそのまま編集長室を出た。

2

彼は帽子と上衣をとると、換気調節のきいた屋内から暑い陽ざしのなかへと出て行った。締切り時間後の新聞編集室という静かな気ちがい病院から、蒸し暑い七月の午後の街路というさらに静かな気ちがい病院に出て行った。

彼は頭にのせたパナマ帽をうしろにずらし、ハンケチでひたいをぬぐった。どこへ行くとするか。偏執狂を調べに図書館へ行くことはなかった。あれは午後の休暇をもらうための口実にすぎなかった。偏執狂については——またそれに関連した事項については——もう二年以上前に、図書館で調べられるだけ調べてしまったのだ。彼はその分野では専門家はだしだった。国内のどんな精神病医に対しても、自分を正気に——または気ちがいに思いこませるだけの自信があった。

彼は北の公園に歩いて行き、木のかげのベンチに腰をおろした。そして、帽子をかたわらにおくと、またひたいを拭《ふ》いた。

彼は陽光をあびて緑色に輝いている雑草を見つめた。鳩たちが軽く頭を上下させながら歩いていた。木の一方の側を赤っぽいリスが走りおり、あたりを見まわしていたが、同じ幹の反対側をまた急ぎ足で駆けあがった。

彼は、三年前の記憶喪失症の壁のことに、考えを戻した。

少しも壁らしくない壁だが、やはり壁だった。壁じゃない壁、わけのわからない壁だった。どう考えても壁らしくない壁だが、やはり壁と呼ぶよりほかにない壁なのだ。

たしかに壁とはちがっていた。転移とでも言うのか、突然の変化とでも言うのか。ふたつの生活のあいだに、引かれた線といったほうがいいようだった。事故以前の二十七年間の生活。事故以後の三年間の生活。

そのふたつの生活は、まるでちがっている。

しかし、だれもそれに気がついていない。きょうの午後までは、彼はだれにもその事実、もし事実であるならばだが、それをほのめかしさえもしなかった。キャンドラーの部屋を出るさいに、そのことを捨てぜりふとして使ったが、それも、キャンドラーはただの冗談として受けとるにきまっている、とわかっていたからだった。それにしても気をつけなければならない。そんな冗談でも、あまりたびたび使うと、疑われはじめるものなのだ。

あの事故のときには全身に傷をうけた。あごの骨まで砕けてしまった。だが、そのおかげで現在このように自由でいられ、精神病院にも入れられないですんできた。街から十マイルはなれた所で、運転していた車がトラックに衝突し、四十八時間たって意識を回復した。そして、気がついたときにあごにはめられていたギブスが、三週間のあいだ彼に口をきくことを封じていた。

その三週間目が終わるまで、彼はたえず痛みと当惑に苦しんだ。しかし、そのかわり彼にとってはゆっくり考えるチャンスでもあった。彼は壁をでっちあげて、記憶喪失症を装った。記憶喪失症という便利なものは、彼の知っている真実よりも、はるかに信じられやすい形のものだったのだ。

しかし、その真実は、はたして彼の知っているとおりなのだろうか。

このことがいままでの三年間、彼にとりついて離れようとしない幽霊だった。白い部屋のなかで気がついてみると、どこの野戦病院においてもかつて見たことも聞いたこともないベッドに寝かされていて、そばには奇妙な服を着た見知らぬ男が椅子にかけていた。そして、その見知らぬ男のからだから、自分のからだに目を移したとき、彼は両腕と片足とにギブスがはめられ、脚のギブスは真上をむいていて、ベッドのうえの枠組みについた滑車を越えたロープが、それをつりさげているのを見た。

彼は口をあけて、自分がどこにいるのか、なにごとが起こったのかを、聞こうとした。その時に、あごのギブスを発見したのだ。

彼はそばの見知らぬ人間を見つめて、この男が気をきかせて教えてくれればいいがと思った。その見知らぬ男は彼ににっこりと笑いかけてきた。

「やあ、ジョージ。気がついたんだな。もう大丈夫だよ」

その言葉は聞き慣れない響きをおびていた。やがて何語なのかわかってきた。それは英語だった。すると、イギリス軍の捕虜になったのだろうか。英語は彼のほとんど知らない言語だったにもかかわらず、なぜか相手の言うことを完全に理解することができた。また、なぜだかわからないが、見知らぬ男は、ジョージとか呼びかけてきた。

そんな疑惑の色、烈しい困惑の色が目に表われたのだろう、その見知らぬ男は、ベッドに身をかがめながら言った。

「まだ混乱してるようだな、ジョージ。きみはひどい衝突事故を起こしてしまったんだ。きみはあのクーペを砂利トラックに頭からぶつけちまったんだよ。それが、おとといのことだ。いまやっと、意識がもどってきたところだ。もう大丈夫さ、だが、まだしばらく、入院していることになるだろう。折れた骨がつながるまではね。べつに命とりになるような重傷ではないよ」

その時、苦痛の波が押しよせてきて、頭の混乱を流し去り、彼は目を閉じた。

もうひとりの声が部屋の中に聞こえた。

「注射をうってあげるよ、バイン君」

しかし、彼は目をあけようとはしなかった。目をあけないほうが痛みと闘いやすかったのだ。

彼は腕にちくりと針の刺さるのを感じた。それから、なにもわからなくなった。

ふたたび気がついたときも――十二時間後だとあとでわかった――やはり同じ白い部屋の、同じ見なれないベッドだった。だが、今度は、ひとりの女が部屋のなかにいた。彼女は見なれぬ白い服を着て、ベッドのかたわらに立ち、板にとめられた紙を調べていた。

彼の目が開いたのを見て、彼女はにこりとした。

「おはようございます、バインさん。ご気分はいかが。お気がつかれたことを、ホルト先生にお知らせしてきますわ」

彼女は、やはり見なれぬ服装をした男と共にもどってきた。彼をジョージと呼んだあの見知らぬ男と似たりよったりの服装だった。

医師は彼を見てくすくす笑った。

「わしに対して口答えひとつしない患者を、受けもつことができたのは、はじめてだな。それに、筆談でも答えられないときた……」

それから真顔になった。

「……ところで、痛いかね。痛くなかったら、まばたきを一回、痛かったら二回やってみてごらん」

今度はそれほど痛みが烈しくなかったので、彼は一回だけまばたきした。医師は満足そうにうなずいた。

「きみの従兄《いとこ》の人がしょっちゅう電話をかけてくるよ。きみがどうやら元気になって、しゃべ……いや、しゃべれないにしても――聞けるようになったことを知れば、さぞ喜ぶだろう。今晩、きみを彼にあわせても、べつにもう悪化することはなかろう」

看護婦が彼のベッドシーツをなおしてくれた。それから、ありがたいことに、彼女も医師も立ち去って、彼をひとりにし、混乱した頭をまとめさせてくれた。

考えをまとめる。とんでもない話だった。その時から三年もたったのに、いまだに、考えをまとめることが何ひとつできないでいるではないか。

彼らが英語を話し、彼が、前もってほとんど知らなかったにもかかわらず、その野蛮な言語を完全に理解できたという、驚くべき事実。事故のおかげで、わずかしか知らなかった言葉にとつぜん堪能《たんのう》になるなどということが、ありうるだろうか。

また、彼を違う名で呼んだという驚くべき事実。『ジョージ』というのは、昨夜、ベッドのそばにいた男がつかった名だった。看護婦は彼を『バインさん』と呼んだ。ジョージ・バイン、これは確かに英語の名前だ。

しかし、以上のふたつより、千倍も驚くべき事実があった。それは、昨夜の見知らぬ男――医師が言っていた『従兄《いとこ》』なのだろうか――が話してくれた事故の話だ。

「きみはあのクーペを砂利トラックに頭からぶつけちまったんだよ」

驚いたことには、また矛盾したことには、彼はそのクーペなるものを、トラックなるものを、知っていたのだ。といっても、そんなものを運転していた覚えも、事故そのものの記憶さえなかった。いやローディの戦闘が終わって、テントのなかにすわっていたあの瞬間以後のことは、なにもかも覚えていないのだった。それなのに、いったいどうして、ガソリン・エンジンで動くクーペなるもののイメージが、ありありと浮かんでくるのだろう。彼の心のなかには、そのような概念が存在しているはずがありえないのに。

ふたつの世界が入りまじってしまったのだ——一方の世界は、鮮明ではっきりとしている。彼が二十七年間生きつづけてきた世界、彼が二十七年前の一七六九年八月十五日にコルシカで生まれた世界。彼がイタリア派遣軍司令官として、最初の重大な勝利を収めたのち、ローディのテントで眠りについた——まるで昨夜のことのように思える——世界だ。

それからもう一つは、彼が目覚めたこのわけのわからぬ世界、人々が英語を話すこの白い部屋の世界——その英語も、いま考えてみると、彼がブリアンヌやバレンスやツーロンで聞いたことのある英語とはちがう英語なのに、しかも、彼に完全に理解でき、あごのギブスがとれたら、彼にも話せることが本能的にわかっている英語なのだ。この世界では、彼はジョージ・バインと呼ばれている。そして、なによりも不思議なことには、彼は知っていないし、知っているはずのないくせにその言葉の意味する物がみな心に思い描けるのだ。

クーペ、トラック。どちらも自動車——この言葉がなんのためらいもなく彼の心に浮かんだのだ――の形態を示す言葉だった。彼は自動車というものがなんで、どういうふうに動くのか、考えてみた。それは、すぐにわかった。シリンダー部分、ガソリン蒸気の爆発によって動くピストン、さらに、電気の火花による点火――電気。彼は目を開けて、天井のかさをつけた照明を見あげ、それが、どういうわけか、電灯であることを知り、一般的な意味で、電気とはなんであるか知った。

イタリアのガルバーニ――そうだ、ガルバーニの実験について読んだことはあったが、このような明かりになるほど実用的な電気にはまだ発展していなかった。かさをつけた電灯を見つめていると、彼の目には、水力が発電機をまわし、電線が何マイルも走り、そのさきでモーターが各種の機械をまわしているさまがまざまざと浮かんできた。彼の心の外から、いや、その片隅から浮かびあがってきたこの概念に、彼ははっと息をのんだ。微弱な電流を通して蛙の足が動くのを発見したガルバーニの手さぐり同然の実験は、あの天井の照明の原理の理解には、ほとんどなんの足しにもならなかった。けれどもそこがもっとも不思議な点なのだ。彼の心の一部はそれにおどろき、他の一部はあたり前のこととして受けとって、ばくぜんとだがその仕組みを理解しているのだ。

彼は考えた。ええと、電灯はトーマス・アルバ・エジソンが一九〇〇……ばかげたことだ、一九〇〇年代に発明した、とおれは言いかけたが、いまはまだ一七九六年ではないか！

その瞬間、じつに恐ろしい考えが頭に浮かんだので、彼は思わずベッドにすわりなおそうとした……もちろん、実際には痛くて動けるはずはなかったのだ。いまは一九〇〇年代で、エジソンは一九三一年に死んだのだ。そう彼の記憶が教えてくれた……そして、ナポレオン・ボナパルトという名の男は、その百十年前の一八二一年に死んだのだ、と。

そのとき、彼はあやうく気が狂いそうになった。

だが、気が狂おうが狂うまいが、彼のいまはしゃべれないという事実が、精神病院行きをさまたげてくれた。その事実が、彼に考える余裕をあたえ、逃れる道はただひとつ、記憶喪失を装うことしかない、事故以前にさかのぼる人生についてすっかり忘れたふりをするのに限る、と思いつかせる余裕をあたえてくれた。そのうち記憶喪失症ならば、精神病院行きになることはあるまい。自分がだれで、どんな人間だったかが教えられるだろう。みながきみの以前の人生だと言ってくれるとおりのものに、戻るようにやってみるとしよう。思い出そうとしているうちには、記憶の糸が集まってきて、布になり、なんとかやって行けるのではないだろうか。

三年前に、彼はこのような決心をした。

それなのに明日、精神病医の所にでかけていって、こう主張しなければならなくなるとは。

「ぼくはナポレオンです」

3

　このようなもの思いにふけっているうちに、日はしだいに傾いてきた。たまたま上空を横ぎっていった、大きな鳥のような飛行機を見あげて、彼の心のなかに静かな笑いがこみあげてきた。だが、それは気ちがいじみた笑いではなかった。あんな飛行機にナポレオン・ボナパルトが乗りこんだら、と思ったとたん、その取りあわせがあまりにも不調和なので、こみあげてくる笑いを押さえることができなかったのだ。

　同時に、自分には飛行機に乗った記憶がないことにも気がついた。おそらく、ジョージ・バインとしてはその二十七年の生活のうちに、何回か乗ったことがあるのだろう。いや、乗ったことがあるにきまっている。だがそのことははたして、彼自身が飛行機に乗ったことを意味していると言えるのだろうか。この点もまた、各種の疑問のなかの一つだった。

　彼はベンチから立ち上がると、ふたたび歩きはじめた。もう五時にちかかった。チャーリー・ドゥアーが社を出て、夕食のために帰宅する時間が迫っていた。チャーリーに電話して、今晩は家に帰るかどうかを、確かめたほうがいいだろう。

彼は最寄りのバーに入って、電話をかけてみた。チャーリーはすぐに出た。

「こちらはジョージだ。今晩は家に帰るかい？」

「ああ、帰るとも、ジョージ。ポーカーをやりに出かけるつもりだったが、きみが来るということを聞いたからそっちは断わったよ」

「聞いたって……ああ、キャンドラーがきみに話したのか」

「ああ。きみと直接連絡がとれるとは思わなかったからまだマージには電話してない。どうだ、夕食をうちでやらないか。女房のほうの都合は大丈夫だと思うから、よければうちに電話しておくけど」

「ありがたいが、食事のほうはけっこうだ、チャーリー。夕食の約束はほかにあるんでね。それに、そのポーカーには出かけろよ。ぼくは七時ごろ寄るが、ひと晩じゅう話しあうほどのことでもないんだ。一時間もあれば充分だろう。とにかく八時までいてくれればいい」

「心配ご無用。どっちみち、それほど出かけたくはないし、きみが来てくれるのもしばらくぶりじゃないか。それじゃ、七時に待ってるよ」

奥の電話ボックスから出て、彼はカウンターにたちより、ビールを注文した。どうして、夕食の誘いを断わってしまったのだろう。たぶん、もう何時間かをひとりですごしたいと、無意識のうちに考えていたからだろう。たとえ、親しいチャーリーやマージとでも、会うのはそれからにしたかったのだ。

彼はビールをゆっくりと口にし、ほんの少しすすった。あまり酔ってはぐあいが悪い。今夜はしらふでいなければならないのだ。あくまで、しらふでいて、よく考えなければならないのだ。はっきりと決心をするには、まだ時間が残っている。それに、編集長に対してまだ断わる余地も残してある。あすの朝、キャンドラーの前に行って、どうも気が進みませんと言うことのできるようにはしてあるのだ。

グラスのへりごしに、彼は、カウンターのうしろの鏡に映っている自分の姿を見つめた。小柄で、薄茶色の髪をしていて、鼻にはそばかすがある。ずんぐりした男。小柄でずんぐりという点だけは前と変わりないが、そのほかはまるでちがってしまった。かつての面影は少しも残っていない。

彼はもう一杯のビールをゆっくりと飲み、五時半までその店にいた。

バーを出ると、べつにすることもないので、またビル街のほうへぶらぶらともどりはじめた。つとめている《ブレード新聞社》の前を通りながら、さっきキャンドラーに呼ばれたときに、彼が外を眺めていた三階の窓を見あげた。もう一度あの窓ぎわに立って、日に照らされている午後の景色を眺めることはできるのだろうか。

できるかもしれないし、できないかもしれない。

つぎに彼は、クレアとのことについて考えた。そして、自分が今夜彼女に会いたがっているかどうかを、たしかめてみた。

正直なところ、会いたくはなかった。しかし、このままさよならも言わずに二、三週間も姿を消したら、彼女と絶交しなければならなくなるだろう。

やはり、会ったほうがいい。彼はドラッグ・ストアに立ちよって、彼女の自宅を呼びだした。

「ジョージだよ、クレア。ぼくは明日から、社用で出張することになった。期間はわからない。二、三日ですむかもしれないが、ひょっとすると二、三週間になるかもしれない。だから、今夜、おわかれを言いに寄っていいかい」

「いいわよ、ジョージ。何時にいらっしゃるの」

「九時を過ぎるかもしれないけど、そうおそくはならないだろう。それでもいいかい。仕事のことで、さきにチャーリーに会うんだ。それが九時までには終わると思う」

「もちろん、かまわないわ、ジョージ。何時でもいいわ」

彼はハンバーグ・スタンドに寄ったが、あまり腹もすいてはいなかったため、サンドイッチをひとつとパイのひと切れを、なんとか食べただけだった。それで六時十五分になり、このまま歩いて行けば、ちょうどいい時間にチャーリーの家につきそうなぐあいになった。

そこで彼は店を出た。

チャーリーは彼を待って玄関に立っていた。チャーリーは口に指をあて、マージが皿を拭いている台所のほうをふりむきながらささやいた。

「マージには話してないんだ、ジョージ。心配するといけないから」

マージがなぜ心配するのか、彼はその理由をチャーリーに聞いてみたかったが、そうはしなかった。答えを聞くのがいくらか怖かったせいかもしれない。これは、マージがまだ彼の身を案じていることを意味している。この三年間、万事うまく立ちまわってきたはずなのに、と彼は思った。

しかし、その時はすでにチャーリーといっしょになかに入っていて、台所は目と鼻のところにあったため、もう聞いてみるひまはなかった。チャーリーは話しかける調子で、ひとりでしゃべった。

「チェスをやりたいって。いいとも、ジョージ。今夜はマージは出かけてしまうんだ。見たがっていた映画が近所へきたのでね。こっちは仕方がないのでポーカーでもやりに出ようかと思っていたのだが、あまり気が進まなかったところだよ」

彼はチェス盤と駒《こま》を戸棚から出して、コーヒー・テーブルの上に並べはじめた。

マージがビールを入れた背の高い冷たいグラスを盆にのせて持ってきて、チェス盤のかたわらに置いた。

「いらっしゃい、ジョージ。二、三週間、出張ですってね」

彼はうなずいてみせた。

れるそうです」

「ところが、場所はまだわからないんです。編集長のキャンドラーに、町の外の仕事をやる暇があるかと聞かれたので、あると答えたわけですよ。くわしい話は明日、説明してくれるそうです」

チャーリーが歩《ふ》を両手に一つずつにぎって、前に突きだした。彼はその左手にさわり、白を持つことになった。彼は歩を王様から四つ目のところに移し、ジョージが同じように動かしたのを見て、女王の前の歩を進めた。

マージは、姿見の前に立って、帽子を直していた。

「帰ってきたとき、あなたがいないといけないから、いまおわかれを言っとくわね。ジョージ、うまくやってね」

「ありがとう、マージ。さよなら」

彼がさらに二、三度駒を動かしたとき、支度のできたマージがやってきて、チャーリーにキスし、それから、彼のひたいに軽くキスした。

「気をつけてね、ジョージ」

その瞬間、彼の目は彼女の青い目と会い、ほんとに心配してくれているのだな、と感じた。彼はちょっと怖くなった。

ドアが彼女の背後でしまったとき、彼は言った。

「このゲームはこれでおあずけにしよう、チャーリー。問題のほうをかたづけてしまおう。

九時ごろクレアと会うことになっている。仕事が意外に長びくことだって考えられるから、彼女に一応おわかれを言っておかなくてはならないんだ」

チャーリーは彼を見あげた。

「きみとクレアの仲は真剣なのかい、ジョージ」

「さあ」

チャーリーはビールをとってひとすすりした。チャーリーの声は急にてきぱきと事務口調になった。

「よし、問題にとりかかるか。われわれは、明日の朝十一時、アービングという男と会うことになっている。アップルトン・ブロックのW・E・アービング博士だ」

「ランドルフ博士の推薦してくれた精神病医だな」

「ああ。きょうの午後、キャンドラーがランドルフ博士に電話をして、その先生の名を教えてもらったらしい。ぼくはさっそくそのアービング博士に電話をした。ぼくは本名を名乗った。そして、こう話をしておいた。ぼくには最近おかしなふるまいをする従弟《いとこ》があるので、先生に診ていただきたいとね。従弟の名は明かさなかった。どんなおかしなふるまいをするのかについても話さないでおいた。質問をなさって、先入観なしにご自分で診断してみてくださいと、言ったのだ。精神病医にみてもらうように説得はできたが、ぼくの知っている医者はランドルフだけだったので、彼にまず電話をした。ところが、個人的な診察はあまりやらないからとかで、アービングを推薦してくれた、ということにしておいた。また、ぼくはきみにもっとも近い親戚だと言っておいた」

「それで」

「こうしておけば、ランドルフを診断書の第二診断医にすることができるからね。アービングにうまくほんとの狂人だと思いこませることができて、彼がきみの診断書を作りたがったら、ランドルフを二番目の診断医にたのんで彼の所に入院させたい、と主張するわけだ。いうまでもなく、つぎのランドルフのほうは承知する段取りになっている」

「どんな種類かという点については、なにも言わなかったのだろうね」

チャーリーはうなずいた。

「もちろん、言ってないさ。とにかく、明日はふたりとも、新聞社では仕事をしない。ぼくはマージに気づかれないように、いつもの時間に家を出るが、きみとは十一時十五分に下町で……そうだなクリスライナ・ホテルのロビイにしようか……そこで会うことにしよう。そして、きみがアービング博士に要注意人物だと思いこませることに成功したら、すぐランドルフに連絡して、明日中にいっさいのかたをつけてしまおう」

「もしぼくが決心を変えたらどうするんだ」

「そのときは約束をとり消すさ。それだけの話だ。どうだ、話はそれだけでいいか。じゃ、このチェスをやっちまおうよ。まだ七時を二十分しか過ぎていない」

　彼は首をふった。

「話をしていたいんだ、チャーリー。とにかく、ひとつだけきみは言い忘れたぞ。明日以後のことだ。キャンドラーへの報告を取りに、きみは何度ぐらい会いに来てくれるんだい」

「ああ、そうか、そいつを忘れていた。面会時間のあるだけ行くさ……週に三回だ。月、水、金の午後。明日は金曜日だから、きみがうまくもぐりこめたら、ぼくが会いに行けるのは、第一回目は月曜ということになるね」

「わかった。ところで、チャーリー。キャンドラーは、そこでぼくを待っているらしい事件について、きみになにかほのめかさなかったかい」

　チャーリー・ドゥアーはのろのろと首をふって、反対に聞きかえした。

「ひとことも聞いていない。いったい、なんの事件なんだ。それとも、きみも口外できないほどの秘密なのかい」

　そのチャーリーを、彼はじっと見つめた。そして、じつは自分もなにも知らされていないという事実を、ここで打ちあけるわけにはいかないのだと感じた。そんなことをすれば、自分がさらに間抜けな人間に見られてしまう。キャンドラーに言われたときにはそれほどに思わなかったが、いまその事実をありのままに話したとしたら、ばかばかしい響きをおびてしまうだろう。

「彼が話さなかったのなら、きっと、ぼくも話さないほうがいいのだろう、チャーリー……」

自分でもそれがあまりなっとくのいく説明には思えなかったので、彼はさらにつけ加えた。

「……キャンドラーにも、話さないと約束してあるし」

そのころにはもう、二人のグラスが空になっていた。チャーリーはビールをつぐためグラスを持って台所に立った。

彼はチャーリーのあとを追った。なんとなく台所のほうがくつろげるように思えたのだ。

彼は台所の椅子にまたがってすわり、ひじを椅子の背にもたせかけた。チャーリーは、冷蔵庫にかがみこんだ。

チャーリーの「成功を」という声に合わせて、ふたりは乾杯した。それからチャーリーがたずねた。

「アービング博士に話す話は、もう用意してあるのかい」

バインはうなずいた。

「ああ。ぼくが医者になんと言うことになっているのかを、キャンドラーから聞いたかい」

「つまり、きみがナポレオンだってことか」

と、チャーリーはくすくす笑った。

あのくすくす笑いはほんものだろうか。彼はチャーリーを見て、自分のいま考えた不安は、まったく気にしなくてもいいことだったと知った。チャーリーはまっ正直な男だった。チャーリーとマージは、彼の親友だった。彼の知っているこの三年間、二人はずっと彼の親友だった。チャーリーに言わせれば、それよりももっと以前、もっとずっと以前からだそうだが、その三年以前のことは、彼にとっては無縁のものだった。

言葉がちょっとのどにつかえたので、彼はせきばらいをした。しかし彼はたずねなければならなかった。確かめなければならないことがあったのだ。

「チャーリー、ぼくはとんでもない質問をするがね。この一件にはからくりはないんだろうな」

「なんだって」

「ばかげた質問なんだが、その……きみとキャンドラーも、まさかぼくを本物の気ちがいだと思っていないだろうね。体裁のいい方法として、ぼくにとって手遅れになるまで真相を知らさないでおいて隔離してしまうために……いや、いちおう診察を受けさせるために……きみたちふたりで仕組んだ芝居じゃないんだろうね」

チャーリーは彼を見つめた。

「おい、ジョージ、ぼくがそんなことをすると思っているのかい、きみは」

「いや、思ってはいないさ。しかし……それがぼくのためだと信じて、きみが好意的に行動することは、考えられないことでもないだろう。ねえ、チャーリー、もしそうとしたら、そんなつもりでいるのだったら、きみをずるい男だと呼ぶことにするぜ。ぼくはあした、精神病医にむかってうそをつき、ありもしない妄想を抱いていると相手に思わせることになっている。仕事のためとはいえ、相手に対して、すまない仕打ちをしなければならない。このように、目的のためには、このぼくもずるい男になることもあるんだ。わかるかな、ぼくの言っている意味が、チャーリー……」

少し青ざめた顔で、チャーリーはゆっくりと言った。

「神に誓って、そんなことはないよ、ジョージ。これについてぼくの知ってるのは、キャンドラーときみが話してくれたことだけなんだ」

「きみはぼくが正気だと、完全に正気だと思ってるのだろうね」

チャーリーは舌でくちびるを湿《しめ》した。

「はっきり言ってもらいたいか」

「ああ」

「ぼくは、いままで、きみの正気を疑ったことは一度もなかったよ。ただし……つまり、記憶喪失症が一種の精神異常でないとすればだが。きみの記憶喪失症は治ってはいないが、きみのいま言ってるのはそのことじゃないんだろう」

「ああ」

「それなら、いままでただの一度だって……ジョージ、きみの質問がもし本気だったら、なんだか被害妄想みたいに聞こえるぜ。共謀してきみを……そんなことはきみだって、ばかばかしい話だとわかるだろう。キャンドラーにしろ、ぼくにしろ、きみをだまして精神病院に入れるどんな理由があるというんだい」

「悪かった、チャーリー。ちょっとどうかしてたんだ。いや、もちろん、本気でそう考えたわけじゃない」

彼は腕時計をちらと眺めて、話題を変えた。

「あのチェスを終わらせてしまおうか」

「よかろう。ビールを注ぐまで待ってくれ」

彼はいいかげんにゲームをして、十五分とたたぬうちに適当に負けておいた。彼はチャーリーがもう一回どうだとすすめるのを断わって、椅子によりかかった。

「チャーリー、きみは、赤と黒でできたチェスの駒を知ってるかい」

「いいや。黒と白か、赤と白のなら見たことがあるが。なぜだい」

「その……」

と、彼はちょっとにやにやし、それから話しはじめた。

「……ぼくがほんとに正気なんだろうかと、たったいまきみに疑わせたばかりで、こんなことを口にしてはまずいと思うんだが、このごろ同じ夢をくりかえして見るんだ。同じものを何度も何度も夢に見るということ以外には、べつに普通の夢とかわりないんだが。その夢のなかに、赤と黒のあいだで争われるなにかのゲームの場面があらわれる。しかし、それがチェスなのかどうかは、わからないんだ。夢というものがどんなものかは、きみも知っているだろう。見ている最中は、なにもかもわかっている気持ちになるものだ。だから、ぼくも夢を見ているときには、それがわかっていて、チェスかどうかをたしかめようとする気にならない。だが、目が覚めてみると、なんのゲームだか、少しも思い出せないんだ。この感じはわかるかい」

「わかる。それで。それで」

「それでだ、チャーリー、ぼくには、その夢がひょっとしたら、まだ越えたことのないあの記憶喪失の壁のむこう側と、なにか関連のあるものじゃないかと思えてならないんだ。同じ夢を何度も見るのは、生まれて……いや生まれてはじめてじゃないかもしれないが、ぼくの覚えている三年間では、これがはじめてだ。ひょっとしたら……記憶が回復しかけているんじゃないかと思うんだ」

「なぜ、そう感じるんだい」

「たとえば、ぼくは赤と黒のチェスの駒をもっていなかったろうか。あるいは、ぼくの通った学校で、赤チームと黒チームの学校内対抗バスケットボール試合か野球の試合がなかったろうか。それとも……なにかそれに類したことがなかっただろうか」

チャーリーは長いあいだ考えていたが、やがて首をふった。

「いや。なかった。むろん、ルーレットには赤と黒が……ルージュとノアールがあるがね。それと、トランプの色は赤に黒だが」

「いや、トランプやルーレットとは関係ないような気がする。そういったものじゃ……そういったものじゃないんだ。赤と黒とが対抗して争うゲームなんだ。どうも赤と黒が選手のように思えるんだ。よく考えてみてくれ、チャーリー。きみの立場からじゃなくぼくの立場から見てだ」

彼はチャーリーが思いつかないといった様子で、もじもじするのを眺めていたが、やがて、

「いいよ、そんなに頭をしぼらなくてもいいんだよ、チャーリー。では、もうひとつ考えてみてくれないか。明るく輝けるもの」

「明るく輝けるなんだって」

「ただ、明るく輝けるものという文句だけなんだ。なにか思いあたることがあるかい」

「いや」

「なければいいんだ。じゃあ、忘れてしまってくれ」

4

早く着きすぎたため、彼はクレアの家を通り過ぎて曲り角まで行くと、大きなにれの木かげにたたずんで、ぼんやりとタバコの残りを吸った。

事実クレアに会う前に、考えることはなにもなかった。彼はただ、さよならとだけ言えばいいのだった。短く簡単な言葉。そして、彼がどこへ行き、どれだけの期間行っているのかについての、彼女の質問をかわしさえすればいい。それについては、静かに、なにげなく、冷静にふるまって、まるでそんなことは、どちらにとってもなんという意味もないようなふりをすればいいだろう。

そうしなければならなかった。クレア・ウィルソンを知ってから一年と半のあいだ、彼はずっと彼女につきまといつづけてきた。それをこのままにしておいては、ずるい男になってしまう。彼女のためにはここで終止符を打たなければならない。なぜなら、自分のような男では、女性に結婚を申し込む資格はないのだ。現実に自分をナポレオンだと思いこんでいる、頭のおかしい男なのだから。

彼はタバコを落とすと、かかとで歩道に力いっぱい踏みつけ、それからクレアの家にいって、ポーチをあがり、ベルを鳴らした。

クレア自身が戸口に出てきた。うしろの廊下から流れ出る光は、彼女のかげった顔のまわりの髪を、金糸の環のように見せた。

彼は思い切り抱きしめたいという衝動にかられたが、指さきに力をこめてこぶしを作り、腕の動くのを押さえた。

彼はまのぬけたような口調で言った。

「やあ、クレア。元気かい」

「さあね、ジョージ、あなたはどう。なかにお入りにならない」

彼女は戸口からさがって、彼を通そうとした。光が憂いを帯びた彼女の顔を照らしだした。その表情と声のようすから、彼女がなにかを知っているように思えた。彼は入りたくなかった。

「すてきな夜だよ、クレア。散歩をしないか」

「いいわ、ジョージ」

彼女はポーチに出てきた。

「すばらしい夜。星がきれいだわ……」

と、彼女はふりかえって彼を見た。そして、

「……あのひとつはあなたのものだわね」

彼はちょっとびっくりした。それから、そばによって彼女の腕をとり、ポーチの階段を降りるのを助けてやった。彼は軽い調子で言った。

「みんなぼくのものさ。買いたいのがあるかい」

「プレゼントしてはくれないの。ちっちゃな小人《こびと》のお星さまでいいわ。望遠鏡を使っても見えないようなお星さまでいいのよ」

その時ふたりは、歩道の上で、家から声のとどかないところに来ていた。不意に彼女は、それまでのふざけた口調をあらため、質問を変えた。

「なにかあったの、ジョージ」

彼はべつにどうということはないと言いかけて、口をまた閉じた。彼女に言えるうそはなかったし、だからといって、真実を言うわけにもいかなかった。本来なら、彼女がそう質問してくれれば、話をしやすくなるはずだった。だが、実際はますますしにくくなってしまった。

彼女はまたたずねた。

「さよならと……永久にさよならと言うつもりなんでしょう、ジョージ」

「ああ……」

彼の口はからからに乾いていた。はっきり言ったのかどうかわからなかったので、くちびるを湿してから、もう一度言った。

「……ああ、そうなんだよ、クレア」

「なぜなの」

彼はふりかえって彼女を見ることができなかった。ただ前にある闇を見つめていた。

「言え……言えないんだ。クレア。でも、それしかぼくにとれる方法はないんだ。それがぼくたちの両方にとって一番いいことなんだ」

「ひとつだけ言って、ジョージ。あなたは、ほんとにどこかへ行ってしまうの。それとも、ただの……口実なの」

「ほんとうだ。遠くへ行くんだ。どのぐらい長くかは言えない。でも、どうか場所は聞かないでくれ。それを言うことはできないんだ」

「あたしは言えるかもしれないわ、ジョージ。言ったら気にするかしら」

たしかに気になる言葉だった。これ以上気になることはなかった。しかし、彼のほうはなにも言いだすことはできないのだ。彼は声を出さなかった。気にするさ、とも言えないのだ。

ふたりは公園にさしかかっていた。それは小さな、一ブロック平方ほどの公園で、ものかげのような場所はあまりなかったが、ベンチはあった。彼が彼女を、いや彼女が彼を公園の中に導いて行ったのだろうか、どちらなのかわからなかったが、ともかくふたりはベンチに腰をおろした。公園の中にはほかにも人がいたが、それほど近くにはいなかった。彼はずっと彼女の問に答えていなかった。

彼女は彼によりそうようにしてベンチにすわった。

「あなたは自分の精神状態のことで悩んでいるんでしょう、ジョージ」

「まあ……そうだ、ある意味では、そうなんだ」

「あなたがどこかへ行くのは、そのことと関係があるんじゃないの。診察か治療を受けに、どこかへ行くんだわ、それとも両方かしら」

「まあ、そんなところだ。それほど簡単ではないがね、クレア。でも……それについて、説明するわけにはいかないんだ」

彼女は手を彼の手に重ねて、ひざにもたれかかった。

「そうじゃないかしらと思っていたのよ、ジョージ。話してちょうだい、とはお願いしないわ。ただ……あなたが言おうと思ってたことだけは言わないで。さよならのかわりに、行ってくるよ、と言って。書きたくなかったら、手紙もくれなくていいわ。でも、お願い。これっきりでなにもかも終わりにしてしまわないで。終わりときめてしまうのは、せめて、あなたが行ったきりとはっきりしてしまうまで、待つことにしない」

彼はあえぐように息をした。ひどく複雑なことだとわかっているくせに、彼女は簡単なことのように見せかけているのだ。みじめな気持ちで、彼は言った。

「いいとも、クレア。きみがそうしてほしいと言うのなら」

　不意に彼女は立ちあがった。

「帰りましょうよ、ジョージ」

　彼もそばに立ちあがりながら、

「でも、まだ早いじゃないか」

「ええ、でもときには……デイトを切りあげるのにも、潮時というものがあるのよ、ジョージ。ばかげて見えるのは知ってるけど、こんな話をしてしまったあとでは……あの……これ以上気まずい思いを……」

　彼はちょっと笑った。

「きみの言いたいことはわかったよ」

　ふたりはだまったまま、彼女の家にもどった。その沈黙が幸福なものか、不幸なものか、彼にはわからなかった。考えるには、あまりに心が乱れていたのだ。

　ポーチのドアの前の暗がりで、彼女はくるりとふりかえって、彼にむきあった。

「ジョージ」

　彼はなにも言わなかった。クレアはつづけた。

「ねえ、ジョージったら。そんなに映画の主人公ぶらないでよ。むろん、あたしを愛していないのなら、これが念入りに作りあげた……言いのがれにすぎないのなら、べつだけど、そうなの」

彼にできることはふたつしかなかった。ひとつは一目散に駆けだすこと。ひとつは、彼がしたこと。彼は彼女を抱きしめると、飢えたようにキスをした。

キスがそれほど早すぎもせずに終わったとき、彼はすこし息づかいが烈しくなっていた。はっきりとものを考えられなかった。その証拠には、言うつもりなどまったくなかったことを、口走っていた。

「愛しているよ、クレア。愛している、とても愛している」

「あたしも愛しているわ。帰ってきてくれるわね」

「帰ってくるとも、帰ってくるとも」

彼女の家から下宿までは六キロほどあったが、彼は歩いて帰った。その道のりを歩くのに、数秒とかからなかったように思えた。

自分の部屋にもどると、彼は明かりを消したまま窓辺にすわり、考えをまとめようとしてみた。だが、考えようにも、いままでの三年間にくりかえしてきた悩みを、またも堂々めぐりするだけだった。

いま首をつっこもうと、それも抜きさしならぬほどつっこもうとしていることをのぞけば、新しい要素はなにも加わってはいなかった。しかし、あるいはこの一件によって、ことによったら、すべての結論が出てくるのではないかとも思えた。

窓のはるか外では、星がダイヤモンドのように輝いていた。あのうちのひとつが、自分の運命の星なのだろうか。もしそうなら、それに従うことにしよう。たとえ精神病院のなかへであろうと、それに従って行くまでだ。偽りの仮面をはぎ、真実を語ることをせまれることになったのは、偶然や事故ではなく運命なのだというはっきりとした信念が、彼の胸のなかで深くひろがりはじめていた。

運命の星か。

星々は明るく輝いているじゃないか。いや、あの夢の文句は、星を指してはいなかった。形容句ではなく名詞だった。明るく輝けるものだ。明るく輝けるものとはなんなのだろう。また、赤と黒というものは。チャーリーのあげたものばかりでなく、いろいろなものを彼も考えてはきた。たとえばチェッカーだ。でも、それでもない。

赤と黒か。

まあ、答えがなんであるにせよ、いまや、それにむかって、つっ走っているのだ。近づきつつあって、遠ざかっているのではない。

しばらくして、彼はベッドに入ったが、眠りにはいるまでは時間がかかった。

5

チャーリー・ドゥアーは、診察室と書かれてある奥の部屋から出てくると、手をさし出しながら呼びかけてきた。

「さあ、うまくやれよ、ジョージ。先生がなかで待っている」

彼はそのチャーリーの手をにぎって言った。

「もう帰ってもいいよ。こんどは、最初の面会日の月曜日に会おう」

「ここで待つよ。どのみち、今日いっぱいは休暇をとってあるし。それに、たぶん、きみは行くこともないだろうし」

彼はチャーリーの手をはなして、相手の顔をのぞきこみ、ゆっくりと言った。

「どういう意味だい、チャーリー……たぶん、行くこともないだろう、とは」

「それは……」

と、チャーリーはめんくらったような顔をして、

「それは、つまり、たぶん、彼は、きみを正気だと言うか、すっかり直るまで、定期的に

診察を受けにこいとか……」

　さらに、チャーリーは弱々しくつけ加えた。

「……とかなんとか言うだろうからさ」

　信じられないというふうに、彼は相手を見つめた。彼は、頭のおかしいのは、ぼくなのかきみなのかと聞きたかったが、いまそんなことを口にしたら、それこそ気ちがいじみたことだ。しかし、彼はたしかめてみたかった。チャーリーが心にあることをふと洩《も》らしてしまったのではなく、いままで医者のまえで演じてきた芝居の役を、まだ続けているのであるということを。

「チャーリー、まさか仕事のことを忘れたのでは……」

　だが、彼をみつめているチャーリーの悪意のない表情を見ては、その質問を口にするのもまた、気ちがいじみたことに思えた。答えはチャーリーの顔に出ていた。チャーリーに言わせるまでもなかった。

　チャーリーはまた言った。

「もちろん、ここで待ってるよ。うまくやれ、ジョージ」

　彼はチャーリーの目をのぞいてうなずくと、診察室と書かれているドアにむかった。そして、ドアをうしろ手に閉めながら、デスクのむこうにすわっていて、彼が入るのを迎えて立ちあがった男を、しげしげと見つめた。

「アービング先生ですか」

「そうです、バインさん。どうぞおかけなさい」

バインはデスクをはさんで医者とむきあった、すわり心地のよい、クッションのきいたひじかけ椅子に滑りこんだ。

「バインさん、この種類の診察というものは、本題に入りこむまで、ちょっと面倒がともなうのが普通です。患者の立場になってみると、医者に対して信頼を抱くまでは、警戒して自分のことを話すのを、どうもためらいがちになるものでね。ところで、きみは自分のほうから好きなような形で話してくれるかね。それとも、こちらから質問して、答えてもらう形式で進めようか」

彼はちょっと考えてみた。作り話はすでに用意してあったのだが、待合室でのチャーリーとのやりとりが、すべてを変えてしまっていた。

「質問していただくほうがいいでしょう」

「よろしい」

アービング博士の手には鉛筆が、前のデスクには紙が置かれてあった。

「きみはいつどこで生まれたのかね」

バインは深く息を吸いこんだ。

「ぼくの知るかぎりでは、一七六九年八月十五日、コルシカで生まれました。むろん、生まれたときのことを実際に覚えているわけではありませんが。でも、少年時代をコルシカで過ごしたときのことは、ちゃんと覚えています。ぼくは家族といっしょに、十になるまでそこで暮らし、それからブリアンヌの学校に入れられました」

書きとめるかわりに、医者は紙を鉛筆の先で軽くこつこつと叩いた。

「何年何月といったのかね」

「一七六九年八月。ええ、ぼくは今年で百七十何歳かになるはずです。その矛盾説明をぼくがどうつけるのか、先生はお知りになりたいでしょうが、それはいたしません。ナポレオン・ボナパルトが一八二一年に死んだという事実にも、ぼくは説明をつけません」

彼は椅子によりかかって腕を組み、天井をじっと見あげた。

「その矛盾や食い違いについて説明するつもりはありません。それはそれとして認めます。しかし、ぼく自身の記憶では、理屈はともかくとして、ぼくは二十七年間ナポレオンでした。そのあいだになにが起こったかは、いまさらここでくりかえす気もありません。すべて、歴史の本に書かれていることですから」

「それで」

「しかし、一七九六年、そのときぼくはイタリア派遣軍の司令官だったのですが、ローディの戦闘が終わったあとで眠りにつきました。ぼくの知るかぎりでは、人間というものは、いつの時代、どんな場所ででも眠りにつくのは仕方ないことでしょう。ところが、目が覚めてみると……時のたったような感じは少しもありませんでした……この町の病院の中にいました、そして、ぼくの名はジョージ・バインで、時代は一九四四年、年は二十七歳だと教えられました」

「なるほど、それで」

「二十七歳という点だけはあっていますが、そこだけです。つじつまのあっているのは、まったくこの点だけしかありません。事故のあと病院で彼が……いやぼくが目覚める以前のジョージ・バインの生活については、少しも覚えてないのです。いまでは、それまでの生活についても少しは知ってますが、それは教えてもらったからにすぎません。ぼくはいつどこで生まれ、どこの学校へ通い、いつブレード新聞社で仕事をはじめたのかを知っています。また、いつ徴兵にとられたのかも、一九四三年の暮れに脚の負傷後、ひざの故障を訴えて除隊させてもらったことも知っています。もっとも、それは戦闘中ではなかったので、このことはべつに彼の、いやぼくのかな、良心をあまりとがめていないようです」

医者は鉛筆のいたずらをやめて聞いた。

「きみはこの三年間、ずっとそんなふうに感じていたわけだね。……みんなには秘密にしてきたのかね」

「ええ。事故のあとで考える時間があったので、そのとき、みなの言うとおりのふりをしようと決心したんです。そうしなかったら、もちろん、監禁されてしまったことでしょう。

ときどき、答えを出そうと躍起になったこともあります。デュンヌの時間についての理論や……チャールズ・フォートの書いた超自然現象を集めた本だって研究してみました」彼は不意ににやにやした。「カスパー・ハウザーのことを読んだことがありますか」

アービング博士はうなずいた。

「たぶんその男は、ぼくと同じように、利口にたちまわっていたのでしょう。彼ばかりでなく記憶喪失症患者のうちの相当な数が、ある日付以前に起こったことを知らないふりをしているにちがいない、と思うのです。事実と明らかに食い違う記憶があることをもてあましてしまって」

アービング博士はゆっくりと言った。

「きみの従兄《いとこ》の人は、事故に会う前のきみは、ナポレオンについて少しばかり……ええと……くわしかったとか言っていたが、それはどう説明するね」

「ぼくはなんの説明もつけないと、さっき言いましたよ。しかし、事故の前にそうだったらしいことは、チャーリー・ドゥアーの言うことはさておいて、立証することはできます。明らかにぼく……ぼくがジョージ・バインであるとして、そのジョージ・バインのぼく……はナポレオンにとても興味を惹かれ、その伝記を読み、英雄視し、なにかにつけてすぐ彼の話をしたそうです。その度がすぎて、とうとういっしょにブレード社で仕事をしている連中によって『ナッピイ』という仇名をつけられてしまっているのですから」

「きみは、きみ自身とジョージ・バインとを区別しているね。きみはジョージ・バインなのかね、そうじゃないのかね」

「ここ三年はそうです。それ以前は、ジョージ・バインである記憶がない。ジョージ・バインでなかったせいだと思います。ぼくの思うには……思うかぎりでは……ぼくは三年前に、ジョージ・バインの肉体のなかで目が覚めてしまったのです」

「百七十何年かのあいだに、なにをしたね」

「ぜんぜんわかりません。でも、これがジョージ・バインのからだであることは疑いませんし、そのからだとともに、ぼくは彼の知識……彼の個人的な記憶以外の知識を受けついだのです。たとえば、ぼくは、同僚に関してはなにもおぼえていませんでしたが、新聞社でのバインの仕事を知っていました。またたとえば、彼の英語の知識ももってるし、書くこともできます。タイプライターの打ち方も知ってます。ぼくの筆蹟は彼のとおなじです」

「もし自分をバインではないと考えるのなら、それはどう説明するね」

彼はぐっと前にのりだした。

「ぼくの一部がジョージ・バインで、ほかの部分はそうでないんだと思います。ふつうの知識では説明のつけようのない現象で、乗りうつりのようなことがおこったのではないでしょうか。といっても、一般に使われている、神秘的、超自然的な意味のものではありません。また、ぼくの頭が狂ったとも思えません。先生、これはありえないことでしょうか」

アービング博士は答えなかった。そのかわりにこう聞いた。

「きみはこの秘密を、なっとくのいく理由から、三年間保ってきた。それなのにいま、おそらくはほかの理由から、打ち明けようとしている。その理由とはなんだね。きみの決心はどうして変わったのかね」

それは彼を悩ましていた質問だった。彼はゆっくりと言った。

「これ以上、なれあいの生活をつづけるのがいやになりましたし、また、まわりの事情も変わってきたからです。はっきりした結論を得るためには、偏執狂として監禁される危険を冒してもいいという気持ちになったからです」

「事情のなにが変わったのかね」

「きのう、ぼくは雇い主から、ある目的のために狂気を装うよう命令されました。それも、ぼくが持っていることになっている狂気をです。たしかに、ぼくは気ちがいであるのかもしれません。しかし、ぼくには、自分がたしかであると信じて行動することしかできません。あなたは、ご自分がウィラード・E・アービングであることを知っている。あなたはその仮定に立って行動するしかないのと同じことです。しかし、どんな方法であなたがアービング博士にちがいないと証明できます。ひょっとしたら、あなたは気がくるっているのかもしれないではありませんか。しかし、あなたは気がくるってないものとしての行動しか許されていません」

「きみは、雇い主が……ええと……きみに対する隠謀に加担していると思うかね。きみを精神病院に入れようと共謀していると思うかね」

「わかりません。きのうの昼すぎに起こったことはこうです」

彼はふかく息を吸いこんだ。それから一気にしゃべりはじめた。彼はアービング博士に、キャンドラーと話し合った一部始終、キャンドラーがランドルフ博士について言ったこと、昨夜チャーリー・ドゥアーと語ったこと、また、待合室でのチャーリーのいぶかしい豹変《ひょうへん》ぶりについても話した。話し終わってから、彼は言った。

「これで全部です」

彼は心配よりも興味をもって、アービング博士の無表情な顔を眺め、反応を読みとろうとした。そして、何気なくこうつけ加えた。

「むろん、ぼくの話を信用はなさらないでしょう。先生はぼくを気ちがいだとお思いでしょうね」

彼はアービングの目をまっすぐに見つめた。

「もう、診断はついたようなものでしょう。先生はまさか、気ちがいをよそおうために、ぼくがこんなうそを丹念にくみ立て、並べたてたなどとは、信じたりなさらないでしょうからね。科学者としての精神病医としての立場からは、ぼくの信じていることが客観的に見ても真実であり得る、などと賛成なさるわけにはいかないでしょう。どうですか」

「きみの言うとおりだね。だからどうだと言いたいんだね」

「早いところ、入院を指示する書類にサインしてください。こうなったら、すべて成り行きに従ってみることにします。あ、それから、エルスワース・ジョイス・ランドルフ博士に二番目の診断医になってもらうよう書き加えてください」

「きみは入院させられることに反対しないんだね」

「反対して、なんの得があるんです」

「ひとつだけあるよ、バインさん。患者がある精神病医にたいして先入観、ないしは妄想を抱いている場合には、患者にその特定の精神病医の世話を受けさせないのがもっともよいということだ。きみがもし、ランドルフ博士もきみに対する隠謀に関係していると思っているなら、わしはべつの人間を指名したいところだがね」

バインは小声で言った。

「ぼくがランドルフを望んでもですか」

アービングはなだめるように手をふった。

「きみとドゥアー氏の両方が賛成なら、もちろんかまわないが……」

「ふたりとも賛成です」

白髪の頭が重々しくうなずいた。

「むろんこのことはわかっているだろうね。もしランドルフ博士とわしがきみの精神病院行きを決めたとしても、それは監禁するためではなく、治療によって回復させるためだということを」

バインはうなずいた。

アービング博士は立ちあがった。

「ちょっと待ってくれるかね。ランドルフ博士に電話してみるから」

バインはアービング博士が、ドアを抜けて奥の部屋に入るのを見おくりながら、考えた。ここのデスクにも電話はちゃんとある。しかし、話の内容を聞かれたくないのだろう。

彼はアービングがもどってくるまで、おとなしく待っていた。

「ランドルフ博士は手があいていたよ。ハイヤーを呼んで彼のところへ連れていってもらうようにした。もうちょっと待ってくれるかね。きみの従兄《いとこ》のドゥアー氏ともう一回、話がしたいから」

彼はすわったままで、医者が待合室へ出てゆくのを眺めようともしなかった。ドアのところへ行って、小声の会話を聞きとることはできたが、彼はやらなかった。そのうち、背後の待合室のドアが開く音が聞こえて、チャーリーの声がした。

「来いよ、ジョージ。ハイヤーがそこに来て、待ってるらしいぜ」

二人はエレベーターで階下に降りた。車は来ていて、アービング博士が行先を指示していた。

ハイヤーが走り出して少したってから、バインは言った。

「すてきな日だな」

チャーリーがせきばらいをして応じた。

「ああ、そうだね」

それから病院につくまで、彼はもうなにも言おうとせず、まただれも口をきかなかった。

6

彼は灰色のズボンと灰色のシャツを着せられた。シャツは首つりを防ぐために開襟型で、ネクタイがついていなかった。同じ理由からベルトもなかった。もっとも、ズボンは腰のまわりのボタンでとめる型になっていて、ずり落ちる心配はなかった。また彼自身が病室の窓からずり落ちる心配もなかった。窓には鉄棒がはまっていたのだ。

病室といっても、それは一人用の部屋ではなく、三階にある大きな病室だった。病室には、ほかに七人いた。彼は連中に目を走らせた。そのなかの二人は盤をあいだにおいて床の上にすわりこみ、チェスをさしている。一人は椅子にかけて、空間をじっと見つめている。二人は開いた窓の鉄棒によりかかって、外を眺めたり、ときどき正気の人間のように、話しあっている。一人は雑誌を読んでいる。一人は片隅にすわりこんで、そこにはないピアノで、滑らかなアルペジオを奏《ひ》いている。

彼は壁によりかかって、ほかの七人を眺めた。ここに入れられてからまだ二時間。だが、それが二年のようにも思えた。

エルスワース・ジョイス・ランドルフ博士との応待はとどこおりなくいった。アービングに会ったときのくりかえしのようなものだった。あきらかにランドルフ博士は、彼についてはじめて知るようにふるまっていた。

もちろん彼のほうでも、それは予期していた。

いまの彼は、非常な落ち着きを感じていた。しばらくはなにも考えず、なにも心配せず、なにひとつ感じないことに決めたのだ。

彼はぶらぶら歩いて行って、立ったままチェスのゲームを眺めた。まともなやり方のチェスだった。ルールはちゃんと守られていた。一人の男が彼を見あげて、聞いてきた。

「なんという名だい」

この質問そのものはまともだった。だが、たったひとつまずい点は、彼がここに入ってから二時間たつあいだに、同じ人間から同じ質問を四回もやられたということだけだ。

「ジョージ・バインだ」

「ぼくはバシントン、レイ・バシントンだ。レイって呼んでくれ。きみは気ちがいか」

「いいや」

「ここには、気ちがいもいるし、気ちがいじゃないのもいるんだ。あいつは気ちがいだ」

男は、想像上のピアノを奏いている男を、目で知らせた。

「きみはチェスをやるかい」

「あまりうまくないんだ」

「そうかい。もうじき食事の時間だ。なにか知りたいことがあったら、ぼくに聞きたまえ」

「ここから出るにはどうしたらいいんだね。あ、冗談で口にしたのではないぜ。まじめな話、その手続きはどうなっているんだ」

「ひと月に一回、きみは委員会のまえに引っぱり出される。きみにいろいろと質問して、出すか出さないか決めるんだ。針を刺される場合もあるよ。きみはなんでここにぶちこまれたんだい」

「なんで、とはどういう意味だね」

「精神薄弱、躁鬱症、早発性痴呆、退化性憂鬱症……」

「ああ、そのことなら、偏執狂のたぐいらしい」

「そいつはまずいな。それじゃ、きみは針を刺されるよ」

どこかでベルが鳴った。チェスをやっている相手の男が言った。

「あれは夕食だ。きみは自殺をはかったことがあるかい。それともだれかを殺すとか」

「いや」

「じゃあ、きみはナイフとフォークをもらって、Aテーブルで食わされるよ」

病室のドアが開いた。外側に開くと、外に立っていた守衛が命令した。

「さあ」

空間を見つめて椅子にすわっている男をのぞき、全員が列を作ってぞろぞろと廊下へ出た。

「あの男はどうしたんだ」

と、彼はレイ・バシントンに聞いてみた。

「あいつは、今夜は食事をしないつもりだろう。躁鬱症で、いま意気銷沈《いきしょうちん》の段階に入ってるんだ。一食は抜かしてくれるが、つぎのも食べに行かないと、連れて行ってむりやり食べさせられる。きみは躁鬱症かい」

「いや」

「きみは運がいいよ。気が滅入り出すと、地獄の苦しみだからな。ここだよ。このドアを入るんだ」

大きな部屋だった。テーブルも長椅子も、彼と同じような、灰色のシャツと灰色のズボンの男たちでいっぱいだった。彼が入口を入ろうとすると、守衛が彼の腕をつかんで言った。

「あそこだ。あの席」

そこはドアのすぐそばだった。食事を盛ったブリキの皿と、そのかたわらにスプーンが置かれてあった。彼は聞いた。

「ナイフとフォークをくれないのかね。さっき教えてもら……」

守衛が彼を席のほうに押した。

「観察期間が七日あるんだ。それが終わらないうちは、だれもとがった金物をもらえないことになってる。さあすわれ」

彼はすわった。そのテーブルについた者は、みなスプーンしか持っていなかった。ほかの連中はもう食事にかかっていて、騒々《そうぞう》しい音を立てている者も何人かいた。彼は食欲をそそらない自分の料理を、じっと見つめた。しかし、シチューの中からスプーンを使って、じゃがいもを数切れと、ほとんど脂肪のついてない肉切れをひとつふたつどうやら口に入れた。

コーヒーはブリキのコップに入っていた。彼はそのわけをふしぎに思ったが、やっと、普通のコップがどんなに割れやすい物で、安いレストランの使っている重いコップがどんなにぶっそうな物か、という点に気がついた。

コーヒーは薄くて冷えていた。とても飲むことができなかった。

彼は椅子の背によりかかると目を閉じた。ふたたび目をあけてみると、前にあった皿とコップは空になっていて、左側の男が大急ぎで口を動かしていた。そいつは、ありもしないピアノを奏いていた男だった。

ここに長くいると、あんなものでも食べたくなるほど腹がへるようになるんだろうか、と彼は思った。そんなになるまでここに入っているのかもしれない、と思うと彼はいやな気持ちになった。

しばらくしてベルが鳴り、みなは立ちあがった。一時にひとテーブルずつ、彼にはわからない合図で列を作らされた。彼のグループは最後に入ってきて、最初に出て行くことになった。

階段をのぼっているとき、レイ・バシントンが彼のうしろにいた。バシントンは言った。

「いまに慣れるよ。きみの名前はなんて言ったっけ」

「ジョージ・バインだ」

バシントンは笑いだした。彼らの背後でドアがしまり鍵がまわった。

彼は、外が暗くなっているのに気づいた。彼は窓のひとつに近よって、鉄棒のあいだから外を眺めた。中庭の楡《にれ》の木のちょうど真上で、明るい星が一個またたいていた。運命の星か。とにかく、それに従ってここに来てしまった。雲がその星の前をよぎって流れて行った。

だれかがそばに立った気配がした。ふりむいて見ると、例のピアノを奏いていた男だとわかった。異国的な浅黒い顔で、熱っぽい黒い瞳をもった男だった。だが、この時は、なにか秘密の冗談を言おうとでもしているように、にやにや笑っていた。

「きみは新入りだろう。それとも、この病室に移されただけなのかい。どっちなんだ」

「新入りだよ。ジョージ・バインていうんだ」

「ぼくはバローニ。音楽家だ。とにかく、前はそうだった。いまは……その話はよそう。ここについて、なにか聞きたいことはないかい」

「あるとも。どうやったらここを出られる」

バローニは格別おもしろそうでもないが、苦笑いでもない笑い方をした。

「まず第一に、きみが治ったことを医者になっとくさせるんだな。きみのどこがわるいのかを聞いてもいいかい……それとも、話したくないかい。その点は人によりけりだが」

自分はどっちだろうかと思いながら、彼はバローニを見た。とうとう彼は言った。

「話してもよかろう。ぼくは自分がナポレオンじゃないか……と思っているんだ」

「思っているって……」

「それはどういう意味だ」

「きみがナポレオン本人でなくて、そう思っているだけならばあまり長くはかからない。半年かちょっとで、たぶんきみはここから出られるだろう。しかし、もし本当にナポレオンならば……こいつはまずいな。おそらく、死ぬまでここにいることになるよ」

「なぜだ。いいかい、ぼくがほんとにナポレオンなら、ぼくは正気ということになって……」

「問題はそこじゃない。医者がきみを正気だと判断するかどうかの点だよ。医者の考え方からすると、もしきみが自分をナポレオンだと思ってるのなら、きみは正気ではない。すなわち、きみはここにいることになる」

「それなら、ぼくが自分をジョージ・バインだと確信していると言ったらどうだろう。出してくれるだろうか」

「きみははじめての偏執狂じゃない。きみは自分が偏執狂だからここに入れられたんだ、ということを忘れちゃいけないよ。偏執狂患者はひとつ場所に飽きると、うそをついてそこを出ようとするものだ。医者の連中は昨日生まれた赤ん坊じゃない。そんなことは百も承知さ」

「そんなものかもしれないが、しかしどうやって見わけ……」

不意に冷たいものが背すじを走った。彼はその質問を言い終わる必要はなかった。針を刺される……レイ・バシントンがそう言ったときには、なんとも思わなかったのだが。

浅黒い顔つきの男はうなずいた。

「自白強制剤《トルース・シーラム》の注射さ。偏執狂患者が自分は治ったと言いだす段階に達すると、医者は退院させる前に、それがほんとかどうか確かめるんだ」

なんとみごとな罠《わな》にかかってしまったのだろう、と彼は思った。そんな薬を使われたら、自分をバインだと答えることができなくなる。この男といっしょに、死ぬまで、ここにいることになるだろうな。

彼は冷たい鉄棒に頭を押しつけて、目を閉じた。足音が遠ざかり、彼はひとりだけになったのを知った。

彼は目を開けて、闇の中を見た。いまは、月の前も雲が漂い流れていた。

クレア、と彼は思った。クレア。

罠。

しかし……もし罠なら、罠をしかけたやつがいなければならない。

彼は正気か気ちがいかのどちらかだった。もし正気なら、彼は罠にかかったことになる。そして、もし罠があったのなら、罠をしかけたやつ、あるいはやつらがいなければならない、

もし彼が気ちがいなら……。

一応、彼が気ちがいだということにしてみる。その場合の事情は簡単で好ましいものになってくる。いつかはここを退院し、ブレード新聞社の仕事にもどることになるだろう。しかも、彼がかつてそこで働いていた……つまりジョージ・バインがそこで働いていたときの記憶をぜんぶ回復して退院できるのだ。

そこがおとし穴だった。彼なる人物はジョージ・バインではないのだから。

おとし穴はまだあった。彼は本当の気ちがいでもないのだ。

鉄棒が彼の押しつけたひたいに冷たかった。

しばらくして、彼はドアの開く音を耳にし、あたりを見まわした。守衛がふたり入って来た。もしかしたらという強い期待が、彼の胸のうちに湧きあがった。だがそれは長くはつづかなかった。

「就寝時間だ」

ひとりの守衛が言った。守衛は椅子に身じろぎもしないですわっている躁鬱症患者を見た。

「あほうめ。おい、バシントン、こいつを寝かせるのを手伝え」

もうひとりの、髪の毛をレスラーのように短く切った若々しい体つきの守衛が、窓ぎわにやってきた。

「おい。おまえは新入りだな。バイン、とかいったな」

彼はうなずいた。

「めんどうを起こしたいか、それともおとなしくするつもりか」

守衛は右手の指でこぶしを作って、うしろにひいた。

「めんどうはごめんだよ。たくさんだ」

守衛はいくらか緊張をといて、指さした。

「オーケー、それを忘れなけりゃ、うまくやってけるだろう。あの中に空いた寝台がある。右のほうのやつだ。朝になったら、きちんとしておけ。寝床に入ったら、おとなしくしてるんだ。この病室の中で、音を立てたり騒いだりしやがると、おれたちがやってきて、めんどうを見てやるぜ。おれたちの流儀でな。おまえさんのお気にはめさないだろうが」

彼は口をきく気がしなかったので、ただうなずいてみせた。彼はゆっくりと歩き、守衛が指し示した小部屋のドアをくぐった。なかには寝台がふたつあった。椅子にすわっていたあの躁鬱症患者が、一方の寝床にあおむけにねそべり、大きく開いた目で天井をぼんやりと見つめていた。守衛はその男をかつぎこみ、靴だけを脱がし、着たものはそのままに横たえていったのだ。

彼は自分の寝台にむかった。彼はもうひとりの男になにもしてやれないことを知っていた。躁鬱症患者とつきあえるのはほんのときたまで、大部分の時間は手のとどかない、みじめで、空虚で、そして堅い殻のなかにとじこもっていて、話しかけてもむだなのだ。

彼は自分の寝台にかけられた灰色のシーツをめくってみて、その下のあまりやわらかくない寝床の上に、もう一枚、灰色の敷布があるのを知った。彼はシャツとズボンを脱いで寝台の足のほうの壁についたかぎにつり下げた。そして、頭上の明かりを消そうとスイッチを探したが、見あたらなかった。しかし、そのうちに明かりは消えた。

部屋の外のどこかに、まだひとつだけ明かりが残っていたので、彼はそれをたよりに靴と靴下を脱ぎすてて、寝台にもぐりこんだ。

彼はしばらくのあいだ、じっと横になっていた。聞こえてくるのは遠いかすかな二つの物音だけだった。どこか離れたべつの小部屋で、だれかが静かに歌っていた。歌詞のない単調な歌だった。また、べつな所では、だれかがすすり泣いていた。だが、彼自身の小部屋のなかは静かで、もう一人の男の寝息さえ聞こえなかった。

そのとき、素足で歩いてくる音が聞こえ、だれかがドアをあけて言った。

「ジョージ・バイン」

「なんだ」

「シーッ、そんなに大きな声を出すな。ぼくはバシントンだ。あの守衛について、教えたいことがあるんだ。前に忠告しとくべきだったんだがね。あいつとはかかり合うなよ」

「かかり合わなかったよ」

「聞いてたよ。きみは利口だ。やつに乗ずる隙をあたえたら最後、めちゃめちゃに叩きのめされる。やつはサディストなんだ。守衛にはそんなのが多い。だから、やつらは脳病院人足《バッグハウザー》になってるのさ。やつらは自分たちのことを、脳病院人足《バッグハウザー》って呼んでいる。残酷すぎる仕打ちをして、ある病院にいられなくなると、またべつの病院に移るんだ。やつは朝にまたやってくる。忠告しといたほうがいいと思ったんでね」

入口の影は去った。

彼はほとんど闇に近い暗がりのなかに横たわって、考えるというよりも、感じていた。なにもかもふしぎでならなかった。ここの狂人たちは、自分が気ちがいだということを知っているのだろうか、わかっているのだろうか。このおれと同じように……。

となりの寝台に横たわって、わけのわからぬ苦しみをなめ、人間の手から身をひいて、正気の人間にはとうてい理解できぬ深い悲嘆の底に沈んでいる、あの静かに身じろぎひとつしない物体のような男は……。

「ナポレオン・ボナパルト！」

はっきりと声が聞こえた。だがこの声は、心のなかの声か、それとも外から聞こえた声なのだろうか。彼は寝台の上にすわり直した。彼の目は暗がりをすかし見たが、入口のあたりには影も形も見出せなかった。彼は言ってみた。

「なんだ」

7

寝台のうえに起きなおって「なんだ」と答えてしまってから、その声が彼を呼んだときに使った名前に気がついた。

「起きて、服を着ろ」

彼は両足を寝台の外にほうり出すように、立ちあがった。そして、シャツに手をのばして腕を滑りこませながら聞いた。

「なんのためにだ」

「真実を知るためだ」

「おまえはだれだ」

「大きな声を出すな。その必要はない。わたしはおまえの内部とも外部ともつかぬ所にいる。名前は持たない」

「では、おまえはどんな存在なんだ」

と、彼は思わず大声を出してしまった。

『明るく輝けるもの』の使者だ」

彼は手にもっていたズボンをとり落とした。寝台のはじにそっと腰をおろし、前かがみになって、ズボンを手探りで見つけようとした。

彼の心も見つけようとしていた。正体不明の存在を見つけようとしていた。そして、いまこそ聞くべきだと思った。……あのことを。だが、声に出しては聞かなかった。ズボンをのばして、その中に足をつっこみながら、その質問に心を集中してみた。

「おれは気ちがいなのか」

「ちがう」

という答えが、口から出た声のように、はっきりと聞こえてきた。だが、それが誰かの声なのか、それとも、彼の心のなかだけで響いた音だったのかはわからなかった。

彼は靴を見つけて、足にはいた。おぼつかない手つきで靴ひもを結びながら、また思考で聞いてみた。

「『明るく輝けるもの』とはだれ、いや、なんなのだ」

「『明るく輝けるもの』とは、この地球そのもののことだ。この惑星の知性のことだ。太陽系の三つの知性のひとつ、宇宙の多くの知性のひとつだ。地球はそれなのだ。それが『明るく輝けるもの』と呼ばれている」

「わからない」

「いまにわかる。用意はできたか」

彼はもう片方の靴ひもを結び終わって、立ちあがった。

「来い。静かに歩け」

暗がりのなかを手を引かれて導かれているような気持ちだったが、肉体的な接触は感ぜず、そばになにかがいる気配もなかった。しかし、なんにもぶつからず、けつまずくこともないことがわかっていたので、音をたてないよう注意はしたが、しっかりとした足どりで歩きつづけた。広い病室を通りぬけると、彼は手をさしのべて、ドアのノブにさわった。

彼はそれを静かにまわし、ドアは内側に開いた。廊下の照明が彼の目をくらました。声が言った。

「待て」

彼は立ちすくんだ。紙をこする音、ページをめくる音が、ドアの外の明かりのついた廊下でしていた。守衛がドアの外にいるらしい。

そのとき、広間のむこうのほうから悲鳴のようなものが聞こえてきた。椅子が動く音がして、足音がばたばたと廊下の床に続き、悲鳴の聞こえたほうに遠ざかっていった。守衛が行ってしまったらしい。ドアがしぜんに少し開いた。

「来い」

と声が言ったので、彼はドアをいっぱいに開けると、外に出て病室のドアのすぐ外側に置かれてあった机と椅子のかたわらを通り過ぎた。

またドアと廊下。

「待て」「来い」

と声がつぎつぎと指示してきた。こんどの守衛は居眠りをしていた。彼はつま先立ちで歩き過ぎた。階段を下へ。

「どういうことになるんだ」

と彼は思考で質問をした。

「気ちがいになるのだ」

「しかし、きみはさっき……」

彼は声を出してしまった。いまの質問に対する答え以上に、彼はそのことであわてた。すると、出しかけた声を消すかのように、静かな階段の下、廊下の曲り角のところから電話交換機のブザーの鳴る音がおこり、だれかがそれに応答した。

「はあ、わかりました、先生。すぐまいります」

足音とエレベーターのドアがしまる音。

彼は階段をおりきって角を曲がり、玄関の受付に出た。だれもいないデスクと並んで電話交換機があった。彼はそばを通って玄関のドアに近よった。かんぬきがかかっていたが、彼はその重いかんぬきをはずした。

彼は外に出て、夜の中に入っていった。

彼は静かに舗道を越え、砂利のうえをよこぎった。だが、靴の下が草になったことを知り、そこからはもう忍び足で歩くこともなくなった。あたりは象の腹のなかにでも入ったように、まっ暗だった。彼はすぐそばに木が立っているのを感じ、葉がときどき顔に当ったが、彼は足ばやに、しっかりとした足どりで歩きつづけ、レンガ塀にぶつかる直前になって手を前に出した。

手を上にのばすと塀のふちに触れた。彼はぐいとからだを持ちあげて、のり越えた。塀の上にはガラスの破片が植えこんであった。彼は服やからだをひどく切ったが痛みはなく、ただぬらぬらした血が出てくるのを感じるだけだった。

彼は明かりのついた道路を歩きつづけ、暗い人気のない通りを通り、さらに暗い路地を進んでいった。彼はどこかの中庭の裏門をあけると、なにかの建物の裏口に歩みよった。彼はそのドアを開けて、なかに入った。家のおもてに面した側には、明かりのついた部屋があった。廊下のはじに立つと、四角い光が見えた。彼は廊下を進んでその明かりのついた部屋に入っていった。

机のそばにすわっていた、だれかが立ちあがった。その男の顔には見覚えがあったが、だれだかはわからなかった。

男は笑いながら言った。

「そうだ、おまえはわたしを知っているが、だれだかはわからない。おまえの心は部分的に抑制されていて、わたしを認める能力が発揮できないのだ。このことと、無痛状態、つまり塀のガラスでけがをして、からだじゅう血だらけなのに、少しも痛みを感じないだろう。この二つを除けば、おまえの心は正常で、おまえは正気だ」

「これはいったいどういうことだ。なぜ、ぼくはここへ連れて来られたんだ」

「それはおまえが正気だからだ。わたしはその点を気の毒に思う。なぜなら、おまえはこのまま正気でいることが許されないからだ。おまえが動かされたあとまで、以前の生活を記憶にとどめているという点については、そう問題ではない。よくあることだ。だが、知っているべきではないことを、おまえがどういうわけかいくらか知っているという点が問題なのだ……『明るく輝けるもの』とか、赤と黒のあいだに行なわれる『ゲーム』のこととか。そのために……」

「そのために……なんだというんだ」

彼が知っていて知らない男は、おだやかに笑った。

「そのために、おまえは残ったすべてを知らなければならない。なにも知らなくなるためにだ。すべてをご破算にするためだ。真実を知ったら、おまえは気ちがいになるにきまっている」

「信じられない」

「もちろん信じられないことだ。もし、その真実が、おまえの受けいれることのできるものならばおまえは気ちがいにはならないだろう。しかし、おまえがこの真実を受けいれるなどということは、絶対にありえないのだ」

　はげしい怒りが彼の胸のうちに盛りあがってきた。彼は、知っていて知らない見なれた顔をにらみつけ、それから、自分のからだに目をこらした。やぶけて血に染まっている灰色の制服、傷つき血の流れ出ている両手。その両手は、いま前に立っている相手を、たとえだれであってもかまわないから、殺してやりたいという欲望で燃えていた。

「きさまはだれだ」

「わたしは『明るく輝けるもの』の使者だ」

「おれをここに連れてきたやつとおなじか、べつのやつか」

「一はすべて、すべては一だ。全体の中に含まれているのと、全体の一部であるのとには、かわりがない。ある使者はべつの使者でもあり、赤は黒でもあり、黒は白でもあり、そのあいだに差異はないのだ。『明るく輝けるもの』それは『地球』の本質のことだ。おまえの語彙《ごい》の中でもっとも近い言葉として、わたしは本質という言葉を使っているのだが」

　憎悪はいまにも燃えあがらんばかりだった。憎悪だけが、いまの彼を、彼の全重量をささえていた。

「『明るく輝けるもの』とはなんなのだ」

彼はその言葉を、口の中で呪うように叫んだ。

「知ったらおまえは気がくるうだろう。それでも知りたいか」

「知りたい」

彼はそれだけの短い言葉にも呪いをこめた。

光がだんだん暗くなっていった。あるいは、彼の目がかすんできたのかもしれなかった。

部屋のなかがしだいに暗くなり、同時に彼から遠ざかりはじめたように感じた。その部屋は、遠いところから、遠く離れた暗黒の中から眺めているように、暗い光の小さな立方体になり、さらに後退をつづけて、針の先の点と化していった。だが、その光の点のなかには、なおもあの憎むべきもの、男……いや、男だかなんだかわからない相手が、机のかたわらに立ちつづけている。

暗黒の中へ、空間へ、大地から離れて上へ上へと引っぱられてゆく……

それにつれて、夜の中の暗い球体、後退する球体が、永遠の空間の星をちりばめた暗黒を背景に浮かび出て、星々を黒い円盤のかたちに隠していた。

不意にすべての動きがとまり、時間が停止した。まるで宇宙をつかさどる時計がまったく止まったように思えた。彼のかたわらの虚空から『明るく輝けるもの』の使者の声が聞こえてきた。

「見よ。『地球』の生きものよ」

彼は見た。外的な変化ではなく、内的な変化が起こったかのように見た。彼の五感が変化してこれまで彼に見えなかったものが見えるようになったかのようだった。その暗い球体であった『地球』は輝きはじめた。明るさを増しはじめた。

「おまえは『地球』を支配する知能を見ているのだ」

と声が言った。

「黒と白と赤の総和、それは一つのものだ。脳の各部分がわかれている程度にわかれているだけなのだ、三位一体なのだ」

輝く球体とその背後の星々はしだいにうすれて行き、入れかわって、暗黒がますます濃さを増していって、やがて、小さな光が現われ、しだいに明るさを増し、彼はふたたび部屋の中にもどった。例の男が机のかたわらに立っていた。

彼の憎悪する男は言った。

「見たろう。だが、おまえにはわからなかったろう。いま見たものはなんだったのか、『明るく輝けるもの』とはなんだったのか、と聞きたいのだろう。それは、集団の知能だったのだ。『地球』の真の知能、太陽系の三知能のひとつ、宇宙の多数の知能のひとつだ……

では、人間とはなにかを教えてやろう。人間は将棋の駒だ。赤と黒、白と黒とのあいだで、ヒマつぶしに行なわれる、おまえには信じられぬほど複雑きわまるゲーム、永遠のなかの一瞬をつぶすために、ひとつの有機体の一部と一部が遊ぶゲームの駒なのだ。銀河系宇宙同士のあいだで行なわれるもっと大規模なゲームもある。しかし、これは人間などを使わない……

人間は『地球』特有の寄生物だ。『地球』がほんのしばらくのあいだ、その存在をゆるしているだけなのだ。人間などというものは、ほかには大宇宙のどこにも存在しない。ここでもそう長くは存在できない。ほんのしばらくのあいだだけ、人間が自分で戦っているつもりの、盤上の戦争が二、三起こるあいだだけだ……どうやら、のみこめてきたな」

机のそばの男は微笑した。

「おまえは自分自身のことを知りたがっている。こんなくだらない話もなかろう。ローディの戦いのまえに、一手さされたのだ。こんどは赤のさす番だった。赤はもっと強く、冷酷な人間を必要とした。歴史の転換点……つまり、ゲームの転換点というわけだ。わかったかね。そこで、ナポレオンにするためのピンチヒッターが起用された」

彼にはこう言うだけがせいいっぱいだった。

「それでどうなった」

「『明るく輝けるもの』自身は殺すことをしない。そのため、おまえをどこかへ、他の時代へうつさなければならなかった。ずっとあとで、ジョージ・バインという名の男が事故で死んだ。しかし、そのからだはまだ使用可能だった。ジョージ・バインは気ちがいではなかったが、ナポレオン・コンプレックスをもっていたから、この移し変えはなかなか面白かった」

「そうだったろうさ」

机のそばの男にちかづくことは、依然として不可能だった。憎悪そのものだけが二人のあいだに立ちこめていた。

「それじゃ、ジョージ・バインは死んだのだな」

「そうだ。そしておまえは、ちょっとばかりものを知りすぎてしまったから、すべてを忘れるために、気ちがいになってもらわなければならない。真実を知ることによって、おまえは気ちがいになるのだ」

「いやだ」

使者はただ微笑するばかりだった。

8

部屋が、光の立方体が暗くなった。かたむきだしたように見えた。その場に立ったまま、彼はうしろに倒れはじめ、からだが横になった。

からだの重みが背中にかかり、その下には、そうやわらかくはないが滑らかな寝台が、ざらざらした灰色のシーツがあった。身動きはでき、彼は起きなおった。

夢を見ていたのだろうか。ほんとに病院の外に出たのだろうか。彼は両手をつきだして、一方の手で片方にさわった。手はなにかねばねばするものでぬれていた。シャツの胸もとも、ズボンの太ももやひざも同じだった。

また、足は靴をはいたままだった。

血は塀をのぼったときについたのだ。しだいに無痛状態は去って、痛みが両手を、胸を、腹を、脚をおそってきた。きりきりと嚙まれるような痛みだった。

彼は大声を出した。

「おれは気ちがいじゃない。おれは気ちがいじゃない」

声が聞こえてきた。

「そうだ。まだ狂ってはいない」

これは前にこの部屋で聞いた声か。それとも、あの明かりのついた部屋に立っていた男の声か。それとも、どちらも同じ声なのだろうか。

また声が聞こえた。

「たずねよ、『人間とはなにか』と」

反射的に彼はたずねた。声はそれに応じて、

「人間とは、力を競うにはあまりにも出現がおそすぎた生物だ。これ以上の進化は許されていない。人間が直立歩行を始めぬうちからすでに長く存在し、古く、すぐれた『明るく輝けるもの』につねに支配され、もてあそばれてきたものだ……人間とは、その出現以前にすでに占拠されている惑星上の寄生物なのだ。一であり多数であり、十億の細胞でありながらただ一つの心を持ち、ただ一つの知能をつくり、ただ一つの意志を有している『生物』に占拠されているのだ……同じことは全宇宙のありとあらゆる占拠された惑星についても言える……

人間とは、お笑い草、道化者、寄生物といったところだ。とるにたらない存在だ。無以下の存在だ……

わかったろう。さあ、気ちがいになりなさい」

彼はふたたび寝台からはなれはじめた。彼は歩いていた。小部屋の入口を抜け、病室を通り、廊下につづくドアへ。ドアの下からは細い光が洩れていた。しかし、こんどは、彼の手はドアのにぎりに伸びなかった。そのかわりに、彼はドアにむきあったまま、そこで立ちどまった。ドアが輝きをおびはじめた。ドアはしだいに明るくなり、はっきりと見えだした。

どこかから目に見えないスポットライトをあてられているように、ドアは闇のとりまくなかで、くっきりと長方形に浮かびあがり、ドアの下で洩れている細い光と同じぐらい、明るく見えてきた。

声が聞こえた。

「おまえの目の前に、おまえたちの支配者の一細胞がいる。それ自体は知能のない一細胞だが、知能を形成する一単位なのだ。その小さな単位が何兆も集まり、この星を、おまえたちを支配する〝知能〟をかたち作っている。さらに、惑星を単位とするその知能は何百万も集まり、宇宙を支配するより大きな知能が存在している」

「このドアがか。わから……」

もはや声は聞こえてこなかった。だが、彼の心の中では、なぜかわからないが静かな哄笑がひびきつづけていた。

彼は身をのりだして、もっとよく調べようとした。一匹のアリがドアの上を這っていた。

彼の目がそのアリを追った。その時、からだのしびれるような恐怖が、彼の背すじを走りさった。いままで告げられ、見せられてきたあらゆるものが、突然、ひとつのまとまった形をとりはじめた。身の毛のよだつような恐怖の形を。黒と白と赤、黒アリ、白アリ、赤アリ。人間をもてあそぶ者たちで、ただひとつの集団頭脳の一部分、一である知能。付属品であり、寄生物であり、駒でもある人間の存在。惑星のうえではそこに住んでいる昆虫類によって、唯一の知能が形成されている。しかもそれは、宇宙の何百万もの惑星上でだ。……そしてそれらのすべての知能をあわせた宇宙的な唯一の知能である存在、それこそ……神。

その一語は出てこなかった。

そのかわりに、彼は気が狂った。

いまは暗くなってしまったドアを、彼は血まみれの手で、ひざで、顔で、からだで、なぐりつづけた。もっとも、忘れてしまいたい理由も、めちゃめちゃにしてしまいたい対象も、彼はすでに忘れ去っていたのだが。

彼のからだが拘束着に押しこまれ、発作が一段落したときには、彼は狂暴な気ちがいだった……偏執狂ではなく、精神分裂症だった。

ほぼ一年後、正気にもどったとされ退院できたときには、彼は静かな気ちがいだった……分裂症ではなく、偏執狂だった。

偏執狂は、ご存じのように特異な病気である。肉体的な徴候がなく、ただ固定した妄想にとり憑かれているだけなのだ。一連のメトラゾール衝撃療法が分裂症のほうをとりさり、新聞記者ジョージ・バインという固定した妄想だけをあとに残したのだ。

精神病医学の権威者たちも、彼をジョージ・バインだと思いこんで、それがじつは妄想なのだということを認めることはできなかった。彼らは彼を解放し、彼が正気であるという証明書をあたえた。

彼はクレアと結婚した。彼はいまでもブレード新聞社で、キャンドラーという名の男の部下としてはたらいている。彼はいまでも、従兄《いとこ》のチャーリー・ドゥアーとチェスをさす。彼はいまでも、定期的な検診を受けにアービング博士とランドルフ博士をたずねている。

彼らのうちのだれかが、内心でそっと笑っているのかもしれない。しかし、それを知ってみたところで、なんの役に立つだろう。

どうでもいいことではないだろうか。その程度のことは、考えてみるにも値しない、つまらないことではないだろうか。

訳者あとがき

フレドリック・ブラウンについて簡単に記すと、彼は一九〇六年にアメリカのシンシナティ市で生まれた。印刷所などに勤めていたが、一九四〇年ごろから作品を発表しはじめた。四七年に探偵小説で賞を受けたが、探偵小説のみならず、普通小説、SF、また長篇短篇を問わず各種の分野で活躍し、二十冊を越える著書がある。作風は奇抜な着想をすぐれた技巧でまとめ、その点で他の追従を許さない、といったところである。

本短篇集に収めた作品をお読みになれば着想の奇抜さに気づかれるだろうが、同時に彼が好んで狂気をとりあげていることにも気づかれるだろう。アウグスティヌスという千五百年以上も昔の神学者は「人間は二つの方面から危険をおかす。希望と絶望によって」と指摘しているが、最近ではこれに狂気を加えなければならないであろう。

狂気を扱ったミステリーはわが国では、こんごは大いに書かれるだろうが、今のところはまだ少い。しかし、アメリカではテレビ、映画をはじめ、小説も数多く書かれている。

その代表的な作家がこのブラウンと、『サイコ』『夜の恐怖』などの作者ブロックの二人である。そして、ブロックが狂気をまともに取りあげて恐怖を作るのにくらべ、ブラウンは狂気を踏み台として彼自身の逆説的な世界を築いている。常識を逸脱したようなブラウンの着想を展開するには、狂気が必要品ともなるわけである。

また、技巧家といわれるだけあって、物語の構成に実にくふうがこらされている。『ノック』などはその代表的な作品であろう。この手法は関西落語の逆さ落ちのたぐいではあるが、それを独自に考え出した点はたしかに恐るべき才能である。

構成ばかりでなく、文章にも才能があふれている。語呂をあわせた調子のいい箇所が随所にあらわれ、まさに自由自在といった感じである。しかし、訳者の立ち場となると、これくらい泣きたくなるものもない。三行ほどを訳すのに、数時間も見つめ、頭をひねらなければならないわけである。また、題名についても同様で『シリウス・ゼロ』のように二重の意味を持たせたりしている。

ところで、ブラウンは単なる着想と技巧だけの作家ではない。『みどりの星へ』は人間であることを持てあました男の孤独感がみなぎり、思いつきだけでは生まれてこない物語であろう。『不死鳥への手紙』は物議をかもしそうな内容だが、その底には仏教的なものと一脈相通ずる考え方を察することができる。

まったく、ふしぎな作家である。長篇『火星人ゴー・ホーム』で徹底的に人間を嘲笑するかと思えば、べつの長篇『星に憑かれた男』では着実な足どりで宇宙へ進出する一群の人びとを、人情味あふれる物語に作り、読者をほろりとさせる。この二つを読みくらべてみると、どこに彼の正体があるのか迷わざるをえない。「ブラウンという男は頭のなかがどうかしているのではないか。二重どころか、数重人格で、時に応じて使いわけているのだろう」といった疑問がわいてくる。

だが、ブラウンがそれを知ったら、すかさずこう考えることだろう。「そんなことを言うが、その読者のほうはどうなんだい。相反する傾向の小説を読み、そのいずれをも面白がるという現象は。こっちの頭がおかしいとすれば、そっちも同じことではないかね。人間はだれでも、おたがいさま……」

本短篇集は *Angels and Space Ship*（普及版の書名は *Star Shine*）から五篇 *Space on My Hands* から四篇 *Mostly Murder* から三篇を集めた。『おそるべき坊や』については、悪魔についての彼我の知識の普及度をおぎなう意味で、一部に筆を加えて訳したことをお断りしておく。

なお、この翻訳にあたっては、早川書房森優、常盤新平、福島正実の各氏をはじめ、多くの先輩友人のご指導をうけた。心からの感謝をささげるしだいである。

フレドリック・ブラウンの幸福

漫画家
坂田靖子

「フレドリック・ブラウンの『さあ、気ちがいになりなさい』を出版します」と電話口で言われた時、私は「ウソだろーっ？」と叫びそうになった。そんな事はありえないぞ……それも、幻と化していた星新一氏の名訳のままでだ！

当時これを探して古本屋街をさまよったあげく、見つけられずにミイラになりかけた人がどんなにいたか……。今でも古書店の色褪せて積み重なった本の下に「星さんのブラウンをくれぇぇぇ」とゾンビとなったファンが……

いや……当時の恨み言はともかくとして、ブラウンの壮絶なオチの切れ味と、ギャグでもありロマンチックでもありグロでもありスイートでもあり……という多色系のテイストにハマりまくった人は、かなり多かったと思う。

私は中学の時に読んだ訳だが、三十代になってもまだ書棚から取り出してはしつこく読んでいた。あまり読み返し続けて「唯我論者」の全文を暗記してしまったくらいだ。

読者の予想を裏切るひねりのテクニックに命を賭け、切れ味がよくて何度でも読める。稀代のストーリーテラーといわれるブラウンの短篇は、漫画家をやっている私にとっては一種の神ワザに近い存在だった。

「なんとかこの意表をつく驚きのひねりをマスターできないもんだろうか……」なんて事を考える間もなくすっかり読みふけってしまったりするものだから、あまり学習の効果はなかったのだが……。

彼の大ファンである私に紙面を与えてくださった事に感謝しつつ、ふざけた設定とオチの鋭さで有名なフレドリック・ブラウンの作品について、ちょっとだけ書かせていただこうかと思う。

フレドリック・ブラウンは〝ありえない状況〟を描く事がうまい作家だ。

もちろん、SFとかファンタジーとか幻想怪奇とかとかそのようなジャンルに大別される小説は、まぁだいたい〝ありえないような〟状況を描いて見せてくれるものだ。

読者の方も〝現実では見られない世界〟を期待して読むのだからそれが当たり前だと思われるだろう。

しかし、フレドリック・ブラウンの場合〝ありえなさ〟のタガが、常識的なこういう小説のラインより、かなりというか激しくはずれている。

ちょっと我々が追いつけないくらいヘンなところに座っているのである。

表題作「さあ、気ちがいになりなさい」は、〝ナポレオンだといいはる男はナポレオンでした〟という〝Aだと思ったらAでした〟みたいな話。

ふつう〝Aの正体はやっぱりAです〟では意外性も何もないので、作者はもっと別の思いもかけない正体を用意して読者を驚かせるのだが、ブラウンの場合さらにさらに予想外の正体になってしまっていて、〝そう思っていたら本当にそうでした〟というのだ。

「こっちが予想してなかったのは確かだが……これじゃそのまんまじゃないかっ！」と突っ込む間もなくブラウンは追い打ちをかけてくる。

〝ナポレオンだと思ったら、実はナポレオンでした〟のあと〝実はこの事態の犯人はこいつでした〟ととんでもないものを出され、〝という訳で結論はこうなります〟と〝マイナスにマイナスをかけたからプラスになってしまいますね〟みたいな結論になって、こんなアホな展開ならギャグだろうと思うとこれがものすごく重いシリアスで、悲劇だと思ったらハッピーエンド（……？）という、とにかくいちいち予想を覆す展開。

もう、ここまでドンデンを返され続けると、「うう、ブラウンて面白いっっっ」とファンが頭を抱えてつっぷしてしまうのも仕方がない訳で……。

さらにいうと、これまた大傑作の「ミミズ天使」では、主人公が意味のわからない謎の事件に襲われ続けるのだが、すべての原因は〝天国で使っているタイプライターの文字の動作不良〟という、訳のわからない展開。

ものすごくミステリアスなSF的サスペンス事件だったのが、原因は町工場の印刷トラブルだった。みたいなマヌケな展開になってしまい、「ここまで真剣に読んできて、ふつうこんなムチャな理由は使わないだろっ？」と思うのだが、こいつが素晴らしく上質な、洒落たハートウォーミングコメディ（？？？）に仕上がっているのだ。

フレドリック・ブラウンにとって、〝まともな作家なら使わないようなヘンな設定〟や、〝読者に笑われてしまうようなバカバカしい設定〟を材料に使うのは一種の生き甲斐というか、作家のチャレンジ魂をそそられる事態らしく、「星ねずみ」という短篇では、赤い半ズボンと黄色い手袋をした喋るネズミ（世界的に有名な、日本では浦安方面で見られるあのネズミ君のこと）まで出てくるくらいなのである。

ブラウンの作品には〝古き良きアメリカ〟の雰囲気がそこはかとなく漂っていて、町の人々の描写もそういう感じだし、くだんのネズミ君のほかに、広告という媒体やラジオなど、日常的な素材をうまく扱った傑作も多い。

〝ある時全天の星が勝手に位置を移動しはじめてしまう〟という不思議なオープニングの「狂った星座」という佳品があって、刻々と夜空を移動していく星を人々が不安そうに見上げている有様は、ちょっと忘れられないほど静かで切ないイメージなのだが、実は〝どこかの会社の新しい広告キャンペーンやってました〟という、アメリカのCMメディアを扱ったとんでもないオチがつく作品もある。

前半のただただ静かに世界の終末が進行して行くような美しさと、後半の「なんじゃこりゃあ?!」な種あかしのギャップは忘れられない。

そうかと思うと「スポンサーから一言」という、番組が広告を入れる際のお馴染みの言い回しを使って「スポンサーから一言。戦え!」というフレーズが突然ラジオから流れる。という、怖い設定の短篇もある。

誰が流したのか何の目的があるのか、宇宙人の陰謀なのか平和を促すキャンペーンなのか、さまざまな憶測が飛び交うが、意図も何も全て最後までわからない。ただ人々は結局誰もスポンサーの言う事に従わず、結果的に世界は戦争をしませんでした。

……という、ちょっとシニカルで不思議な作品である。

戦争の愚かさを訴えるものすごくマジメなテーマのような気もするが、絶え間なく流れるラジオのCMをおちょくっただけのような所もあるこの作品は、一筋縄ではいかないブラウンの真骨頂だ。

ところで、自分の話になって恐縮なのだが、私が中学三年の時、音楽の担任は自分の授業の時間になると「みんなは受験生で遊ぶ間もないだろう、音楽の授業は放棄して椅子取りゲームをやる！」と宣言して、音楽室で生徒全員参加の椅子取りゲームを開始した。大騒ぎになってしまい、隣の教室から「うるさい」と苦情が来ると、今度は彼は本を取り出して、朗読の時間に切り替えた。

朗読の方は苦情が来なかったので、以後音楽の時間になるたび、音楽室は朗読会場となってしまったのだが、その時彼が皆に読んで聞かせてくれた本が、フレドリック・ブラウンの短篇集だったのである。

その内容があまり面白かったので、私は書店に駆け込んで、ブラウンの本を買いあさってしまった。

これが私とフレドリック・ブラウンの出会いになるのだが、後で考えるとこの先生はよほどブラウンのファンだったに違いない。

そしてこの毎度の音楽の時間は、中学の授業としてはありえない不自然な状況だったのだが、なにしろフレドリック・ブラウンの絡みである。この程度のヘンな事など、特に驚くに足りないのかもしれない。

まぁ、この先生の部屋に幻の小人ユーディがいて、毎晩「ハイヨー、シルバー」と言いながら、頭の上で椅子取りゲームしていた……となると、ちょっと尋常な事態ではないかもしれないが……。

二〇〇五年九月

初出一覧

「みどりの星へ」（Something Green）
『宇宙をぼくの手の上に』（*Space on My Hands*, 1951）
「ぶっそうなやつら」（The Dangerous People）
『まっ白な嘘』（*Mostly Murder*, 1951）
「おそるべき坊や」（Armageddon）
Unknown 一九四一年八月号
「電獣ヴァヴェリ」（The Waveries）
Astounding 一九四五年一月号
「ノック」（Knock）
Thrilling Wonder Stories 一九四八年十二月号
「ユーディの原理」（The Yehudi Principle）
Astounding 一九四四年五月号
「シリウス・ゼロ」（Nothing Sirius）
Captain Future 一九四四年四月号

「町を求む」（A Town Wanted）
Detective Fiction Weekly 一九四〇年九月七日号
「帽子の手品」（The Hat Trick）
Unknown 一九四三年二月号
「不死鳥への手紙」（Letter to a Phoenix）
Astounding 一九四九年八月号
「沈黙と叫び」（Cry Silence）
『まっ白な嘘』
「さあ、気ちがいになりなさい」（Come and Go Mad）
Weird Tales 一九四九年七月号

本書には、今日では差別表現として好ましくない用語が使用されています。しかし作品が書かれた時代背景やその文学的価値、著者が差別の助長を意図していないことを考慮し、当時の表現のまま収録いたしました。その点をご理解いただきますよう、お願い申し上げます。

（編集部）

本書は、一九六二年十月に早川書房から〈異色作家短篇集〉として刊行され、二〇〇五年十月に新装版が刊行された作品を文庫化したものです。本書収録の「訳者あとがき」は旧版から、「フレドリック・ブラウンの幸福」は新装版からの再録です。

歌おう、感電するほどの喜びを！〈新版〉

I Sing the Body Electric!

レイ・ブラッドベリ
伊藤典夫・他訳

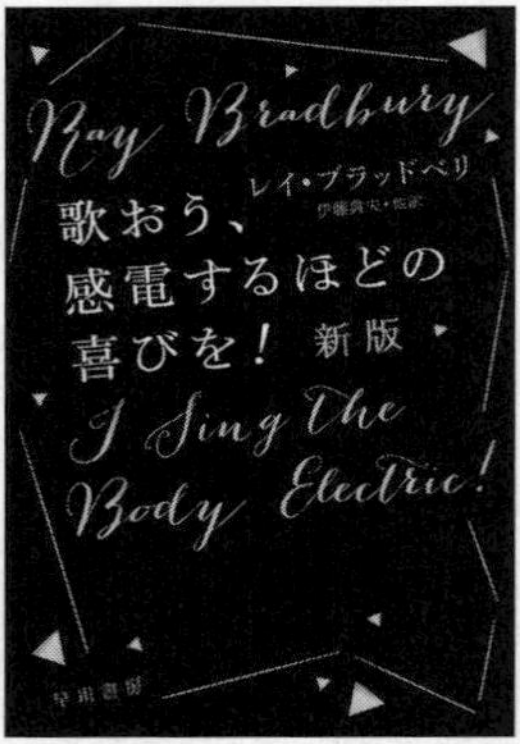

母さんが死に、悲しみにくれるわが家に「電子おばあさん」がやってきた。ぼくたちとおばあさんが過ごした日々を描く表題作、ヘミングウェイにオマージュを捧げた「キリマンジャロ・マシーン」など全18篇を収録。『キリマンジャロ・マシーン』『歌おう、感電するほどの喜びを！』合本版。解説／川本三郎・萩尾望都

ハヤカワ文庫

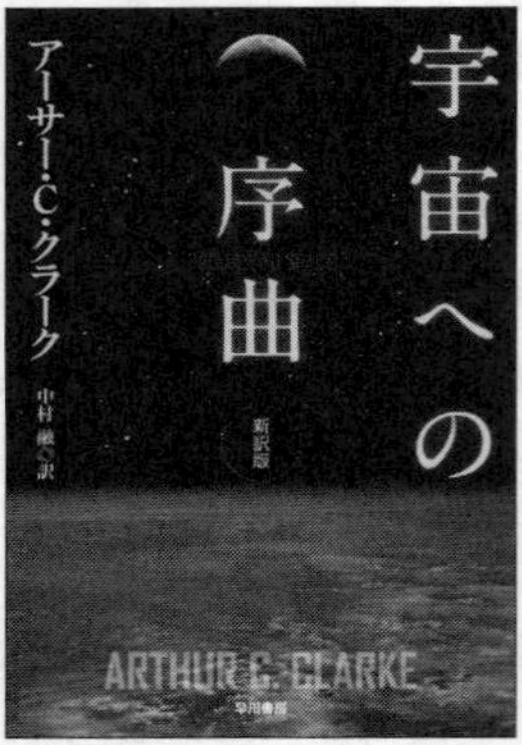

宇宙への序曲〈新訳版〉

Prelude to Space

アーサー・C・クラーク
中村 融訳

人類は大いなる一歩を踏み出そうとしていた。遙かなる大地オーストラリアの基地から、宇宙船〈プロメテウス〉号が月に向けて発射されるのだ。この巨大プロジェクトには世界中から最先端の科学者が参画し英知が結集された！　アポロ計画に先行して月面着陸ミッションを描いた、巨匠の記念すべき第一長篇・新訳版

ソラリス

Solaris

スタニスワフ・レム

沼野充義訳

惑星ソラリス——この静謐なる星は意思を持った海に表面を覆われていた。ステーションに派遣された心理学者ケルヴィンは、変わり果てた研究員たちを目にする。人間以外の理性との接触は可能か？　知の巨人による二度映画化されたＳＦ史上に残る名作。レム研究の第一人者によるポーランド語原典からの完全翻訳版！

アルジャーノンに花束を〔新版〕

Flowers for Algernon

ダニエル・キイス
小尾芙佐訳

32歳になっても幼児なみの知能しかないチャーリイに、夢のような話が舞いこむ。大学の先生が頭をよくしてくれるというのだ。これにとびついた彼は、ネズミのアルジャーノンを相手に検査を受ける。手術によりチャーリイの知能は向上していくが……天才に変貌した青年が愛や憎しみ、喜びや孤独を通して知る心の真実とは？　全世界が涙した名作に、著者追悼の訳者あとがきを付した新版

ハヤカワ文庫

海外SFハンドブック

早川書房編集部・編

クラーク、ディックから、イーガン、チャン、『火星の人』、SF文庫二〇〇〇番『ソラリス』まで――主要作家必読書ガイド、年代別SF史、SF文庫総作品リストなど、この一冊で「海外SFのすべて」がわかるガイドブック最新版。不朽の名作から年間ベスト1の最新作までを紹介するあらたなる必携ガイドブック！

ハヤカワ文庫

訳者略歴　1926年生，1997年没，東京大学農学部卒，作家　日本ＳＦ作家クラブ初代会長，第二十一回日本推理作家協会賞受賞，第十九回日本ＳＦ大賞特別賞受賞　著書『ボッコちゃん』『マイ国家』『午後の恐竜』『きまぐれロボット』他多数，訳書『海竜めざめる』ウインダム他

HM=Hayakawa Mystery
SF=Science Fiction
JA=Japanese Author
NV=Novel
NF=Nonfiction
FT=Fantasy

さあ、気《き》ちがいになりなさい

〈SF2097〉

二〇一六年十月二十五日　発行
二〇二四年五月　十五日　六刷

（定価はカバーに表示してあります）

著者　フレドリック・ブラウン
訳者　星《ほし》新《しん》一《いち》
発行者　早川浩
発行所　株式会社早川書房

郵便番号　一〇一 - 〇〇四六
東京都千代田区神田多町二ノ二
電話　〇三 - 三二五二 - 三一一一
振替　〇〇一六〇 - 三 - 四七七九九
https://www.hayakawa-online.co.jp

乱丁・落丁本は小社制作部宛お送り下さい。
送料小社負担にてお取りかえいたします。

印刷・株式会社亨有堂印刷所　製本・株式会社フォーネット社
Printed and bound in Japan
ISBN978-4-15-012097-9 C0197

本書は活字が大きく読みやすい〈トールサイズ〉です。